燕子

朱少麟

悲欣交織的童男之舞

——序朱少麟長篇小說《燕子》

焦　桐

朱少麟的第一部長篇小說《傷心咖啡店之歌》出版後意外地熱賣。初顯身手即成暢銷作家，很多人羨慕她的幸運，卻鮮有人理解她的努力，和通過辛勤耕耘所呈現的藝術。現階段台灣的閱讀環境，暢銷可能意味著媚俗、膚淺，朱少麟卻逆向操作，在她的小說裡摻進大量的思考和辯論。

《傷心咖啡店之歌》以自由為主題，鋪排情節，通過人物性格和發生在他們身上的事件，展開一場又一場的哲學思辨，追尋生命自由的奧義。

第二部長篇小說《燕子》延續對「自由」的辯證，圍繞以缺憾為主題的話語，詞鋒比《傷心咖啡店之歌》更犀利、簡潔。

《燕子》之敘事，保留了輕度的哲學思辨，如穆爾普柴斯林德（負責舞台藝術的林先生）和吉坦羅絲卡奇塔波娃（阿芳）在課堂上的兩次辯論。朱少麟顯然是歡喜哲學思辨的小說寫手。這項特色，使一群年輕人的清談，避免了風花雪月的可能，使小說話語存在著一定的思想深度。

相對於《傷心咖啡店之歌》，朱少麟的《燕子》有更精湛的演出。無論就意蘊（significance）、隱喻性關聯（metaphorical coherence）、主題統一（thematic unity）等法則來觀察，朱少麟充分具備卡勒（Jonathan Culler）所謂的傳統文學能力（literary competence），這種能力，促進讀者對文本的傳統式理解。《燕子》表達的是關於自由解放了的年輕心靈，面對生命中無可避免的缺憾。這樣有興味的敘述，我們隨便就可辨識某些修辭手段、美學特徵，進一步讓這些特徵產生關聯，證明文本的統一性和完整性。

《燕子》的行動時間，壓縮在鉅型舞劇「天堂之路」從排練到公演前夕的半年間，故事大致按時間順序鍊接事件，結尾聯繫開頭，給予事件複合功能。

朱少麟喻人生為舞蹈。對敘述者阿芳來講，舞蹈是生命中非常重要的工作，發生在舞蹈的一切都嚴重觸動情感，阿芳回憶青春期的辛苦，「揮汗如雨，拚著命追趕同儕的舞步」。又如卓教授拖著癌症末期的病體，「連續幾次病倒，都是虛驚一場，像是再三謝幕一樣。我好像看見她俯身答禮時，嘴角促狹的笑意」。

「天堂之路」是名舞蹈家卓教授的閉門之作，暗示這齣作品是這位舞蹈大師告別人間的休止符，是她通往天堂最美好的一條路徑。卓教授教誨阿芳，真正的舞者只為了美而跳，一次就夠了，「在舞蹈中進入了天啟，接近那一隻上帝之手」。「天堂之路」同時是一種智慧開發的工程，通過這一齣舞劇的排練，每一個人物都得到心靈、智慧的成長，卓教授總算強撐病體，完成畢生傑作；敘述者阿芳經過努力和一連串事件，終於「認清自己」，釋放自己，領悟到天堂的幸福必須帶著人間的缺憾；龍仔跳舞不再空洞，實踐為美、為自己而舞，達到舞藝的極致……

故事始於狂暴的風雷雨電，終於風停雨霽、晴空萬里，結束的場景疊映了開頭的場景。暴風雨是《燕子》裡的情感符碼，情感激動時，常激動出暴風雨。阿芳迷戀跳舞的大學時期「像一場暴風」；舞劇配樂初送來第一支曲目時，眾人興奮，「雷聲隆隆」；阿芳發現卓教授和龍仔的曖昧關係後，高燒不退，連續下了好幾天大雨；龍仔受到某種神祕力量召喚，也是大雨如瀑，雷鳴不已；雅芬被逐出舞團，是一個陰霾的早晨；阿芳被逐出舞團，也下著雨；龍仔出走復返回舞團，「下起了不尋常的暴雨」；卓教授重逢最得意的門生李風恆，「眼神凜冽相觸，像是風暴一樣的往事呼嘯穿過兩人之中」。

暴風雨的隱喻連貫了文本的符徵轉換。

似乎這一群年輕人的情感總是特別強烈，要用強烈的符碼相應。舞團裡舞藝最精湛的是「二哥」李風恆和龍仔，兩人遭遇時「像一隻亞洲虎遭遇了一隻美洲豹，二哥到黃昏時，連頸毛都直豎起來似的，她搖搖頭停舞直走向牆角的龍仔」，以暴猛的野生動物喻兩個令人欣羨的身體和生命力，這種身體和生命力充沛、蓄勢爆發，迎拒著靈與肉的糾葛，期待著一種釋放出來的敘述語境。

尤其是龍仔，他的身體美得足以誘發任何人的情慾，阿芳和龍仔之間卻始終缺乏情慾衝動。卓教授為激發他們的情感，並練習性慾，竟將他們鎖在斗室裡送做堆，阿芳在暗夜裡抱緊龍仔，感覺他的喘息，「這是一匹無人足以縛韁的烈馬，牠飛奔起來，四隻蹄子都要擦出火花」。這種轉喻式（metonymic）結構的例子不少，在組合關係上組成了複雜的轉喻關係序列。「亞洲虎」、「美洲豹」既分別指代兩個高手的舞姿，又被這兩種野生動物所指代；此外，「烈馬」是龍仔身體的提喻（synecdoche），而飛奔的烈馬、難以駕馭、四蹄擦出火花又是性慾的提喻。

符號是意義的媒介，朱少麟在操作這些符號時顯得成熟老練，連貫文本的符徵群，彼此結合、發展，形成指意活動的網絡。卓教授既是舞蹈界的泰山北斗，她的舞蹈教室雖然只是一幢舊平房，在敘述者眼裡卻是「景仰多年的聖殿」，「寧靜中格外顯出了一種深宮內院的氣息」；敘述者拉開她辦公室的玻璃門，「迎面一道六角探照燈直射過來，輝煌的、輝煌的光圈灌滿眼簾，天堂也不過如此」，那道探照燈標記了卓教授霸道的性格，和她的主宰地位。

被強調的標記還見諸一些小地方，如卓教授習慣折凹香菸，凌空拋進菸灰缸，病入膏肓時即合理地失去這種神射功夫，以丟擲菸蒂的動作暗示生命力、身體的變化。又如舞蹈教室院子裡的梧桐樹的榮枯，象徵卓教授的生命，卓教授染病時它大量飄落枯葉，卓教授油盡燈枯時它已枯死。

這部小說描寫現代人的努力與迷惘，孤獨與寂寞，特別關注時下年輕人的精神出路。通過卓教授對弟子的要求，提醒大家開發生活中的知覺，「感知這個世界之前，先向你們自己的內在探索」，這是一種亟待釋放、拯救的知覺能力，此時描寫阿芳氣喘發作的一段相當精采：

我覺得雙唇乾澀，非常後悔午餐時錯過的那杯溫開水，我覺得卓教授額前那綹髮絲非常礙眼，很想幫她輕輕撫平到髮髻中，卓教授這時望了過來，目光如電，我正坐肅穆，開始想著，沒辦法寫小抄給龍仔，真是個遺憾。

卓教授要我們回歸到母胎中的經驗，模擬胎息中的知覺。

於是我們闔眼靜坐，窗外一對烏秋鳴叫了起來。

卓教授催眠一般的聲音，一句一句來襲，我的記憶隨著淪陷，掉落。聽見了母親的心音了嗎？她這麼說，發燙的血液泵進血管，灌注到妳的四肢百骸，那是什麼感覺？

我抱緊了雙臂。她的聲音不停入侵：那是妳的母親，能不能，感覺她的感覺？她期待著妳嗎？她想像著妳嗎？她平靜嗎？憤怒嗎？

我的渾身涼得像冰，指尖卻又燒灼如火燙，喉頭緊縮痙攣，我想要咳出來，或是喊出來，卓教授的聲音又在耳畔響起：妳的母親笑了，羊水掀起波濤，那也是妳第一次的笑，記不記得？

這段敘述有對話、有想像、有獨白，流動著阿芳的掙扎，思考的掙扎和肉體的掙扎，其中融合意識流、蒙太奇手法，語言流暢而自然，生動描寫氣喘發作的過程，並將主題融合在行動裡。在《傷心咖啡店之歌》，主題猶依賴辯論「講」出來；到了《燕子》，則明顯增加了行動的分量，由事件「演」出來，這是令人驚喜的藝術躍進。

《燕子》的敘述語境流動著飛翔、釋放慾望，崇尚自然情感，釋放被綑綁的性靈——龍仔告訴阿芳「我們都有翅膀」；阿芳之所以習舞，是觀賞卓教授的舞作〈燕子〉，從此想要舞藝能像燕子那樣飛翔；卓教授諄諄啟示阿芳要遵循心靈真實的自我和內在驅力，「跟著心裡面的燕子，就不會迷路」，期待阿芳認清自己，因為每個人心裡都有一隻燕子。

《傷心咖啡店之歌》和《燕子》裡的人物塑造，組織了相似性指意功能，如阿芳和馬蒂都自幼失恃，家當都是一只皮箱。

朱少麟筆下的人物率皆俊美，年輕，具中性氣質，有著相當程度的自戀，如龍仔「漂亮中帶著過人的氣派」，「滿身虯結的肌肉，在水漬中華美得像是要泛出了霜花」；榮恩「是個頗為清麗的女孩，全身骨架出奇地纖長，臉蛋也十分細小，淡施脂粉的五官綻放出一種青春緊緻的活力，眉宇間很有著一股嬌柔之色」；西卡達「是個非常英挺的男人」；克里夫「那一身風華直可媲美時裝模特兒」；李風恆「靈氣迫人的眉目間含著一股銳芒」、「英風俊爽」。這群中性而自戀的年輕人，使得朱少麟的小說藝術染上唯美色彩。

卓教授和龍仔都是核心人物，尤其是後者。龍仔練舞時撞斷克里夫的腿，改變舞劇的角色結構，同時引出「二哥」李風恆。龍仔像一塊不點頭的頑石，即使被逼和阿芳送做堆，也激不起情慾，間接促使阿芳二度離開舞團，展開另一條故事線索。此外，卓教授與龍仔之間、龍仔在舞團中的角色、阿芳對龍仔若有若無的戀慕，是小說中的一個謎（enigma），是難以破解的曖昧關係；這個謎使敘事的生產，維持在不充足、不平衡和延宕的邏輯之內，不斷將故事向前推進。

卓教授出場時間不多，但她在事件序列（sequence）中顯然也是核心，是一種推動故事發展的力量，屢次擾亂穩定的情境，導致某種失衡狀態，召引另一種相反力量的行動。

卓教授另一項功能是喜感，她一方面以暴君角色影響主人翁阿芳的命運，另方面她是一個「神射手」，能遠距離將菸蒂丟進菸灰缸或咖啡杯，神乎其技地以手中折凹的菸懲罰人，還專攻人家的眉心，阿芳面對她時就經常掩住額頭逃竄。朱少麟的成熟還表現在幽默上——藉卓教授的神射香菸的功夫營造幽默感。

這是生命苦澀中的甜甘，淚光中的微笑吧。《燕子》沒有了海安這樣夢幻般的偶像，敘述明顯較有節制，不再逃避制式生活（如上班），它強調幸福中的缺憾，並且比《傷心咖啡店之歌》多了積極介入生活的態度與決心。

有些時候，我也會帶著點憂傷感觸看這世界
有時想想，就是因為這島嶼太潮溼，所以四季都適宜發芽……

如果有另外一個世界，
另一個世界，我正要接觸那個絢爛幻境，
嘹亮的無聲之聲來自遠方也來自心裡，
心裡面那一隻燕子，從沒停止過牠的細語呢喃。

※

往北疾駛的一路上，前方的烏雲也正快速暴漲蔓延，層層遮蔽了天光，我們就知道，這會是一場不尋常的大雨。驟雨阻絕了我們的歸程。

從傍山的公路離開，我們駛入一條蜿蜒的坡道，才剛抵達海邊的斷崖，一道閃電就在眼前劈裂了天幕，海面上暴雨成煙，天地瞬間晦澀成了黑灰交際的顏色，巨雷跟著震撼了我們的座車，這時候龍仔咧嘴笑了。

龍仔推開車門，大風和大雨橫向狂飆而入，滿車的雜物四散紛飛，我的長髮也撕扯其中，克里夫返身要捉住龍仔，但是被他掙扎甩脫，龍仔倒著跌出車外，隨即被雨水潤溼了全身，慷慨的雨，釋放出龍仔單薄衣衫下面的原始曲線，我看得見他的肌肉線條，在水漬中華美得像是要泛出了霜花。

克里夫熄了引擎，從駕駛座強行越向後座，造成了一陣騷動，克里夫艱難地開啟了車後廂的手提音響，將音量調大到最極限，我們都尖叫了起來，我見到了每一張嘶吼的面孔，但聲響非常遙遠，這是暴烈的失聰，所有的嘈嚷消融在更凶猛的雷聲雨聲海濤聲中。

只有龍仔靜默無語，從車窗的水幕望出去，龍仔的身影斷續，如同黑白無聲電影的一幕演出，他不顧泥濘爬到了斷崖最邊緣，看見了浪濤中那艘白色小艇，於是回身朝我們安靜地揮手，雨就是在這時候突然停的，我從沒見過來去得這樣乾脆的雨。

陽光在同一刻灑落海面，連海風也變得溫馴了，我們停止喧譁，鑽出車子之後都感到了離奇，無法相信眼前這片完整的晴朗，和接近透明的湛藍。克里夫換上一片音碟，沉靜的陶笛樂音隨即穿透到海中心，化成空邃的風，我們在風中遠眺海洋，那艘白色小艇隨波起伏，海天無涯的深藍色流光中，小艇變成了視覺上強迫性的主宰，大家最後一齊望向它，心思隨之航向遠方。

載浮載沉，我們歷歷穿過往昔，回想得越多，耳邊的音樂就退得越幽遠，昇華到聽覺之外的模糊地帶，終於非常寧靜了，我們的記憶都因此回到了非常溫柔的角落，我們都想著卓教授。

到了這天，我認識卓教授正好滿半年。

所謂認識，是卓教授終於發現了我的存在。對於卓教授這個人，我卻是從小知之甚詳，就像一個少女崇拜著青春偶像一樣，我以帶著一絲疼痛的羞澀之情深深仰慕著她，隨著年歲增長，我逐漸學到人之受影響於旁人，最深遠的轉變往往來自於遙遠不相干的彼端，我想卓教授始終沒能明白，她是如此在毫不知情與漫不在乎中，穿越了千萬人群，擺弄了遙遠的我的命運。

海風中我回憶著，第一次真正見到卓教授時，她已接近六十歲，早該是退休的年紀了，但是她在生命裡重新開拓出一片苗圃，那一年卓教授剛回國，挾帶著如日中天的聲望，她即刻入主國內舞壇。她甚至還能跳。那是個異常枯旱的盛夏，十六歲的我搭了半天火車抵達台北，在新落成的國家戲劇院前遊蕩了另一個半天，直到夕色中排隊進了場，才想起竟然亢奮得整天忘了飲水，坐在一片漆黑的劇院內只覺得五內俱焚，我乾涸得像一具木乃伊，但是當舞台上傳來音樂，一束亮銀色燈光投射在黑衣的她的身上，她所扮演的燕子翩翩舞起時，當場我落淚如雨，我的左衝右撞的靈魂終於鑿開了決口，那隻燕子從此棲進我心深處。那是卓教授回國後的第一場舞，在我眼中她簡直是個傳奇。

我多麼希望能像她跳得那般自由。

後來再知悉卓教授的種種，都是媒體上的浮光掠影。她宣布封舞那一年，我正好考進了大學外文系，卓教授收拾起她那襲著名的黑舞衣，我心中的那隻燕子也進入冬眠期，選讀了英文和法文算是遂願的，只是我心裡明白，在我生命中還有個空缺，比任何物質都還實質的空缺，帶著黑洞一般的吸力，逼著我拚命投進觸手可及的所有東西，我在課餘時間跟了一個現代舞團，上課時用靈魂跳舞，練舞時又喃喃背誦法文動詞變化，我的大學記憶像一場暴風。

那幾年我也曾千里迢迢趕去旁聽卓教授的編舞概論課，她的課相當有名氣，卓教授上課總是一手端著咖啡，一手挾著香菸，要是喊了誰回答不出像樣的東西，她豎目揚指一彈，整根還帶火的香菸瞬間折成v字型，凌空劃過一道弧線型橘色光芒，準確地命中學生眉心，其勁之狠，其勢之猛，無人得以逃脫，所以她的課堂大家總是搶著挑後排坐，但慕名前來聽課者眾，形成了前兩排空位，教室後面站滿人的奇景。

現在回想起來，非常萬幸的是，她倒是從沒扔出過咖啡杯。

卓教授封舞之後，很有發福的跡象，漸漸讓人有眉目慈祥的錯覺。她雖然不再跳了，但是接手更多的舞團指導工作，她在文化界位高權重，一個意志可以左右無數年輕的心靈，她編舞，她評舞，她引進國際最新銳的現代舞概念，她是個名副其實的女暴君，指導學生時，總是透著非常的不耐煩，像是在一群慢拍同伴中暴躁的快舞，不只在舞台上，連在藝術圈裡也沒幾個人能與她長久相處。

所以得知要去見她時，我心中的忐忑其實多過了欣喜，用盡整個青春的鍛鍊，我知道只有她能給我最後的評分，上一千次舞台也比不上為她一次獻舞，但若是她不欣賞我呢？不在意我呢？或者用香菸彈射在我剪式迴旋的半途呢？

能夠躋身卓教授親自執編的舞碼中，是無上的榮幸，也是無上的壓力，在我之前已經有不少舞者被打了回票，我的舞團老師在長久的思索之後，終於再度推薦我前去。卓教授籌得了一筆非常大的經費，準備推出鉅型舞作〈天堂之路〉的消息，早已經在報端喧嚷多日，雖然自視甚高，我從沒妄想過能有參與的機會，卓教授只要一群最好的舞者，而她有數不盡的優秀弟子，我猜想競爭者一定踏穿了卓教授的門檻，況且，這次的籌備動作非同小可，有薪的訓練期長達半年，公演場次已經預先一再追加中，卓教授將親手調教每個舞者，大家都說，這會是卓教授的閉門之作。

站在卓教授那間聲名顯赫的舞蹈教室前，我曾經躊躇再三，那是我所遙遙景仰多年的聖殿，它比想像中格局還要小一些，是巷子底一幢舊平房，新漆的紅木門並未掩上，院內有一棵巨大的梧桐樹，正無聲地飄落大量枯葉，微捲的葉片覆滿了樹下幾輛機車，教室內外均不見任何招牌，寧靜中格外顯出了一種深宮內院的氣息。

落陽為屋頂鑲上了一層金邊，微風悄悄吹拂枯葉成舞，沒有任何人蹤，沒有絲毫聲音，夕色像退潮一樣捲走了全世界，眼前只剩下這幢沉寂如夢的，鍍金如霧的舞蹈教室。

我努力追索，卻再也記不起那個盛夏的黃昏裡，我是如何穿過了卓教授的小院，意外的是，記憶裡還迴盪著那一道清脆的鈴聲。

叮——呤，推開木簾門時，一只銅風鈴隨著響起，微微一驚，我差一點就要以手掩住銅鈴。屋內的人全抬頭望向我，在我開口致意之前，又一起轉瞬失去了興趣，回復他們各自的姿態，落日將我的影子長長拓進地板中央，有人悄聲踩過了它，斜光中見得到無數的金色粉翳靜靜翻飛，什麼人輕輕地笑語著，那一刻我突然發現，我又成了一個闖入者，就像我生命中每個重要的轉折一樣，猶豫太多，決定太晚，實現得又太曖昧，從頭至尾，都落得是這樣一個半路邊緣的角色。

已經是傍晚時分，只有幾個人在空曠的教室裡練舞，但是並沒有音樂，年輕的舞者各自為政，有人正在暖身，有人已趴在地面上氣喘吁吁，有人對著整幕落地鏡坐食便當。我在玄關前自動換上爵士舞鞋，順手將長髮辮紮成小髻，整束好之後，一個奇異的感覺開始困擾著我。

那是我無法形容的干擾，從我不確定的方向輻射而來，不是聲響，眼前每個人都在製造細微的音波，也不是光影，雖然夕陽和燈光交織出了眩目的效果，甚至不是氣味，是還要更尖銳的知覺，我左右搜尋了一圈，確定就在身前不遠，一個赤裸著上半身的年輕男舞者，側對著整間教室，他獨自面向牆壁扳腿拉筋，不過是我所見慣的畫面，只是難以描述他的動作之外，那種迫人的靜謐。我明白了，方才推動銅鈴進門之際，只有他不曾抬頭理會我的來臨。

我看著他整個貼壁伏壓腿肌，對於再熟練的舞者這都是異常辛苦的折磨，所以做來總要在眉間洩露出肅穆的忍耐，但是這男孩輕闔著雙眼，整張容顏安詳得令人動容，我想著，這果真是個臥虎藏龍的地方，讓我驚異的是他的身體，不可思議的勻稱、柔韌並且有力，對於跳舞的人，那樣壯偉的肌肉會是累贅，但是他俯仰間展露出了俐落的勁道，彷彿整副肉體已經鍛鍊成筋；而那樣一雙修長的腿，在舞蹈中原本該是個負擔，若非這男孩擁有如此美妙的柔軟度，他的身體，彷彿是上帝有意，成就而出的一個跳舞並且悅目的機器。

美景當前，我很快便回想起了此行的正務，橫越過教室，略一瀏覽，找到卓教授的辦公室，捧著一整本圖文並茂的履歷介紹，我在霧面的玻璃門外徘徊，激動與臨陣退縮的衝動左右夾擊，我又來到了一個邊緣，再往前一步，不知道要飛落到什麼樣的境地，正要敲門，從辦公室裡傳來一個響亮的聲音，命令說，進來！

拉開玻璃門時我感到目眩神馳，隨著門扇，從辦公室裡湧出了滾滾白霧，迎面一道六角探照燈直射過來，輝煌的、輝煌的光圈灌滿眼簾，天堂也不過如此，我屏住了氣息，在光與霧中強忍住咳嗽的慾望。

辦公室裡三個人都回身瞧著我，煙霧繚繞中的三尊神祇，一式一樣忍受侵擾的神情，我認出正在抽菸的人就是卓教授，她打量著我同時又吸了口菸，印象中卓教授該是略為發胖的身形，這時一見，她卻消瘦得令人吃驚。

「……我是張慕芳，潘老師叫我來見教授。」

「妳遲了十六天。」

卓教授怎麼會變得這麼瘦削？兩腮單薄，眼窩深陷，連她開口，整個脖頸都見條條筋絡。

「對不起，潘老師，潘老師前天，前天他才通知我來的。」雖然力求簡潔，我的用辭自動糾纏得無可挽救。

但這是事實，當潘老師緊急通知這個意外的消息，我花了一天半惴慄，半天培養出勇氣並且請出事假，然後就馬不停蹄地趕了來。

「來得不是時候，我們還在開會，妳先出去等。」一語未竟，她就已轉回頭去。

所以我又掩上門，感覺有些懊惱，一路上預習著的優雅進退，在她嚴峻的眉目前，衰敗成這樣傻氣的反應，霧氣消散在身旁，我是濃煙吐出的一片灰燼，捧著履歷書，不知是否趁這時候做些暖身練習，但又不希望弄得汗流浹背氣息倉皇，最後我在教室的窗台前坐了下來。

我又見到那個非常安靜的男孩，正和另外幾個舞者展開練習，還是沒有音樂，一片祥寧之中只聽見地板上踢踏有聲的迴響，他們跳的是很簡單的舞步，而我了解在這種樸素中，最是展現一個舞者的資材，靜靜地觀望著他們，看得久了，汗珠漸漸沿著我的鬢角淌流成串。

他們一起俯身，那男孩身材最高卻俯得低過了全體的水平，像是要潛進了地面那種低法；他們又向上伸展，那男孩抬得比誰都昂揚，將其他奮力延伸的肢體貶抑成了雜草，他是探出頭的一朵蓮花，就光是佇立著，他也繃得比任何人苗挺。

他的短髮已經全溼了，迴身猛一旋轉汗水全甩上臉頰，因此他微蹙起英挺雙眉，我這一生中所見過太漂亮的男孩，要不顯得獃氣，要不就是邪氣，好像是天平上注定的補償一樣，而眼前這男孩分明是個意外，他的漂亮中帶著過人的氣派。

幾個舞者拉開了距離，一齊揉身躍起，他們做了高難度的才字型空中旋體，像一排音符盈盈降落時，那個男孩才抵達飛躍的頂端，彷彿地心引力對他加倍縱容，他第一個飛離最後一個落地，沾地無聲，乾淨精準，而且毫不見他喘息。

窄窄的窗台上，我手足無措了起來，怎麼從來沒聽說過，這樣出色得過分的一個年輕舞者？

他們之中一個纖細的女孩在落地之後，伏在地板上搖了搖頭，像是洩了氣一樣，她避開其他人的練習，去取了一張大浴巾拭汗，見到我又走了過來，她自稱榮恩，是內定舞者之一。

「妳總算來了，教授昨天還為了妳發飆呢，她說要剝潘老師的皮。」榮恩要了我的履歷書，心不在焉地翻閱著。

這是個頗為清麗的女孩，全身骨架出奇地纖長，臉蛋也十分細小，淡施脂粉的五官綻放出一種青春緊緻的活力，眉宇間很有著一股嬌柔之色，她對於我的履歷表的興趣顯然高過於我本人，尤其那幾封推薦信引起了她的好奇，現在她抽出一封細細閱讀。

我只有繼續張望著教室，那個男孩又完成一串緊湊的地板動作。

「光著上半身那個男孩，他就是跳藍衣天使的吧？」我這麼問榮恩。

榮恩終於正眼望向我，很訝異的模樣，「不，不是，他只是見習生。他叫龍仔。」

「主角還沒選，不知道誰會跳藍衣天使。」她又說。

我一時困惑極了，龍仔這樣的身手，卻只是個見習生。

關於卓教授的這支舞作，從報導間我已經有些初步的了解，我知道舞蹈的核心將會是一個雌雄莫辨的角色，藍衣天使，我曾經長久地揣想著，那該是個一出場就風華不似人間的舞者吧？那該不會是我這類型的人吧？眼見龍仔跳得那樣霸氣萬千，我的心情錯縱了起來。

教室中有人朗聲喊停，舞者一齊收步，只剩下龍仔猶自舞了片刻，我想那是真正的沉醉，他又驀然停止，驚醒了一般。舞者們魚貫地從我眼前走過，往教室另一邊的走廊去。龍仔落單了，他的左右顧盼顯出了一些猶疑的神色，最後龍仔在地板坐下，屈膝抱腿像個胎兒的姿勢，靜息良久，才霍然站起身，也朝我和榮恩這邊走過來。

龍仔的步幅帶著強勁的韻律感，我看得見他全身細密汗珠如露，他心事重重地盯著眼前的地板，他的裸著的胸膛輕輕起伏。

「跳得好！」龍仔走到身前時我由衷地說。

但他只是和我錯身而過，沉默地將我的讚美甩在腦後，一句話也沒回覆，一個眼神的致意也沒有，一點遲疑的意思也不洩露，如同我只是窗台邊的一株盆景。好傲慢的一個人。

「他聽不見，妳要用寫的。」榮恩還翻著我的履歷，她不經意地說。

見我並沒有反應過來，榮恩聳了聳肩，「不然妳以為我們怎麼會叫他龍仔？」

那是聾子的意思了。龍仔的身影已經消失在走廊盡頭，我聽見從那邊傳來淅瀝瀝的沖水聲，想來那邊是淋浴間。直到今天，我還可以清晰地勾勒那股水流聲，像雨一樣滴滴沖激，越來越響，迴音漸漸顯微、擴大，澎湃成瀑布，洶湧在耳膜上，一生與水為伍那時才第一次真正聆聽見了，水的銳利的聲音。

「妳來了就好，應該還趕得上，這半個月都是練基礎舞步。」榮恩將履歷還給我，臨走前，她又說：「妳的部分，都是龍仔幫妳跳的。」

說得好像我已經篤定錄取一樣，她說這話時，滿臉淨是溫柔。

天完全黑了，我還獨自坐在窗台上，幾個換回便服的舞者又從我面前經過，龍仔最後一個出來，他順手關上了走廊邊緣的燈光，這一回他注意到了我。完全出自於枯候的無聊，我朝他招了手。

沖浴完的龍仔，一身白色T恤與牛仔褲，極其普通的男孩裝束，他背著一只中學生用的書包，我見到在他的脖頸上，用塑膠繩懸吊著一本拍紙簿和一根原子筆，塑膠繩都已經舊得千絲百縷。

我的自創手語令龍仔眼花撩亂，他於是咧嘴笑了，他也在窗台前坐下，與我保持著生硬的距離，隔得那樣遠，我還是接收得到從他放射出來的，收藏不住的滾滾精力，他的晶燦的眼睫讓我聯想到了安靜的夜行動物，注視著你又希望不為你視線所及，他舞蹈時的流利氣質此刻消失無蹤，一雙長手長腿不知該怎麼擱才妥當似的，化為過度多餘的細微動作，那是強烈的好奇與不安。在他的紙簿上，我說明今天是來面談，角逐舞團工作。

「你可以叫我阿芳。」一停筆我就發現這個句子十分不妥，魯莽極了，他怎麼可能開口叫我？

「阿──芳。」龍仔卻當真了，他比劃出一個特別的手勢，阿是一朵五瓣花蕊綻放，芳是鼻端前一道柔軟的波浪，沒想到我的卑微的名字，在他指尖可以出脫得如此優美，他的雙唇也比擬著正確的口型，只是沒有聲音。

我是過了很久以後才知道，在手語的世界裡面，中文並不盡然是逐字翻譯，關於名字，意譯的居多，這是龍仔當場為我取的一個手語名字，芬芳可掬的意思。

「你跳得非常好。」我寫道。

謝謝。他用手語說，這我看得懂。

「跳多久了？」

他比了兩年。就我看起來，龍仔大約二十出頭。

「沒騙我吧？」我繼續寫，「剛剛見你練舞，以為你是從小練起的，怎麼跳得那麼好？」渾然前輩的語氣中，我感到了一些心虛，龍仔偏頭仔細地看著我書寫，我一停手他就接過紙筆，我們兩人都非常謹慎地避開了肌膚接觸。

「我只是，」他寫，「沒辦法忍受下去的時候，再多忍一秒鐘。」

我接回紙簿，久久端詳著這句話。

這樣年輕的孩子，可以揮灑出這種蒼勁的力道，他貪快但不含糊，每一個筆畫都張揚得清清楚楚，勾得性格，捺得深刻，撇得更見氣魄，若是字體可以兌換成聲音，這該是嘹亮得嚇人的嗓子吧？我為這排筆跡深深著迷。

辦公室傳來了動靜，我隨即被喊了進去，再度面謁卓教授。

接過履歷書之後，卓教授皺起雙眉注視我的容顏。

「怎麼這麼年輕，」她彷彿不能相信似的，再瞄了一眼我的資料，「好年輕……」

我實在不算年輕了，已經滿了二十八歲，方才在教室裡見到的舞者，都明顯地要比我幼小得多。卓教授撇開我的資料，不勝感慨的神色，她看起來有些迷離，我靜了一會，開始懷疑她所凝視的是我面前的薄霧，霧的來源是她指間的香菸，隨著煙束騰挪，她有如進入了潮水般的往事，我是一個呼吸窘迫的布景。

於是我自行報告，十九年芭蕾舞齡，十年現代舞經驗，曾經跳過的舞碼若干……

「行了行了，小潘在電話裡都告訴我了。」

若不是刻意保持著肅然起敬，我不禁要莞爾了，潘老師年紀不小，在舞壇裡輩分也高，這時倒成了小潘。我放膽觀察卓教授的臉容，眉毛禿落了大半，其上刷以顏色濃烈角度聳動的黑墨，這是唯一的修飾，她連口紅也未塗，血色缺乏的雙唇微微抿起，牽動臉頰上疲軟成疊的肌膚，她的稀疏的髮隙中見得到蒼白的頭皮，我所終於晤面的是末路窮途的繆思，老了鬆了放棄了，只有嘴角的法令紋，還頑強地維持著昔日的張力。卓教授脫下眼鏡，「讓我看看妳。」她說。

知道她要審視我的肉體，所以我脫下襯衫，暴露出穿了緊身衣的曲線。

她大略看了一眼，在我的脖子和膝蓋的部分停駐得久了一些。

「嗯，可以再瘦個幾磅，瀏海不要，妳想辦法留長它。」

就是這句話，她沒有再理會我的意思。我非常的失望。原以為她會當場驗收舞藝，所以我自備了一張安德魯韋伯的音碟，已經趕著練好一支兩分鐘的獨舞。

「我現在很忙，妳先看我們的練習帶，多看幾遍，」她迴身喊人去取錄影帶，然後就戴回眼鏡，埋首在她的辦公桌前，一派送客的情境。我返身告退前，她又說：「還有找龍仔給妳跳幾遍，好好學。」

回到教室時我十分不確定，這莫非是錄取我的意思？潦草得令人無法置信。一個中年女人追上前來，遞給我一支錄影帶。

「妳不要管背景音樂，編曲老師說他還要思考，所以暫時只是簡單的旋律，」女人交代著，她又送上一個夾板，上面是一疊複雜的文件，「我們舞團要簽約，請妳先好好讀一遍，簽了就不能後悔喲。」

語氣是柔和的，但是她的雙眼透露了一絲銳利之色，這個矮小的中年女人以超乎常理的力氣握住了文件，她這時正細細瞧著我，瞧著我並且不放棄夾板，像是彌補著卓教授的錯誤一般地打量，隱隱使勁中，尷尬逼成了我滿臉的堅決之色，她放了手，我的肘子撞擊右脅，手中緊握著那疊合約書。

「好的。」我說，將合約書抱在胸口，我費盡了力氣才壓抑住滿腔爆炸般的吶喊，不後悔，不後悔！

女人自行介紹，她姓許，是卓教授的祕書，她接連說明了練舞的時間表，從明天開始就要加入緊湊的課程，而眼前我還有個請辭不易的工作。因為住所並沒有錄影機，我向許祕書情商就在教室裡看錄影帶，她幫我開啟機器，我席地坐在教室邊緣看帶子。

整卷練習帶趨向沉悶，都是一些循環的基礎練習，好像蓄意要將舞者的深厚經驗連根刨除一樣，襯樂也只是簡單的鍵盤音符，螢幕中舞影交錯，配上那樣近乎空洞的音樂，有時長長一整段音符消失無蹤，連舞者也凝靜如松，我反覆切按送帶鈕，肢體復活在死寂中，我無限量加大音鈕，又震驚於暴跳而出的一段琴音，忙亂地調整遙控器，我狼狽地一瞥左右。

所幸舞者們悉數離去了，只剩下一兩個辦公人員，有人開始拖地，我見到龍仔還沒有要走的跡象，他遠遠席地坐在教室的另一端，什麼也不做，就是屈膝坐著，因此特別引我留意，應該形容那是耐心還是呆滯？當他靜坐時，幾乎完全沒有表情。

卓教授熄燈出了辦公室，萬分的機伶在龍仔臉上點燃，他爬起身來，卓教授瞥了我一眼便迎向龍仔，兩人並肩步出玄關，卓教授顯然懂得手語，只見兩雙手掌如燕翻飛，漸飛漸遠，龍仔推開簾門時，卓教授的手就巧妙地棲落在龍仔結實脖頸上。

簾外是漆黑的夜，我在最末的燈光所及之處，又見到了活潑但是沉靜的手語繽紛，卓教授不知道說了些什麼，龍仔一仰頭笑了。

他連笑起來，都沒有聲音。

我猛然想起來，應該找龍仔約時間幫我示範舞步，他的背影和卓教授一起就要隱沒在深深的夜幕中，我才要開口喊他又作罷，茫然來到窗口，正好見到龍仔的亮白色上衣在漆黑中最後一現又消失，如同幽靜潭水中乍然閃動的一片鱗光，簾外什麼也看不見了，除了奇怪的錯覺，我依稀見到夜色中一圈一圈蕩漾開的，濃黑色的無聲波瀾。

那就是我認識卓教授的第一天，混亂詫異並且帶著死寂，如今回想起來，只剩下了殘碎的景象，光影紛沓喧譁，像是一幅天才得失了控的濃彩油畫。那幅畫中的我突然有個想法，我所藏匿的世界再也不會相同了，有什麼東西正要起飛，正要奔放，正要跌得粉碎。

當時我並沒有明白，我所得到的是一個多麼美麗的手語代號，專屬於一個全新的驚奇的，無聲的世界。

※

長久以來憑著印象，總以為卓教授是個不好相處的人，進入舞團之後我才明瞭，那是我還不夠了解她，對於卓教授，應該用無法相處來形容。

半途加入舞團，我的前幾天適應得格外辛苦，舞衣不對，髮髻不對，腳位不行，手位不行，連別人的名字也呼錯頻頻，卓教授將這一切歸咎於我的遲到，緊張的折磨從此揭幕，只要我們一練舞，卓教授的火氣就開始滋長，我的犯錯或是遲疑更加為她火上添油，所以我總是保留著一絲眼角觀察卓教授。我留意著她的右手。

卓教授的右手永遠挾著一根香菸，像是恆久長在枝頭上一個冒火的水果，越是留意著她我越不能避免出錯，一個踩步失誤，我迅速瞥見她挾著香菸的手指猛地一拗，我本能地抱住頭臉，從指縫望出去，卓教授強忍住了，她掩飾性地抽上一口菸，但是菸身已經折彎，在她憤怒緊繃的指節間顫顫危危。

所以我總是盡其可能靠在龍仔身邊，期望著他高大的身影的遮蔽。

雖然負責為我臨時惡補，龍仔並不怎麼刻意提攜我，沒有聽覺的他在舞蹈中是一座孤島，視線是他唯一的聯外橋梁，他只看卓教授。

時而察顏觀色，時而抱頭求生，這種慘況讓我聯想起了我的初中生活。如果記憶能串連成一部電影，那麼在我十三歲時曾經有過如此一截色彩輝煌的片段，那一年我小學畢業，方才鉸去了心愛的長辮子，爸爸帶著我遠赴台中，說是去旅行，我永遠也不會忘記在火車上那兩個鐘頭，爸爸是那樣不時地握住我的手，捏緊了，甚至牽引至他的眉睫，像是要以我的手覆住他的眼一般，但是他又放開，他望向車窗外的容顏看起來那麼滋味雜陳，就這樣一路無語，我們抵達了那個陌生的城市，期待中的遊歷變得非常詭異，我隨著爸爸不停地採買、採買，衣服鞋襪甚至棉被肥皂臉盆，那夜在旅館裡我曾數度驚醒，每次都見到黑暗中的爸爸，靜靜坐在床畔俯看著我，這麼多年來我始終沒分清那到底是夢是真，或是後來我自己添加進去的想像，但在那夜爸爸的臉容取代了往後我對他的所有印象，我感覺在那漆黑中，見到的是一種非生物的奇異的光。

原來旅行只是託辭，爸爸帶我註冊，進入一家十分昂貴的貴族女校，他陪著我打點好宿舍裡的一概用品，留下了豐厚的零用金，留下了我。

那是爸爸為我做的決定，離家一百里，全新的繁華的開闊的世界。

我一度非常喜歡那所女子中學，不只因為那裡半數的女孩都練鋼琴，不只因為舉目皆是富家女的那種虛榮感，只是我獲准加入了舞蹈實驗班，功課之外還能繼續進修古典芭蕾如同來自天庭的祝福，每當晚上用餐完畢，我穿過學校逸風樓長長的迴廊，兩邊是綿連不斷的琴房，一路從貝爾、德布西聽到蕭邦，走起路來都像是撒開狐步一般。進入舞房前我總是先爬上了鐘樓，琴音繚繞中那樓頂的夜風特別清新，在那裡我曾經陷入深深的少年感動，那是臨風展翅的壯情，彷彿遼闊的世界就要伏拜在眼前，少年的我許願要不停地不停地練舞，直到跳上了世界的頂端。

我的巴洛克宮廷風格的女校生涯，只維持了兩個多星期。老俺公勒令我即刻回家鄉。

老俺公是我的祖父，按照家鄉的習慣，我們整個家族不分輩分都喊他俺公，那時他已經滿了九十歲，小時候聽他憶及早年，竟還是清朝舊事，他常常向我描述那個遠在泉州的陌生故居，我之所以聽上千遍也不厭倦，其實是因為兒童式的健忘，但總之老俺公特別喜歡我，他堅持要我回家，照例爸爸聽從了他。

我是個搖搖球被甩到了極端又猛抽回頭，靜待在家裡，直到爸爸和俺公抗戰結束，我重新註冊上國中時，已經比其他同學晚了五十多天。永遠告別那所美麗的女校，我的內心無暇培養悲愴感，一連串旋風式的解釋、介紹和補救，迫著我追趕失去開頭的學業，在艱苦中，英文勉強跟上了，我的數學卻是永遠的回天乏術，真正糟糕的，是功課之外更巨大的連鎖效應，入學太遲，生性又退怯，我在課堂上猶如鴨子聽雷但羞於啟齒，在課堂外切不進同學的交際卻又疏於表達，終至諸事不宜，我是一個靜默得像影子的十三歲少女，慘綠的形象始終沒能平反，三年如一日，上課時分秒等待下課鐘聲，下課時匆匆藏進學校的杜鵑花園裡，手中緊緊握著我的小藥瓶，不管是夏天還是冬天，我的掌心永遠冒著汗。

如今再回想那段歲月，只覺得愚蠢極了，我漸漸明白，青春期的辛苦並不能完全推諉在延遲入學，我的性情應該負更大的責任，只是不免又想，才那麼稚嫩的一個少女，在天性的完成上還大有未竟之處，我的性情造成了我的窘境，孤單的境遇又不斷添進養成了後來的我，這是兩條交纏的鎖鍊，綁縛出了我的二十八歲，察顏觀色，抱頭求生，揮汗如雨，拚著命追趕同儕的舞步。

我很快就察覺了我的格格不入，首先，我是所有舞者中最年長的一個，不知道為什麼，卓教授刻意壓低了舞群的年齡，除了我之外整體的平均年齡是二十三歲，不論在體魄上、言談間、思維與生活方面我都不同於這群Y世代舞者；而且舞團中只有我一個是外路人，其他團員要不是從舞蹈系借調而來的學生，就是一路跳上來的劇場明星。

這幾年的上班生涯，雖然我努力維持著與舞壇的關係，但畢竟不同於學生時代那樣大量的練習，事實上我的舞蹈夢早已呈半休眠狀態了，卻又復甦在體能逐漸下滑的此刻，我咬著牙發狠練舞時，益發懷疑卓教授之錄取我，是一個費解的玩笑。

玩笑也罷，總之復甦的就再也無法沉寂，一道火苗從我體內重新點燃，整天的緊張常常延續入夢，連在床上我也數度驚跳而起，幾乎要喊叫著，我能跳！我能跳！只是暫時免不了要出錯，只是太久沒有暖身！

我接著發現，龍仔的地位更加出奇，他的確是個見習生，教室裡所有的分內配備都缺了他一份，明白宣示著龍仔不算舞團中人，但卓教授容許他跟隨所有的課程，排練時，龍仔有他的固定位置，純粹講課時，龍仔坐在後排靜靜傾聽，有時流露著困惑的表情。

傾聽是個不盡達意的形容，龍仔可以連續幾個鐘頭，以驚人的耐性注視著講課者與所有的旁人，我們進行雙邊討論時他就左右盱衡，當我們笑了他也春風滿面，我猜測他多半是在想像，但是念及語言與真正的心意之間，不多半也帶著模稜兩可的隔閡？而說他安靜，正好暴露了有聲世界的膚淺，至少我漸漸這麼想，內在的喧囂沒辦法靠空氣傳導，我們與龍仔之間，只是發不出彼此能接收的聲音。

龍仔跳得比我們都好，卻是事實，所有的人心知肚明。當我們排練時，連舞蹈系學生來訪也嚴禁逗留現場，卓教授吝於指教門閥以外的舞者，偏偏收了這樣一個見習生，龍仔的身分是曖昧的，課堂外，他很知本分地幫忙各式雜務，這點討得了大家的歡心，而練習之中卓教授對於他同樣地不假辭色，並且從不遷就龍仔的聽覺障礙，處處彰顯了任他自生自滅的意思，這演變成了對我們全體的考驗，舞劇中的主角未定，將我們維持在同台競藝的緊張中，而且還存在著這麼一個比我們更出色的見習生，大家都希望早日知道教授如何安排，我想龍仔自己也清楚，但他只是恰如其分地寧靜著，寧靜中閃亮著，他不炫耀，但也不犯錯。

他究竟是怎麼跳得如此合拍，對我來說始終是一個謎。都說聽障者是靠著振動感覺韻律，依我看龍仔是憑記憶，和我所不能了解的靈犀。

我還注意到，卓教授面對榮恩時，總是和善了一些，這我也觀察不出特別的緣由，榮恩跳得非常好，但未及龍仔那樣好得過了頭，榮恩唯一的特出之處，在於她的年幼，榮恩是最小的一個，原來她才十八歲多。

自從面談那一天先認識了榮恩，我們的緣分從此就源源不絕，她和我共用一個私物櫃，榮恩的那一扇櫃門拉開時，往往即刻跌出各種出人意表的東西，她根據每日需要，或者隨興之所至，在原本應該擺放上課用品的櫃位內塞滿了雜物，或是當天零食，或是化妝品、假髮，或是一只舊得綻出綿絮的布娃娃，有一次從她的櫃子滾出的一顆保齡球轟動了整個教室，同時也砸碎了一見方尺的地板，卓教授雖然生了氣，卻沒有要求她賠償，榮恩之得寵可見一斑。她的櫃門內面，貼了一幅天蒼地茫的大草原海報，我倒是覺得非常動人。對於我的櫃位，榮恩也顯得興趣非凡，我在幾天之內就打點出一個屬於我的私密小空間，榮恩付諸以直截了當的刺探。

「那是什麼？」榮恩一邊嚼著魷魚絲，一邊問我。

「礦石。」我說，那是個剖半的黑色石頭，外表上其貌不揚，但是從切面望進去，可以看見一些尖刺狀的淺紫色結晶，那是半顆水晶原礦石，因為非常珍愛它，我特別將它擺置在格層的上方。

「做什麼用？」

「它是我的幸運物。」

「喔。那是誰？」她又指著我貼在櫃門內的海報問。

「鄧肯。」我很意外，這是鄧肯最著名的一幅肖像，她竟沒能認出來。

「那個瓶子是什麼？」現在她指著我的小藥瓶。

「藥。」

「什麼藥？」

「氣管擴張噴劑。」我說，料準接下來她要問那麼氣管擴張噴劑是什麼，我自動告訴她，呼吸不順暢時使用，「妳懂了嗎？我有時候氣喘。」

「噢。」這下榮恩察覺了她的多事，她於是解嘲以一連串我看不懂的手勢，然後更加倍累贅地說：「我不知道氣喘的人還能跳舞。」

與榮恩道別，我搭最後一班公車回辦公室。

這天因為額外練舞，耽擱了時間，回到公司時已接近午夜，在辦公大樓前我抬頭仰望，果然還有那幾盞熟悉的燈光，這在意料之中，只是我希望不要碰見旁人。

我的名喚「縱橫」的公司是一棟真正的不夜城。搭電梯上樓途中，我緊緊捏著大門磁卡，今天將要最後一次使用它。當年在一片天真的情況下，通過層層甄試進入了這個地方，美其名為政治公關公司，實際上是肉搏戰似的輔選工作令我迷惘，我非常希望擁有一些真正屬於我的東西，真正對人群有作用的東西，只是又沒辦法將它實質化成一條路途，會在這家公司待上六年是因為惰性，鎮日埋首在偉大的選票分析中，忙著催化強化選票流向、議題研究、形象塑造、漂白我方、抹黑敵方……到最後我發現我的工作根本非關高尚與優美，選民是一串數字，這是一個數大便是美的世界，左右選票的不是人格，卻是媒體，如果魔鬼懂得投票，地獄也可以組成民主社會……每當執筆寫文宣，就格外感到人為的媒體所產生的神化的力量，而我是作倀其中的一支小小魔笛，雖然表現優秀，我的心始終不曾真正屬於這個地方。

公司破例讓我的離職即時生效，則令我感激萬分，我的老闆在全盤了解舞蹈表演計畫之後，很有人情味地提議讓我留職停薪一年，這無疑是為我保留了一條退路，而他清楚我是個臨事處處保留的人。我的確是，否則也不會這樣羈絆在心不所屬的工作上。

進了辦公室，迎面一群同事正要出門宵夜，一番交際之後，我終於得空回到辦公座位上。匆匆挑了一只紙箱，我將所有私人用品掃置其中，辦公桌上有個嶄新的文件夾，打開來一看，是昨天才派發的人事令，上面標註著我明年銷假歸隊的日期，看著我竟然傻了，很有一個假釋犯的心情。

抱著紙箱，離開前我先去設計部門，原本想敲敲門扉，但是望見裡面那一具熟悉的側影，我不禁沉默了，多麼希望就這樣靜靜地看著他。

「嗨，西卡達。」最後我輕聲說，我發現我的嗓子是啞的。

西卡達完全沉浸在他的麥金塔螢幕前，被我的輕聲細語驚嚇了一般，他於是以手臂遮燈光，認出是我，笑容浮現在他爽朗的臉上，他沒開口，抱著紙箱的我雙手已經乏力，但是我情願這麼站著，千言萬語在寧靜中穿梭，我知道他能了解我。

我們就這樣無聲對望著，我看出整個設計室只剩下西卡達一個人孤軍奮戰，他的桌上是一盤不知歷史多悠久的宵夜，西卡達看起來有些疲乏。

「阿芳，借西卡達說個話。」一個同事打破了沉默，他從我身畔越過，帶來了一整堆設計稿，我看著他們兩人立即討論了起來，在同事千恩萬謝中，西卡達收下了這午夜急件，這同事做了個清宮朝廷的跪拜姿勢，爬起來邊走開邊交代著，明天早上看稿。

「好，好。」西卡達說。

好，好。他說。總是這麼說。他的工作檯永不打烊似的。

西卡達是公司的美術主管，有個來頭很大的名銜叫「藝術總監」，不知找誰給他取了這個具有西班牙風味的英文名字。他的案頭有一粒奇石，上面是自己揮毫寫就的座右銘：「富貴不能淫，貧賤不能淫，威武不能淫」，他自稱「縱橫奇葩」，只是公司同事都把那個奇字念成雞的發音，他最愛哼的一首歌是「我是一隻小小小小鳥」，他的天性洋溢著友善愉快，他最重要的辦公用品之一是睡袋，西卡達忙起來可以連續整個月以公司為家，衣服送外洗再直接送回到公司接待處。每當見到他在公司門口簽收衣服，再叫苦連天的同事也頓時自慚形穢，西卡達是整個奉獻給公司的一個上班族。

文宣設計稿是我們數量最龐大的輔選工具，同事與他跳著腳爭執稿件細節的情況時常有之，所以西卡達又自嘲他的設計部門是「茶杯風暴中心」。在我眼中西卡達是個非常英挺的男人，工作也出色，已經年過三十五歲卻還沒交女朋友，曾經一度忙壞了公司裡的一群兼任紅娘。竟日工作讓西卡達早生了白髮，兩鬢越來越見霜花，西卡達頗為感慨，他因此又創造出一句偉大的格言：「對一個男人而言，重要的不在頭皮以上，而在頭皮以下三十幾寸的地方」，這樣沙豬式的促狹其實只是虛張聲勢，大家都知道，西卡達是個男同性戀，我們全都知道，只是為了他的心情我們又故意裝作渾然不知悉，我們顧全著他，他則顧全著全世界，西卡達是個大家族的長男，我隱約知道，西卡達曾經有過機會，和他的男伴一起出國進修藝術，西卡達絕對有走純藝術路線的才賦，但是他留了下來，之後就來到了我們公司，我猜測著，西卡達不可能出櫃曝光他的性向，只有完全寄情在工作中，結果隱忍成了這樣苦行僧一般的男人。這麼想著，眼前的西卡達就添了幾分動人的滄桑，他身邊的電腦藍光閃爍，此時看起來，多麼像是一幢過度侷促的櫃子中，幽暗的微光。

「要走了，阿芳？」西卡達終於開口。

「嗯。」

然後我們又都無言。西卡達是我在公司裡最親近的朋友，對於我在選舉年度離開，他不太諒解。

「既然做了決定，希望妳以後不要再兩頭忙了。」他這麼說。

這是西卡達的含蓄，我聽得出他的弦外之音。這麼久以來，忙著參與舞團讓我成為公司裡的問題人物，不論是加班或是應酬，練舞都成了我例行缺席的藉口，尤其是登台表演時節，公司常常要大費周章為我安排替代人事，我之能保得住這個工作，不只因為公司惜才，西卡達憑著他的權力，幫我左右通融是同樣大的因素。

同時輔選與練舞，我忙得像是陀螺，其實近年來，到底有多想跳舞我早已經迷惘了，只是始終沒辦法接受自己成為一個上班族的事實，我不想將自己完全拋給一個公司，一個企業，仔細想來，我的問題在於不想將自己拋給眼前這個世界。多所保留讓我在這個公司裡格格不入，我根本與整個世界格格不入。西卡達並非怪我臨陣脫逃，他是怪我在工作上從頭至尾都表現得若即若離。

抱著紙箱走出辦公室，在電梯前我放下了紙箱，手上還握著那張留職停薪證明，我來到了電梯間的窗口，這是我和西卡達常常徹夜談天的地方。一陣微風從窗口吹來，從十八樓的高度遠眺半個台北城，碎鑽般的流光閃爍不停，我的心裡升起一股恍惚之情，「縱橫」是我六年來的藏身之處，儘管不投入，在習慣上它幾乎是個家，而此刻我就要走了，就要走了，這一走就不再有兩頭忙的情況，所以我凡事也就不再有藉口，眼前的路卻變得如煙迷茫。

魔鬼式的訓練考驗著我的決心，現在的我全身痠痛欲裂，耳畔還迴響著更大的磨難，卓教授洪亮的聲音如雷襲來：

「想像！想像自己像個萬世巨星一樣——當然你們不是，所以才要你們想像！」

窗口的微風讓我回了神，我再次讀了那張留職停薪單，在風中我撕碎了它，撕成兩公分乘五公分的長條狀，從中間扭個旋，一張一張從窗口放出去，這是我和西卡達在某次惡作劇之下的產物，小紙片見風飛騰，展翅而去像一隻隻蝴蝶，它們得到了十秒鐘的生命，我彷彿又聽見了我們放飛那些紙片時，那些清脆的笑聲，笑聲中，我們都回到了最早最早的夢想，非常快樂，那些蹉跎，那些失落，那種討一口飯吃的尷尬，都遠揚到天邊，只看著紙片輕飄飄了無牽掛，御風而行，飛到最遠最遠的地方。

西卡達也來到了電梯間，邊走邊點著菸，他見到了我。因為公司裡禁菸，所以西卡達不時就要中斷工作來到這裡，但我知道他是送我。我重新抱起紙箱，按了電梯鈕。

我看著電子面板上的紅色燈號，一層一層跳升。

長大是一段過濾夢想的旅程，我回想到了十三歲時的氣概激昂，那些幻想，那些狂想，人生中最美麗的莫過於擁有著千萬種可能性，而活到此刻，局面像是逐漸凝結的石膏，輪廓慢慢變得清晰，清晰也是好的，只是又帶著淡淡的心酸。

只要一想到，不管在任何一個方面，這輩子我都已經不可能成為萬世巨星。

※

獨來獨往的舞團歲月裡，我與同儕相知不深，互相也缺乏好奇，這本就是一個充滿熠熠明星的小天地，團員個個帶著些戲劇性的驕傲，我們目前多半只是點頭之交。依加入的序號而言，我是第20號團員，在我之後是不入編號的龍仔。

大家叫我阿芳，叫我「那個新來的……高高瘦瘦的那一個叫什麼來著……」，叫我20號，我一律答理，在這之外我相當沉默，住處與教室相距太遠，也迫使我在下課後總是來去匆匆，當初上班兼練舞時，只恨不能像西卡達那樣寄生公司，這時我卻又變得十分戀家，兩個星期下來，我仍舊近乎一個陌生人，分不清舞團職員與團員，摸不準團員之中，那些微小的密碼與默契。

比方說，牆壁布告欄上，那張陳舊的小海報上，鮮紅淋漓的大字「98」，是什麼意思？進出教室換舞鞋時，我常常一仰頭望見了這對數字，98，舊得都泛黃的紙面中，明顯地一再新塗上的紅顏料，像是某種非常迫切的警告，雖然大可以詢問我的同儕，我選擇花了好幾天參詳。

這天早上進了教室，在一片鼓噪的氣氛中，我突然發現了那對數字的神祕意義。

卓教授早上進來得比較遲，她讓我們自行做暖身練習，由於每個人的啟舞門道各異，所以清晨時間通常十分自由，許祕書會放送一些輕柔的音樂，各人依自己的習慣找個角落展開功課。大部分的人做中規中矩的伸展操，也有如團員之一麗馨者，她總是先做瑜伽趺坐；活潑的克里夫自備了音響耳機，放上一卷流行樂，隨即大跳特跳起街舞，看起來比較接近消遣；榮恩更古怪，她要先做吐納發聲，說是鬆丹田運中氣；我則早已習慣了古典芭蕾式的把杆練習，全套下蹲與開展動作下來，我往往是最後完成暖身的人。

但是這天早晨不同，還沒推開簾門，我就知道，克里夫又纏著許祕書換掉了教室的音樂，我聽見了火辣辣的倫巴舞曲，我見到舞者們圍聚在教室的中心，喧譁不斷。換上軟底舞鞋後，我也湊向前去。

龍仔赤裸著上半身，站在最外緣，見到我，他用手語致意，阿芳。

克里夫與阿新被大夥圍繞在中心，此時他們兩人都趴在地上，忙著用白膠帶貼地標。喧鬧中許祕書也過來湊興。

龍仔從脖頸的細繩上解下他的小拍紙簿，揮筆給我寫了些說明。克里夫與阿新正要比賽定點單腿旋轉，姿勢不拘，主要的規則是必須維持高速，停步時面向正前方，而且支撐腳不能偏離一個Ａ４尺寸的範圍，腳部離開膠帶地標者即輸。

原來只是遊戲般的競賽，這倒是引起了我的興致，多年的芭蕾經驗，單腿旋轉對我來說算是家常便飯，早在十四歲時我就能做完漂亮的原地三十二圈，只是從沒試過在這麼狹小的限定範圍中完成，單腿旋轉中輕微的偏向在所難免，要不四向移一些，要不收步時面向歪一些，再仔細一想不禁心虛了，維持在五乘七寸的定點中，我能不能跳完三十二圈？

「定點最高紀錄是多少？」我在小紙簿上問龍仔。

「九十八圈。」龍仔用手勢說，他同時指向布告欄上那張小海報。

我吃了一驚，這的確厲害極了，不管是不是偏離定點，忍受高速旋轉九十八圈，那需要多麼強悍的體魄和靈魂？

「是誰的紀錄？」我繼續寫，將簿子遞給龍仔。

「教授以前的一個學生。」

克里夫貼完地標，移向左邊兩公尺，又多貼了一份，然後他興高采烈地朝龍仔招手。

「龍仔也試試嘛。」各種手語出爐，大家紛紛鼓動龍仔下場競賽。

龍仔很鄭重地搖頭拒絕。

「教授又還沒來。」一個團員說。

「試試看嘛，我們不告訴教授。」另一個團員補充以大幅度的手勢。

「不講，我們不講。」許祕書也含笑加入了遊說。

還是搖頭。龍仔兩手插起腰，我見到他年輕的臉龐上，一瞬間變得全無表情。

所以克里夫和阿新準備起舞，我們圍繞成圈，等著計數。

「你看誰會贏？」我書寫問龍仔。

龍仔看了看紙簿，搖搖頭表示不知道。他凝睛看著兩人開始旋轉。阿新是研究所借調過來的學生，舞蹈根柢深厚，而克里夫這個白種男孩只是半路起家，但他年輕一些，爆發力十足，兩人一起轉就氣勢凌人，速度不分軒輊。

「阿新墊步偏了，最多四十圈，就會向右偏移。」龍仔看了片刻，取過紙簿，振筆時他的視線絲毫沒有離開旋轉的兩具人體。

我一分神讀完句子，兩人就已舞過了四十圈，克里夫慢了下來，但他還是準確地留在定點上，阿新果然漸漸向右移開，他哀叫一聲敗下陣來。克里夫撐過了五十圈，速度卻又陡然升高，單腿揮鞭的幅度也加大，我知道他根本沒學過芭蕾，我不知道他哪裡來的能耐，但眼前的畫面確實令人咋舌，我想要龍仔再預測他能完成的圈數，又實在抽不出手書寫，龍仔這時也望而出神了，他舉步向前，用胸膛頂開了幾個團員但他似乎渾然不知，龍仔走近了克里夫的手幅邊緣，向右讓開，克里夫跳過了七十圈，龍仔已經移向他的右後方，七十三圈，克里夫的手勢乍然逆轉，離心力將他猛拖向後，我緊扭住紙簿，克里夫的軀幹橫扯著就要飛離地面，龍仔正站在撞擊點上，他握住了克里夫的右腕，順勢倒退了兩步，又握住他的左腕，龍仔整個拎起了克里夫。

克里夫一站穩，龍仔的臉卻全脹紅直到脖頸，他作了一連串激動的手語，大家面面相覷，我這才發現龍仔片刻不離身的紙簿就在我的手上，將簿子遞還給龍仔，他卻不寫了，把紙簿掛回胸前，龍仔筆直走向牆邊他的暖身練習區域，又急轉彎，朝後門出去。

遊戲散場，大家都極盡興，克里夫尤其開心，七十三圈據說是今年的最高紀錄，克里夫承諾午休時請大家吃冰淇淋。

我來到我的鐵櫃前，見到跪倒在地板上的榮恩，方才的熱鬧她全沒參與。

「阿芳……」她神容衰敗地說。

榮恩看起來氣息懨懨，她的背袋整個扯散開，私物灑落滿地。

「我們的櫃子又卡住了，我不如撞牆算了。」榮恩將臉栽在膝蓋上，誇張地敲擊前額。

我看著榮恩小小的頭顱，她一向綁了扎實的小髻，這時我才見到她真正的髮型，是刮毛的蓬鬆半長髮，像一個啦啦隊絨球，髮質不知是反覆整燙傷害，還是刻意染出的枯黃效果，總之這樣的一頭蓬髮，配上她那異常嬌細的身材，讓我感覺她恍若一朵熟透的蒲公英。

我試了試櫃門，果然卡得死緊，但是眼見榮恩這麼沮喪，也就不便責怪她了。櫃門會出問題，根源就在榮恩，幾天之前，因為榮恩在她的櫃位裡堆滿太多雜物，堵塞住門鎖卡榫，她又作了一個錯誤的決定，用螺絲起子強行橇開鐵鎖，這之後櫃門開關一直不順暢，而我的櫃門因為與她的對開，所以同遭其殃，現在我也衰弱了，打不開鐵櫃，我們無法換裝。

「沒辦法，我去找龍仔。」榮恩爬起來說。

「找他做什麼？」

「龍仔會開鎖。」

等待半晌，榮恩卻帶著克里夫回來。「龍仔不見了。」她說。

克里夫使用暴力法，猛力扯脫櫃門，我們所有的物品傾巢跌出，榮恩跳起來快樂地拍拍手，克里夫連做了幾個舞台式答禮，就回去繼續他的熱舞暖身了。

榮恩哼著歌滿地撿拾，將她的家當呈混沌狀塞回櫃裡，我還處在震驚之中，差點掐疼了自己的掌心，最後我彎下腰，撥開衣物，撇開梳子、乳液和我的小藥瓶，找到了那半顆礦石，先默聲祈禱數句，再從礦石的切面望進去，完了，全完了，那些粉紫色結晶，千萬噸的擠壓，千萬年的黑暗，還有我千辛萬苦在西雅圖跳蚤市場中的找尋，都化成一撮悲哀的碎渣。

「對了，聽說妳在找房子是嗎？」榮恩已經恢復了煥發容光，這麼問我。

兩個星期下來的奔波勞累，我自知必須搬遷到離教室較近的區域，我的確已經開始找房子，前天才向許祕書探詢過租屋之事。我將粉碎的水晶細屑倒在手心，震驚已經轉換成僵木，癡癡地凝視水晶屑，我發現每粒細屑還維持著同樣尖稜型的結晶狀，它們脆弱，但是它們沒屈服。

見我不回答，榮恩自顧自地說：「那妳要不要來看我的套房？就在隔壁巷子喔，我才剛租下來，房間太大了，真的很大，我要找室友耶，喂，妳說要不要來看我的套房？」

我躊躇了一會，將碎屑倒回礦石中心，用毛巾將它層層裹縛，以我護理課裡學到的裹傷方式。

「就這麼說定囉，今天放學去看房子。」榮恩又說，她在大量的美容美髮用品中，找到一盒蘇打餅乾，歡呼一聲後拆開了包裝。「妳要不要吃？」

我看著她秀麗的臉孔，這是個脾性非常甜蜜的女孩，但我已漸漸領教出了她溫柔中的嬌憨，嬌憨中的粗魯。「榮恩，現在不是不能吃東西了嗎？」

榮恩聳聳肩膀，又嚥下一片餅乾。她當然知道，卓教授規定我們在上課前一個鐘頭，就必須停止進食。

來。

「對了，室友，我還不知道妳的全名耶。」單方面地約定了看屋之後，榮恩益發親熱了起

「張慕芳，思慕的慕，芬芳的芳。」我匆匆將滿地物品堆進櫃子裡。

「啊？什麼慕？」

我嘆了一口氣，「做頭髮的泡沫慕思，那個慕。」

「喔，懂了，慕芳姊姊，妳的話不多耶，平常妳都這麼酷嗎？我猜妳命宮是陀羅星，對不對？對不對？我算紫微斗數很神的喲。」

「錯，我是……天機星，還有叫我阿芳就好了。」我將包紮好的水晶礦石輕輕放進櫃子最深處。從來就不知道我的命盤，我的生辰很奇異地被家人遺忘了。

「不像……不像……」榮恩神情俏麗地盯著我，頻頻搖晃她的滿頭蓬髮，在她繼續開口之前，我抱起衣物，逃向更衣室。

這天的暖身練習在潦草中結束，陽光灑入教室整排玻璃窗時，卓教授也來了，許祕書前後飛奔，給教授遞拖鞋端咖啡，速記一些她的晨間靈感，換一片教授喜歡的輕爵士風音樂，我們也趕著進浴室再一次整肅儀容，我望著鏡中的自己，看見細小的汗珠開始在額前聚集。

汗水已成了我們生命中的仇敵，在這溼熱的九月天裡。

暖身後的課堂講解，是唯一清爽的時刻，我們乾燥而且乾淨，髮髻一絲不苟，人人端著一杯冰咖啡，卓教授無時離得開咖啡，所以許祕書永遠在教室裡冰鎮著一整桶。

開始練舞時，教室裡卻關了冷氣，這是為了讓我們適應舞台上的強光高溫。一個早上儲備的水分，就開始在全副身軀各尋出路，我們先是像一杯凍水一樣冒滿珠露，接著汗水在肌膚表層合縱連橫，演變成群蛇亂竄，旋轉時從指尖從鼻端從髮絲橫甩而出，到最後不拘型式，豆大的汗珠滾滾在全身四面氾濫，八方飛濺，但我們的舞蹈分秒不能停歇，只有汗溼眼睫時才以手撥之，舞衣漸漸傾向半透明，而卓教授是不准我們穿底衣的，我們像初生兒那樣原形畢露，相濡以沫，一邊奢望著這些舞蹈能夠愉悅天庭，達到祈雨的效果。

我們天天期待著不定時降臨的雷陣雨，是微風小雨、淒風苦雨、狂風暴雨都好，都好，最糟糕的是那種陰霾中的懸望，高溼度加上高溫，再加上劇烈的肢體運動，停舞時我們甚至不敢仆倒在地，怕冒著潮氣的地板將我們黏附。只有午休和晚餐時我們才得暇淋浴，在這之間大家各顯神通，我們牛飲水分，互相搧涼，爭著到廚房冰箱製作冷凍浴巾。

我們之中以克里夫的配備最為齊全，他一天要換好幾套止汗束帶，他的舞衣據說是太空科技通風質材，他隨身的小型電風扇在我們之間來回換手，我猜想白種人的皮膚特別害怕枯萎，克里夫儘管汗溼得像隻落水老鼠，他擦乾之後又不時朝自己施用礦泉水噴霧器。

大量的汗水澆灌之後，辛勞在我的身體上開花結果，我的背脊湧出細小的痱子，額前則開始萌發久違的青春痘，我用盡各種辦法對付礙眼的瀏海，夾之，箍之，以厚厚的髮膠噴之，結果都是徒勞無功，一經過汗漬的洗禮，溼漉漉的髮絲就又疲乏地歸了位，讓鏡中的我平添了幾分憔悴，那並無妨，因為過了中午，我們每一人看起來都相同的走樣，混亂，而且憔悴。

這時候林教授的大駕光臨，是另一種形式的甘霖。

林教授是我來面談那天，在卓教授辦公室內所見到的三尊神祇之一。他每週來四次，給我們漫談一些文化上的課程。林教授耐不住熱氣，他總是在午後現身，一進教室就頻頻拭汗，也難怪他表現得如此焦躁，林教授平時講課的大學就離我們教室不遠，他在烈日下徒步走來，而且還堅持著非常紳士派頭的打扮，他進了教室，心無旁騖地直接邁向空調設備，發現開關太高，於是朝向我們茫然地張望。

「噯，我說那個藍泡泡頭，來幫我打開冷氣好不好呀？」他這麼聲調親熱地喊著。

藍泡泡頭指的就是克里夫。克里夫是來自美國的大男孩，五官生得相當清純，體型也勻長，除了龍仔以外就以他的身材最高。每當下了課，克里夫換上他的便服，那一身風華直可媲美時裝模特兒，只要他不開口一切都美，克里夫的中文有些引人發噱的台灣腔調。克里夫非常在意他的外表，好像唯恐全世界對他的注目不夠周全似的，他染了一頭天空藍的短髮，卓教授限期克里夫染回成黑色，他就辯稱說不是黑髮，是紅褐髮，榮恩則反對說是深棕髮，只有她真正見過他的髮色，辯論之下模糊了焦點，克里夫暫時保住了他的藍泡泡頭。

克里夫一打開空調，林教授就愉快了，冷氣吹送中我們也非常幸福，林教授可能始終不明白，我們之歡迎他，喜出望外的情狀其實是歌頌一朵雨雲。

但是他一講課，空氣又再度沉悶了起來。嚴格說來林教授並不懂得舞蹈，他甚至不算藝術圈人，林教授專攻人類學，自從跨行發表一些文學評論之後，漸漸與官方文化指導單位攀上了關係，而卓教授這次籌備舞作的資金來自官方，所以在一連串奧妙的籌措過程中，林教授就成了我們的指導老師之一，他參與卓教授的編舞工程，並且給我們擬定了一整套大雜燴式的文化訓練課，在整個舞作中，他掛名藝術指導。

而舞作的真正內容，我們現在還無緣得見，我漸漸發現，原來一切還停留在構想階段，林教授給我們上完課後，就關進卓教授的辦公室裡，兩人冗長的會議於是開始，通常這意味著自由練習，也容許我們休息。

我總是趁機沖浴，再重新穿回溼透的舞衣，香皂味與汗味交織中，我已經非常滿足，借來克里夫的私人小音響，找一處安靜的角落，就是我最美好的休養時刻。克里夫隨身攜帶的CD盒裡，充滿了意外的寶藏，這個流行樂發燒友透過國外管道，蒐集了大量的本地不多見的音碟，多半都是帥極了的搖滾作品，在悶溼的空氣裡，我靜享克里夫的收藏，隨著音樂輕哼幾句，或者陷入長篇的喃喃自語。

不少團員這時候還是孜孜不息地練舞，我羨慕如此的青春體力，而他們羨慕龍仔的耐力，截至目前為止沒有人見過龍仔困頓的模樣，即使所有團員都累癱攞平了，也不曾見龍仔倦極臥地，只要全部的人停舞，龍仔就獨自一人來到把杆前，扳腿反覆拉筋，那就是他休息的方式。

他分明還能跳，但龍仔不願意張揚，他小心翼翼地不作分外的賣弄，這種內斂並不符合他的年齡，我漸漸察覺到，卓教授對龍仔雖然狀似放任，放任的背後有我們所不知情的約束。這個想法證實於今天的大雷雨。

從午前開始，濃雲低垂像要貼合大地，悶熱中我們失去了往常的活躍。溼透的髮髻已經勒得太陽穴隱隱生痛，我在浴室裡解鬆了一頭長髮，回到教室便躺入橫陳滿地的團員中，我們估計著卓教授與林教授的會議還要耗些時間，足夠一個短暫的午睡，克里夫已經在那套瓦力超強的大音響裡放送著Jim Morrison的專輯，為了避免教授們反彈，只能播送到輕微的音量，所以原本該是猛獸出閘般的奔放，壓抑成了細語呢喃，倒是加重低音的擂鼓效果，與心臟同步輕撼著，很有一股迷離的魅力，聽久之後更加催眠。

半夢半醒，我們像是沉入暖水中，我枕睡在另一個團員的大腿上，正要入眠，一道強光盈眼刺來，爆炸般的霹靂驚跳起每個人，除了龍仔，我們渴望的大雷雨終於降臨。

克里夫頓時興奮萬分，因為在雷雨的掩護中，是唯一可以放肆使用大音響的時刻，他趕緊換上一片Nine Inch Nails的超猛搖滾，將音量旋到極大，我們全復甦了，窗外風雨如晦，帶來了可愛的清涼，音樂振奮了每一個人，克里夫拉起榮恩，兩人邊飆起街頭熱舞，邊撮弄我們起身，一個個團員爬了起來，最後教室變成了迪斯可舞場，我們決定放縱到卓教授奪門而出為止。

我們一起想到了龍仔，站在音箱前的他，眉眼煥發出奇異的神采，這套音響放送極大音量時，連地板也振動共鳴，他顯然喜歡。克里夫以手勢要他貼近音響喇叭，大家都知道，龍仔非常不喜歡別人碰觸他的身體，龍仔依著手勢向前抱住音箱，闔眼片刻，咧嘴開懷。

我們自動清出了教室舞坪，龍仔趴在地上測量距離，他擺手指揮大家讓向牆邊，龍仔縮身端詳方位，後退，後退，再後退，然後起跑，凌空飛騰，側旋但不掉落，還是凌空，以指尖撥地，然後飛得更高，逆著他所聽不見的風。

我已經退到了卓教授的辦公室前，就在最熱鬧的頂點，辦公室門扉悄聲開啟，兩個教授都走出了門畔，我才要拔腿，卓教授以手勢要我留在原地，她和林教授一起望著龍仔騰空而過。

卓教授的眼簾緩緩降低，隨著龍仔的翩翩下墜，我一眼就忘不了，不可能看錯，就像一只杯子渴望酒汁的傾落，那是一雙百分之百帶著肉慾的眼。

她掏出香菸點燃了一根，深深地、深深地吸菸入喉，菸頭竄出一道猩紅，卓教授走近了教室中央。

單足落地的龍仔，滿臉綻放著孩子氣的俊爽，正要向我們施禮，他見到卓教授，陡然收起了笑容，卓教授偏著頭看了他幾秒鐘，彈指射出香菸，龍仔並沒有躲閃，只是靜立回望卓教授，當菸頭撞擊他的眉心時，龍仔連雙眼也沒霎動一次。

「你要特技表演，」卓教授逐字緩慢地說：「給我滾到馬戲團去。」

龍仔只是回望著她的眼睛，克里夫已經一溜煙去關上了音響。

「聽不見是不是？阿新，」阿新應聲向前，卓教授撇開眼不再看龍仔。「我剛才說的話，寫下來，給他好好看清楚。」

龍仔的眉心已經燎起一圈紅斑，他始終沒有動彈，他看著卓教授走回辦公室的背影。

我們噤若寒蟬。阿新躊躇了一會，過去向龍仔打手勢要他的紙簿，並且作勢拍撫他的肩膀，龍仔頓時向側邊一讓，避開阿新。

興味索然，大家紛紛回到自己的練習區域，自動進行午休後的暖身操練，我前往淋浴間梳理髮髻，有人正開始沖澡，牆面上整排鏡面都蒙了一層水霧，我用毛巾擦亮了一角，窗外大雨不停，我發現有些事情一做便不可收拾，爬上瓷磚檯子，我一面一面擦拭起鏡子，連教室裡傳來了上課的訊號，也欲罷不能。

我想我見到了，當卓教授當眾責難龍仔時，他的沉默的反應，不是驚嚇，不是憤怒，也了無歉意，是隱隱洩露一絲煩悶之後，又迅速平復了的，完全空白的神情。

※

落日終於貼合了遠方的大樓，帶著藏青、橘紅與金黃的霞光渲染開半邊的天幕，他們說，颱風臨時轉了向，這個無風無雨的黃昏裡，我面對著壯麗的夕陽，目瞪口呆。

操著原住民口音的司機又買來了兩杯珍珠奶茶，我領首接過一杯，對他充滿了歉疚。

我們齊站在臥龍街的巷子裡，就在榮恩的套房樓下，公寓的大門洞開，但是套房門扉緊鎖。這是一棟緊臨馬路的建築，朝馬路一面是店家，朝小巷的側門則可以進入二樓的出租套房。那天隨著榮恩來勘驗環境，我發現她也尚未遷入，打開窗子，街上的喧囂隨即湧來，幸而從後窗望出去，就是一整片青翠的山巒，只要不集中視力，勉強可以忽略山頭上的墳塚，那是一片墳山，我們的舞蹈教室就在墳山下面。整體上環境尚可，尤其是房間大得出奇，而且租金意外的便宜，也許是墳山近在咫尺的關係。我當下決定了成為榮恩的室友，我們約好今天一起搬遷。

我僱請了搬家卡車，工程浩大地將我的全副家當運到套房樓下，然後我和這個壯碩的司機兼搬運工左等右等，直到日落西山，才確定榮恩爽了約。

沒有鑰匙，沒有榮恩的聯絡方法，而且我也不能再讓貨車陪我耽延下去，晚風中我目瞪口呆，懊悔無比，幾乎不認識這個女孩，竟然輕率地與她共賦同居，眼前我落得無家可歸，全部身家財產無助地流放在這兩噸半的貨卡上，我既髒且累也全沒了主張，只好接近卑躬曲膝地和司機情商，讓我的家具在車上留置過夜。

「這樣啊，我再上去幫妳看看。」這司機很豪邁地說，他吐掉檳榔汁，逕自上了二樓。

「可以搬了，」司機小跑步下了樓，神情非常快活。「就是喇叭鎖嘛。」

我幫著司機扛送家具到房門口，才發現原來他將整副喇叭鎖撬了下來，耽擱了半個下午，理虧在我方，所以我自知是不能追究了。將所有物品搬移到房內，付錢送走司機之後，我打量著套房，先前來看屋時留意的是坪數大小，此刻要動手布置我才赫然發現，這樣接近正方型的超大房間，不論怎麼劃分地盤，我和榮恩之間勢必大量地互相侵擾，眼看現成那兩張床，兩幢櫃，兩副書桌椅親親密密地並雙排列，我的心裡又添了幾分後悔。

我在床畔坐下，無枕無褥的床，腳下是骯髒的地毯，到處可見斑斑漬點與香菸燒灼遺跡，正好陪襯我如今的處境，拋去工作，加入薪資低微的舞團，前途與財路都一片暗淡，而我早已經習慣了優渥的生活，我決定這麼想，將窮藝術家式的掙扎，當作一種懲罰，懲罰我這麼多年以來的妥協與嬌生慣養。

一夜忙著整理環境，榮恩的失約，正好方便我在布置上的取決權，我挑了比較結實的衣櫃，緊靠牆角的床鋪，搖晃得比較不厲害的那張書桌。我花了半個鐘頭，徹底清洗公用茶几上的熱水瓶，之後灌入整瓶溫開水，不論冬夏，我一向只喝溫水，醫生說這有益於我的氣管。

用未拆封的書箱頂住損毀的房門，我疲倦地爬上床，正對著後窗的整副鐵柵欄。

深夜我卻在大汗淋漓中醒轉了，空氣悶溼至極，整間寢室像是浸在一盆水中，還蕩漾著粼粼的波光，我從後窗望出去，原來是月圓時候，這天是中秋節，一輪明月灑落銀色光輝，如同刀子削下來的透明冰柱，一根根戳進窗口，我想著，這一生從沒見過亮得這樣燦爛的月光。

鐵窗上的整排柵影，因此條列鮮明地印在我的身上，我起床倒了杯溫開水，小口地啜飲著，卻再也沒能入眠，最後只有到書桌前翻開了書。

第二天到了教室，我正好遇見榮恩低頭走入，穿著一身娃娃裝的榮恩背著一只登山用的露營背包，她的彩妝和頭髮看起來都有些凌亂，眼眶微黑，滿臉透著狂歡後的困倦，一身都是菸味，見到我，她擺了擺手以示招呼，就逕向淋浴間走去。

到淋浴間更換好舞衣，我坐在洗手台邊，聆聽著榮恩沖浴，以及沖浴中隱約可聞的嘔吐聲音，然後靜悄良久，榮恩推簾而出，神奇地恢復了一身光采，只是她一絲不掛，我微微地尷尬著，群體沖浴時我們不是沒有袒裎相見過，但是這樣坐看她的裸身自在，倒是我手足無措了起來。我注意到肢纖體細的她，擁有線條非常柔美的胸脯。

「榮恩，不是約好昨天搬家的嗎？」

「啊？」榮恩純真地張口結舌，回想半晌，才說：「——我忘了。」

「我差點無家可歸，妳知不知道？」

「……我想起來了，說是颱風要來，害我出門也不是，做什麼都不是，我也很慘耶，颱風後來好像又沒來喔？」這樣無厘頭地接口之後，她開始若無其事地梳理溼髮。

「那妳什麼時候搬？」

「再說吧，過兩天。」她看起來意興闌珊，而且也全然沒有進一步解釋的意思。

離開淋浴間前，我將我的大浴巾留給她蔽體，榮恩道了謝，用浴巾裹起她的頭髮。

這天夜裡，我自力救濟換上一副新門鎖，劃傷了手指，咬著牙，我將榮恩的書桌遠遠推離到房間的陰暗角落，順道把那個笨重的大垃圾桶也移了過去，環視整個房間，索性再將窗格上的抽風扇拆了下來，遷移到靠近我的床頭。我迫切地需要大量新鮮的氧氣。

我需要氧氣。經月的體力操練，我的呼吸狀況始終不順暢，未雨綢繆，我添買了多瓶氣管擴張劑，分別陳列在教室裡與住處，隨身背包裡則放了兩瓶。

每個月的例行性複診裡，中醫師與我晤談，他沉吟著說，妳應該考慮換一個工作。他的意思是放棄舞蹈，我輕輕點了點頭。他為我治療氣喘已經多年，但他並不了解他的病人。

這個老中醫給我把了脈之後，他自己邊咳個不休，邊說：「不好，虛寒入肺經，瘀毒不散，濁氣攻心……不好。」

不對！阿芳，卓教授則是習慣這樣暴躁地喊著，我已經盡力趕上了團員的水準，但是始終不能贏得卓教授的滿意，任誰也看出來了她對我的加倍嚴苛。我沒辦法不這麼想，錄取我是她的一時大意，犯了錯怨氣攻心，所以她以磨難我作為追悔。

老醫師幫我刮痧，刮在左右手肘彎處，我看著兩臂肌膚，浮現出一點一點烏黑得像砂粒的暗色血印。

兩臂泛青，體倦力乏，在我心情非常灰暗的那一天，榮恩搬進了套房。

方才進城看病回家，我就見到等在門口的榮恩，她發動了舞團裡七八個團員幫忙，一夥人聲勢浩大地扛進滿屋箱簍，榮恩的家當真多，多得令人吃驚，打發走最後一個團員，榮恩愉快地拍拍手開始拆箱。

一整晚我照例讀書，寫日記，榮恩則不停地整理環境。每歇一回手上的書，我就感到我的世界又沉淪了一分。

那一束誇張的乾燥花，懸在房門背後，像支倒掛的掃帚。

她自備了活動式的小茶几，這樣好，我可以獨占整個公用茶几。

但是小茶几上，怎麼會有那麼多粗俗的玻璃杯具？再加上一只水晶壺？難道她喝酒不成？那麼該不會抽菸吧？果然，一只閃亮的水晶菸灰缸出現在眼前。

音響一大套，唱片無數。我打了一個噴嚏，乾燥花的粉塵對我的氣管展開了威脅。

一盞張牙舞爪的花式立燈，杵在櫃子旁邊。我的心情迅速枯萎。

好多個大型塑膠整理盒，我瞥見裡面淨是美容保養用品。

可笑的花布套上電話機，還綴著蕾絲，門把也套上同樣的花罩。

終於見到書了，一小排，全都是小說。

惡夢一樣的深紫色組合櫃，一只一只疊起，最後疊滿了寢室裡剩餘的牆面，榮恩哼著歌想了想，將多餘的組合櫃橫倒塞進床腳。

更惱人的是那面落地大鏡子，釘在榮恩的衣櫃上，卻面向著我的床。

當榮恩將基努李維的海報掛上牆壁時，我再也不能按捺了，從書桌前站起身來，我柔聲說：「可不可以請妳不要掛海報？」

「唔？」榮恩剛從椅子上爬下來，神態非常輕鬆：「有規定不能掛海報嗎？」

「不是不行，是格調的問題，我們是學藝術的人，這樣明星崇拜不好，慢著，妳在做什麼？」

「把我的書桌推到窗子旁邊啊，好重喔，妳要不要幫我？」

「請不要動桌子，我們的書桌分開擺，雙方才不會干擾。」

「可是這樣不合理呀。」榮恩分辯說，她的聲音聽起來還是甜蜜蜜的。

「哪裡不合理？」

「妳看，」榮恩赤腳跑到了我的床邊，純粹從美學上來說，她的雪白的赤腳實在可愛，但我缺乏觀賞的心情。榮恩在我床邊站好，開步走：「妳看喔，從妳的床走到妳的書桌，一二三，只要三步。再看我的，看好喔，還要轉彎耶，一共十一步，這樣不公平。」

所以榮恩將書桌推回來，親愛地並排在我的桌畔，桌邊不遠，就是基努李維的肖像。

榮恩又將垃圾桶抬起，放回到原本靠近我的床鋪旁邊。

「那麼為什麼又要動垃圾桶？」

「本來就是放那邊的呀，」榮恩笑盈盈地說：「妳看，地毯上有印子。」

榮恩開始放音樂，是饒舌的舞曲，見到我的表情，榮恩將音量轉低，然後架設好電磁爐，她隨即煮滾開水，泡了兩杯咖啡。

「阿芳，妳還在生我的氣，對不對？」榮恩端著咖啡來到我的書桌旁，很無邪地用兩肘撐住她的臉蛋。

這樣的憨直令人無力招架，我嘆了口氣，「算了，只是請妳以後說了話要守約。」

「好啊，沒問題。妳怎麼說，我就怎麼做，我最崇拜有學問的人了。」

「妳怎麼知道我有學問？」

「書啊。」榮恩張望我幾櫃子的書，「我從來沒看過書這麼多的人，真的耶，好崇拜喲，妳一定很厲害，我們來猜妳的星座好不好？我猜星座也很準的，不蓋妳，妳一定是射手座，對不對？」

我再度嘆了氣。「雙子座。」

「不像，不像。」榮恩在檯燈前華麗地搖動她的臉龐。「那妳要不要猜我的星座？」

「我對星座沒研究。」

「那我告訴妳，我是孤狼座。」

「……」我望著她精緻的五官良久，說：「沒有這種星座。」

「有的，只是很多人不知道，那是發生在寶瓶宮和白羊宮和天狼星變成等腰三角型的時候，每三百二十九年才發生一次，一次只有一天，這天出生的人，都是孤狼座。」

完全不可信，我於是轉變話題說：「至少妳換個音樂吧，如果妳堅持要開音響的話。」

「那妳來挑CD好不好？我有好多CD喔，一定有妳喜歡的，好嘛好嘛，阿芳。」

我直接從座位上回首看她的CD架，出乎意料，我見到一整排披頭的作品。

「放披頭好了，拜託。」

「哪一片呢？」

「隨便。」

「好選擇。」榮恩跑去換了唱片，順便將音量又調大了，她說：

「有學問的人才聽披頭，我哥說披頭很有文化的。」

實在乏力再做交際，我從茶几上拿起熱水瓶，倒了半杯水，喝了一口，又整口吐出，是滾水，我燙得無法言語，連眼淚也差點滾落下來。

「唉，喝水不要這麼急嘛，妳很渴是不是？我有一瓶可樂，十五塊錢，可是今天我們慶祝搬家，不算妳錢。」榮恩拔開拉環，遞過可樂。

災難，真是災難。我開始搓揉起太陽穴，榮恩開始哼起披頭的Eleanor Rigby，她的歌詞有一半出自於捏造。

上駟與下駟同槽。榮恩忙到了深夜時，這間對我來說還十分難以適應的落拓小窩，已被她徹底改造成了另一番俗麗模樣。榮恩洗浴完畢，半裸著擦拭指甲油，她的心情似乎非常好，不停地輕聲歌唱。在她的歌聲裡，我推開窗戶，微風吹送進來，下弦月孤寂地掛在深藍色的夜空，一顆明亮的星子陪伴著它，空氣中指甲油氣味越來越濃，窗口的我汗出如漿，不知怎的，心裡面隱隱約約生出了一些寂寞感。

※

進入舞團已滿一個月，卓教授的〈天堂之路〉還在五里霧中，我們熬過了一整套嚴格的肢體訓練，大家漸漸地熟絡了，關於上層的天意，一些耳語開始在團員之間傳播，消息靈通的夥伴們說，下個月就要正式進入舞劇，也要正式選角。

當初在卓教授辦公室裡，所見到的三尊神祇中最後一個，也較常來教室裡走動了，那是一個看起來很陰惻的男人，我始終弄不清他的來路，記不起他的姓名，只知道他負責舞台藝術，手下帶領著一整組舞台工作人員，這男人並不理睬我們，他每一到訪就加入教授們的閉室密談，會議往往延續至深夜。

這意味著我們的舞劇就要揭開序幕，好奇感振奮著大家，另一個激勵是，卓教授終於要向我們進行她最著名的知覺訓練課程。

連林教授也感受得到新的士氣，他的非驢非馬的文化講堂原本反應不佳，林教授顯然習慣於學院派的演說模式，也許他高估了我們這批舞者的素養水準，或者是低估了我們在身體上所遭受的操勞，總之他一開講之後不久，在幸福的冷氣中，我身邊的舞者便開始前仰後合，瞌睡的姿態極其曼妙，常常全體中獨醒者只剩下我和龍仔，但如今大家的興致高昂了些，尤其是卓教授養成了陪我們聽課的習慣之後。

卓教授在午時常要消失半晌，再搭著計程車回到教室，她人還悄立在門簾外，龍仔就已經察覺，在課堂中我見到龍仔突然怔忡四望，就知道，卓教授回來了。我很快便明白那是因為花香。卓教授靜靜地在玄關換鞋，她帶回來了一束百合、野薑花或是夜來香，就擱在鞋櫃的上方，她去了哪裡？怎麼帶著花？我們無人膽敢過問，只是她執著花輕聲走回辦公室的背影，看起來總感覺有幾分心碎的模樣，引人無限遐想，她這時的眉目總是溫柔了一些，在辦公室換了裝，她就到龍仔身邊坐了下來，陪我們聽講，慢慢地啜飲冰咖啡。

林教授打起精神，頻頻鼓勵同學們發言，討論者上自天文下至地理，最後常停駐在一些哲學性的經典話題上。

比方說，人之為人，我們究竟何以不同於萬物？

「……很多方面囉，看是生理上來講，還是行為上來講……」阿新炫耀性地起了頭，他目前還是研究生，被卓教授從舞蹈系裡借調過來，聽說在這裡練半年舞可以抵他所裡十個學分，阿新平時兩邊來回趕場，意外的是，他還喜歡讀書，至少常見他帶著書，都是些深奧的思想叢書，現在阿新振振有辭地進入了人類學派的領域：「就是符號囉，人類使用符號，而且符號再加上符號，產生從原子到分子的語文變化……」

阿新將大家好不容易凝聚起來的注意力，又瓦解到了原子狀況。

「嗯，我想想看……」低水平中文使克里夫獲得了童言無忌的特權，但他不時也有佳作出現：「明天！人想明天，對不對？動物不想明天。」

這讓我聯想到了路易斯湯瑪斯一派的泛哲學化生物學，因此進入了屬於我自己的漫想，會坐在此地，是因為顧念著明天？還是一連串不懂得瞻前顧後的結果？我是我的主宰，但是怎麼我常常讓自己走到了意外的地方？只是希望找到自己的一條路，越顧及這個念頭就越顯得我樣樣都做錯，若我是一隻黏液旋毛蟲就不會感受到這種衝突了吧？因為它不用揣想明天，那麼快樂又何在？我喃喃獨語起來，快樂不就是來自於動人的未知的前途，還有暗夜孤燈下，那種脆弱而絕望的徬徨？

「根本沒那麼複雜嘛，」一個聲音打斷了我的自言自語。

「是愛。」榮恩嚼著泡泡糖，她響亮地說：「愛讓我們不同。」

這類良莠雜處，雞同鴨講的討論令我辛苦難當。依我的觀察，教授們的企圖，是希望速成一群從內在散發光芒的學生，我想成功率近乎渺茫，很明顯的，在學養內涵上我的同儕們是群烏合之眾，他們關心在舞台上的走位甚於人類文明發展史，對舞衣上綴花的興趣多過於雪萊的詩，一念及此我就感到異常孤單，我花了這麼多年，這麼多年，終於置身在純舞者的世界，與他們揮汗同行我才又發現，我與他們早已經如此不同，這時候瞥及了身旁的龍仔，他的莊嚴隆重的傾聽，是頗為撫慰性的陪伴。我聽一段課，悄悄錄寫一些重點小抄傳給龍仔，他也興味盎然地傳回一些問題，卓教授似乎不反對我們的舉動，聽與寫變成了我和龍仔上課的默契，我想我喜歡龍仔的筆跡。

午休時分，許祕書發下餐飲，人人捧著便當盒自尋角落用飯，除了龍仔之外。看來卓教授在舞團經費的分際上很嚴明，龍仔算是黑戶，所以午餐自理，他通常帶來了整捲的吐司，不切片也不夾餡，就這樣吃了起來，所以我將我的餐盒給了他，我的醫師總要我忌口，食物上油酸鹹辣皆不宜，每天餐盒菜色多半在我的可食範圍之外，我只有自備了蔬菜沙拉，自奉得像個僧侶。

榮恩習慣親密地挨著我吃飯，順便分享我沙拉中的最美味者，略一不留神，我在餐盤中精心攪拌的草莓、奇異果和香蕉就奇異地不翼而飛，杏仁片也是她獵取的佳品。

阿芳恨美食。她說。

同居未久，我就在榮恩的習性中，發現出某種出身勞苦的標記，她購買廉價粗麗的日用品，她又花費極大心力妝點自己的門面，並且總要盡其可能地沾取我的資源，一件一件借用我的衣裳，一點一點食用我的存糧，我的生活用物質精價昂，她就藉口試用，最後榮恩終於停止購買生活耗用品，沐浴以我的海藻精油，潤膚以我的珍珠粉末，捧著我的荻燒陶杯，嘖嘖稱奇。

阿芳真是個大小姐。她又說。

對於這個室友，我找到了新的定義，原來她是我所豢養的，一隻美麗的蟑螂。

這天的午休之後，經過短暫的暖身，卻沒有進行往常的練舞，卓教授換上一身黑色衣裳，指示我們來到教室前方，摒棄了座椅，大家席地坐在地板上。預感著新的課程即將展開，我們翹首向著卓教授。

卓教授挽起了髮髻，一綹髮絲飄凌在她脂粉未施的素顏上，她的衰老赤裸裸地展覽在眼前，連那雙臂膀的肌肉似乎也疲乏得與骨骼分離，擎起咖啡杯時，在紗質衣袖的掩護下微微發著抖，微抖中卓教授舉臂拂過她的髮絲，自從封舞以後，她已不再穿舞衣，但她始終保留著原來的髮型，適合上舞台妝的那種素淨長髮。

「感知這個世界之前，先向你們自己的內在探索。」卓教授擱下了咖啡，我們於是知道，一個多月的反覆磨練之後，教授終於打開了第一扇大門，通往另一個我們嚮往的廳堂，大家都挺直了脊梁。卓教授說：「我要你們這麼想，你們的生，與你們的成長，到今天為止，是一個獨立的小宇宙，它的深度和大宇宙相當，我要你們向記憶探索，喚回所有生活中遺失的知覺，錯過的知覺……」

我覺得雙唇乾澀，非常後悔午餐時錯過的那杯溫開水，我覺得卓教授額前那綹髮絲非常礙眼，很想幫她輕輕撫平到髮髻中，卓教授這時望了過來，目光如電，我正坐肅穆，開始想著，沒辦法寫小抄給龍仔，真是個遺憾。

卓教授要我們回歸到母胎中的經驗，模擬胎息中的知覺。

於是我們闔眼靜坐，窗外一對烏秋鳴叫了起來。

卓教授催眠一般的聲音，一句一句來襲，我的記憶隨著淪陷，掉落。聽見了母親的心音了嗎？她這麼說，發燙的血液泵進血管，灌注到妳的四肢百骸，那是什麼感覺？

我抱緊了雙臂。她的聲音不停入侵：那是妳的母親，能不能，感覺她的感覺？她期待著妳嗎？她想像著妳嗎？她平靜嗎？憤怒嗎？

我的渾身涼得像冰，指尖卻又燒灼如火燙，喉頭緊縮痙攣，我想要咳出來，或是喊出來，卓教授的聲音又在耳畔響起：妳的母親笑了，羊水掀起波濤，那也是妳第一次的笑，記不記得？

我想要配合，但是不記得，就是不記得，只知道此刻呼吸正在加速，我的汗水溼透了臉頰，每滴汗傾刻都凍成冰珠。

所以妳伸展開小拳頭，妳抓住了什麼？卓教授繼續說，一道一道水紋穿過妳的手指，妳擺動全世界也跟著擺動，所以妳知道了一些東西，那是幸福，離開母胎之後，還要花很長的路才能再一次嘗到的，幸福。

砰一聲，我趴落在地板上，背後的雅芬搖了搖我，見我劇烈起伏的背脊，她叫了起來。全部的人從母胎中風馳電掣，回到眼前，大家聚攏到我的身旁，我緊抱住胸口，哮喘如風箱。

「我不能……我不能呼吸……」我掙扎著說。

「妳怎麼了？」我聽見卓教授高亢的聲音：「她怎麼了？阿芳她有什麼毛病？」

「她氣喘。」乾乾脆脆，是榮恩的回答，這個吃裡扒外的室友。

「什麼？」卓教授如雷灌耳地喊著。

「藥——我的藥……」我的指甲已經戳進了臂膀，榮恩匆匆地奔向我們的鐵櫃。

無助地蜷臥在地板上，眼前是一圈倉皇面孔，有人正在徒勞無益地拍撫我的胸口，那麼多雙眼睛帶著恐懼望向我，臉孔的最外圈是龍仔英風盎然的雙瞳，胸腔嘶鳴劇痛，我翻身把自己弓向膝蓋，腦海裡很奇怪地烙印出龍仔的炯炯眸光，他的眼底只有好奇，沒有驚慌。

「什麼？榮恩她剛剛說什麼？」卓教授已經氣急敗壞，我閉緊了雙眼。

躺在卓教授的辦公室裡，我緊緊握著小藥瓶，耳邊是卓教授來回繞圈的足音。現在我獨占著卓教授的沙發床，這張床我們在午休時間總是覬覦萬分，這時我只想悄悄逃離，沒有勇氣望向卓教授，我只能默默聽著她的踱步不停，一股強烈的香水氣息像衣襬一般隨著她來去。

我早就停止喘息了，大概有五分鐘，十分鐘還是一世紀那麼久，卓教授終於停止了來回踱步，她在床畔坐了下來。

「對不起。」我沙啞地說，方才哮喘得太過劇烈，幾乎發不出任何嗓音。

卓教授以指尖壓制了我起床的姿勢，那一刻我真怕她索性要掐上我的喉頭。我想我這舞團的工作是完了。

卓教授的手停在半空中，猶豫，最後落在我的頸後摩挲起來，我用肌膚感受著她，那是像輕撫一隻貓的摸法，帶著一點親愛，一點肉感的探索。

卓教授接下來做的事，超出了我的想像力，她開始說起了一個故事，用的是枕邊故事的語氣。

「跟妳說個故事，妳聽得見吧？阿芳？躺著好，躺著就好，從前，有一個人，我們不要管他是哪一國人，這人喜歡爬山，越是沒有人能爬上的山，他越是要爬，妳了解嗎？他只喜歡往上爬。在非常年輕的時候，他就爬遍了國境之內最高的山頭，所以年輕人就遠遊他鄉，一路問人，更高的山在哪裡？終於給他問到了一座山，山在最高的山脈之上，一年四季都封在雪裡，從來沒有人爬到過頂端，妳在聽嗎？嗯，很好，所以，年輕人就爬上去了，他的運氣真好，在最熱的那一年，最熱的那一天，最熱的正午，他攀到最巔峰，發現那裡有一片湛藍色的潭水，原本應該是個冰潭，一千年來只有那一天化成了水，年輕人從水面望進去，他看見了自己。

「年輕人下了山，從此覺得沒有一件事有意思，他變成了一個普通的人，妳明白嗎？普通的人，他度過了一個普通人該有的，五味雜陳的一生，最後他老了，老人知道自己該死了，所以像著魔了一樣，他想要再爬上一次，最高的那座山，因為夠堅決，他竟然真爬上去了，阿芳，我要妳感覺那個老人的感覺，他來到了山峰，妳聽見呼嘯的風聲了嗎？冰雪的頂峰，冷得像是地獄，只有暴風和雪，滿地的雪，亮得睜不開眼睛，妳的眼睛，刺痛了嗎？累了嗎？累了，所以匍匐著爬向前，冰像剃刀一樣，割裂了手肘，但妳感覺不是痛，是冷，手指凍得握成拳頭了吧？這一路是不是像一輩子一樣長？憑著記憶終於爬到了冰潭旁邊，妳非常激動，但是又突然不敢，不敢向冰潭看進去，所以妳用手指摸索，妳摸到了什麼？那麼硬，那麼滑，那麼冰，手指已經黏結在潭面上，再也抽不回來了吧？妳探頭進去，看見了沒？能不能告訴我那是什麼？那麼美麗，那麼教人後悔，不是嗎？冰潭上凍結的那張臉，四十年前倒映進去的，妳的年輕……」

在她的故事和她的撫摸之下，我全身雞皮聳立，光裸的脖頸上，每根汗毛顫慄莫名。

卓教授還是撫弄著我的頸背。「對了，看見妳自己，不要等日後再去追憶，當下就用妳的感情和性命看進去，這就是感覺……妳還是一個處女。」

「對不起。」我再說了一次。

卓教授霍然站起，她在玻璃窗前點了一根菸，我的呼吸又窘迫了起來。察覺到我的神色，卓教授吐出煙霧，她凌空一拋，香菸劃過一道漂亮的弧線，落進她辦公桌的小菸灰碟正中央。

「生平我只怕天才和蠢才，」她轉過來望著我說：「這兩樣妳都不是，妳能感覺，我們就當它是一個好的開始吧。」

卓教授的臉上稍縱即逝的，是一絲生硬的慈祥，只是又即時埋藏了起來，她擰起雙眉揮揮手，要我出去。

扶著牆走出辦公室，我有些灰頭土臉，心情非常複雜。卓教授並沒有嫌棄我的意思。我獲得了半個下午的病假，靜靜坐在教室牆角，我看著卓教授帶領大家又開始日常的舞蹈練習，今天練習側面摔落再彈跳而起的難度招式，兩秒之中十七個分解動作，只有龍仔一次全做對了，卓教授擊掌不停念拍子，面前二十個美麗的年輕人一再仆倒，躍起，仆倒，躍起，前仆後繼，跌跌撞撞，我套上克里夫的音響耳機，他今天帶來了Soul Asylum的輕搖滾音碟，其中那首Runaway Train是我素來喜歡的歌曲，這時聽仔細了，唱的是年輕孩子徬徨的逃家之旅，說不上為什麼，這個下午我感覺到了一些憂傷。

傍晚放學之後，照例還有半數以上的團員留下來自行練習，雖然體力已經恢復，但是發病一事令我難堪，我只想回家。

換裝走出教室，我在梧桐樹下整理衣襬，一粒樹籽擊打在我身上，又一粒，再一粒，我抬頭張望，看見了龍仔，他高高攀上了屋頂，坐在那裡朝著我招手。

我也爬了上去，這棟教室原本就是平房，屋頂加蓋了幾間閣樓與倉庫，只剩下一小面平台，一路踩著鏽跡斑駁的鐵架梯上屋頂之後，我們都靠屋緣坐著，隔了幾個身體的距離。

龍仔從頸上解下紙簿，揮筆寫了一些東西。

「妳在跟誰說話？」他問道。看得我滿頭霧水，所以就畫了個問號給他。

「上課的時候，跳舞的時候，妳在說話，妳在跟誰說話？」

我明白並且莞爾了，我寫：「那是自言自語，你從沒自言自語過嗎？」

「我跟自己說話的時候，不用開口。」

有道理。我點了點頭。我知道我是一個很容易陷入喃喃自語的人。

於是我又寫：「你還觀察到了什麼？」

我指的是對於我的觀察，龍仔懂得，他開始書寫，我偏頭一邊看著。

「妳常熬夜，妳不擦香水，妳只喜歡沒有氣味沒有顏色的東西，妳常常憋住很多話，妳很喜歡卓教授，其實妳不是那麼想上課，妳以前穿硬底舞鞋，穿了很多年，妳的右腳比左腳強壯，但是其實受過傷的是右腳，傷在右腳背的地方，可能是蹠骨裂傷，妳又想辦法忍住疼痛……」

我越看越奇，他都說對了，完全沒有反駁的餘地。

龍仔繼續寫：「……妳以前跳古典芭蕾，可是妳很討厭那種跳法，我不知道在討厭中要怎麼跳？妳一定很害羞，但是妳又非常倔強，只是妳藏起來了，我懂，那是因為不滿意，我不懂的只有一件事，妳一直都很忿怒，為什麼那麼忿怒？」

龍仔寫到後來，兩手齊用，邊寫邊打手語，我看著紙簿又瞧著他，才知道，原來瘖啞者說起話來比我們還要專注，全心全意，溢於言表，化為豐富的表情。

「沒有啊。」我搖搖頭否認。

「真的沒有？」龍仔望著我，見我別過臉去，他一著急就用手扳回我的臉孔。

看著他的雙眸我忘了回答，那是一雙清澈得像潭水的眼睛，世界倒映在他的波心，去除了聲音，過濾了渣滓，那是一片原始森林。他的手掌比想像中還溫暖。

龍仔振筆又寫：「那妳用什麼跳舞？」

「興趣。」我潦草地寫，意興闌珊，我翻過紙頁，在新的一頁上問他：「你呢？你用什麼跳舞？」

「用命。」

「用命怎麼跳？」

「跳到就要死了，就要死了那一秒，但是不害怕，不害怕就要跳進另一個世界，因為只有那個時候，才接近真正的跳舞，妳不要害怕，好不好？」

我於是明白了，繞了一圈，龍仔是在鼓勵我。

我突然非常感動，這是一種接近純真的溝通。天這時候完全黑了，晚風陣陣拂來，風中我聽見了模糊的琴音，是蕭邦的夜曲。

「妳要不要試單腿旋轉？」龍仔的神情靈活了起來，我在稀微的光線中，見到他寫：「我們來比賽。」

「在這裡？」我估量著平台的面積，約莫四公尺乘以五公尺，萬一嚴重偏向，那不是跌下屋去了？

「在五乘七寸的定點中？」我又寫。

龍仔搖搖頭，他拾起一塊碎磚，在混凝土地面上刻劃了一個小叉號，示意要我站上去。

「不能，我不能。」我匆匆書寫道：「定點太小了，而且我們可能摔下去。」

龍仔又寫了一排字，我接過紙簿，他提起右腳，頻頻以腳尖戳地。

紙簿上寫著：「不要用眼睛，妳用腳看住它。」

我做了個舉雙手投降的手勢。龍仔笑了，他在我的定點旁邊不遠，再劃了一個叉號，讓我非常不解的是，在他的叉號旁邊一呎，又是一個叉號。

在那兩個叉號之間，龍仔的右腳站上了右邊的叉號，他向我頷首示意，我吐一口長氣，我們兩個一齊起旋。

我用腳看住定點，並且以梧桐樹梢作為我的視點，風撕扯著我的一頭長髮，高速旋轉中我默記圈數，我們兩人的速度一致。

梧桐樹梢、墳山和遠方的燈火，在我面前陣陣飛掠而過，風中的琴音又是一個地標，我漸漸揮灑開了，我用腳看住定點了，我敞開雙臂，知道我不會跌落，我已經跳過了四十圈。

四十二圈，我猛然止步，因為麂皮靴子頂端已經磨穿，我移開鞋尖，看見叉號就在我的腳趾下面。

我一停步龍仔就開始加速，他的球鞋禁得起，我退到一旁為他計數，他一直穩穩地旋轉在叉號上，一公分也沒有偏離，咻一聲，紙簿連著繩子從龍仔頸上飛脫，落到院子裡，龍仔的旋轉不停，我按住胸口興奮難耐，他就要打破小海報上的九十八圈。

當我數到九十八時，龍仔卻倏然站定了，他的右腳始終留在叉號上，而左腳，不偏不倚，落在另一個叉號上。

龍仔風發颯爽的神情中，完全沒有暈眩的跡象，他撐著膝蓋劇烈喘息，我也喘極了，大口吞吐空氣中我想要問他，知道自己是一個天才，是什麼感覺？

墳山下傳來的蕭邦琴音如此溫柔，我和龍仔並坐下來喘息不休，並且朦朧回想起來一段遙遠的時光，我恍若回到了那所女子中學的鐘樓，鐘樓上的夜風清新，夜風中我的舞蹈壯情。但此刻是誰在這黑夜裡彈鋼琴？

「我們都有翅膀。」遺落了紙簿，龍仔用大幅度的手勢這麼說。我勉強看懂了。

「妳、和我，我們都只有翅膀。」他又說。

語意不明，而我早已經知道，與龍仔的對話，必須添入三分詩意的想像。我也學著他伸展雙臂，比劃飛翔的模樣。我們都只有翅膀。如果上蒼能夠允諾一個祝福，但願我可以讓龍仔也聆聽見這琴音。

晚風中的天台上，我們一起搧動翅膀，並且都笑了，一個有聲，一個無聲。

※

龍仔儼然變成了我的私人家教，自由練習時間，龍仔常帶著我一對一複習，刻苦的追趕之後，我已能從容應付，我知道我的成績在中上之列，我的跳法完全正確，但龍仔追求的似乎是出奇的盡致淋漓，在他的陪伴之下，我的舞蹈漸漸有了轉變，言語上無以形容，但是我的四肢與我的軀幹知道，那是我沒嘗試過的瀟灑風情。

我們的課程至今，零零碎碎地練了一百多組基礎舞步，連貫起來是一支五分多鐘長的，展現全身資質的舞藝驗收單，大家心下明白，卓教授會在這支舞中作出定奪，選定我們在舞劇中的角色。

各種猜測不斷浮現，我們奮力表現並且心照不宣，舞劇中最重要的角色，藍衣天使，應該是龍仔的囊中物，他的舞藝之出色我們無人能及，而另一個要角白衣天使，大家都預料該落在克里夫身上，克里夫生性機伶，在舞蹈中有維持全場，隨時為其他舞者挽救瑕疵的本領，而且他的外型好，美感高，同樣的情節，克里夫跳起來硬是添了幾分動人的戲劇性，我們都明白，那是天賦。

我私下臆測著，榮恩也會是領銜主角之一，雖然她跳起舞來像上了炸藥一樣，霸氣驚人，但主要的原因是，卓教授顯然喜歡她，我想這會是比天賦更重要的條件。

放學後我們都留了下來加緊練習，全體無一缺席，擂台競藝的氣氛漸漸在我們之間瀰漫。默默望著教室牆壁上的時鐘，當秒針指向零時，一撒手，我奮力起跳，咬緊牙關，現在我的目標是加強速度感。龍仔裸著上身，雙手抱胸，盯著時鐘同時看著我的舞步，我成功地又節縮了將近十秒的耗時。

停舞時我歡顏燦然，忘了揮去眼睫上的汗珠，恍若淚光的迷濛中，只見龍仔大搖其頭。這不可能，我跳得那麼流利，連最複雜的分解動作也一氣呵成，尤其在我最擅長的那幾組手勢舞中，毫無遲滯可言，滿心以為這會是我最好的一舞。

龍仔的手語那麼急促，在胸口前翻攪，兩掌又在腹部虛抱一個圓圈，浮升，在臉前面散開，一再重複，什麼意思？我不懂，他又做了一次，解下頸上的紙簿，他書寫：妳沒有從妳的裡面跳出來！！！

「妳沒有從妳的裡面跳出來！！！」

叫喊一樣的巨型字體，再加上三個驚嘆號。

相對愕然，我一時無法回答，龍仔以右手貼胸膛，眼眉急切，要我學著他的動作，我也舉手貼胸，我的柔軟胸脯之中，是劇烈的心跳，龍仔貼向前一步，示意我再看一次紙簿，妳沒有從妳的裡面跳出來！！！

還沒能做任何反應，龍仔和我又一起放手，兩人同時向後跳開，一支帶著橘色火燄的香菸在我們兩人中間疾飛而過，卓教授就站在教室中央，她的疲乏的雙眸瞥過我們一眼，轉回身，慢慢走回辦公室，邊走邊整理著她的髮髻。

香菸落進我們身旁不遠牆角，不知是誰擱下的咖啡杯正中心，火苗在咖啡中嗤一聲，連最後一道煙也來不及吐露，葬身無形。

第二天的知覺訓練課程中，卓教授正襟危坐，環視了我們一圈，以她一貫嚴厲的神色開講：「接下來說的事，我要你們全部聽清楚，聽清楚以後，誰要犯規，我就要誰馬上滾出舞團。」

聽起來非同小可，我們都凝神靜肅起來，座旁不遠的榮恩卻朝我使了眼色，她做了一個蒼白昏眩的表情。

「從今天開始，到第一場公演為止，」卓教授說：「我要你們完全收起性慾，聽明白沒有？性，做愛，上床，夠清楚了嗎？完全不准，要不想待下去的人，就儘管犯規。這件事我不再提第二次。好，現在我們上課……」

「這下好啦，」午休時，榮恩懶洋洋地枕躺在我的小腹上，一邊分享我的水梨切盤，她慵慵地說：「姥姥又來這一套，根本就是無聊嘛，她自己沒戲唱了，就拿我們出氣。」

榮恩私底下一向稱卓教授為姥姥，這個稱呼有老妖怪的含意，卓教授對她的疼愛，顯然並沒有相當的回收。我問她：「又來這一套，是什麼意思？」

「就是這樣啊，每次要正式開舞，她就一定要提這件事，姥姥最感冒團員之間亂來，尤其是雙人舞，只要是跳雙人舞的，姥姥盯得最緊，恨不得給兩人一起穿上貞操帶，問題是這干跳舞什麼事？這干她什麼事？還有，團員跟舞團以外的人上床，她憑什麼管？」

「教授一定有她的道理。而且，這干妳什麼事？妳還這麼小。」我不由得正色說，實在不習慣與芳齡十八的榮恩談這個話題。

榮恩氣弱了，她吃一片水梨，嚼了良久，說：「不要說我小，我可是元老喔，你們沒有一個人比我資格老耶。」

「妳來這裡多久了？」我問她，因為不感興趣，我從未和榮恩談及私事。

「好多年了，我都忘了，至少五年了吧。」

「開玩笑嗎？那不是從十三歲就來了？教授又不開兒童班。」

「沒騙妳啊，姥姥有一次去我們學校演講，看我表演把子功，她就叫我晚上找時間來上課，我們老師還高興得不得了，說我造化高耶。」

「這麼說妳是念國劇學校的？」我好奇了起來，難怪體重不滿百磅的榮恩，跳起舞來氣勢那麼凌厲。

「對呀，起先要攻正旦，可惜嗓子不對，我專攻武旦，我帶藝投師，克里夫不算，他本來只會在街上鬼混，在舞廳裡面找人家軋舞，姥姥也要他來旁聽，克里夫待了也有兩三年了吧。」

這些我全然不知，原本一向以為這裡所有的團員都是正統出身。

「亂講，」榮恩掏出一根菸，在我面前她不敢點燃，所以就挾著菸身聊以解悶，她說：「妳的消息真不靈通，像龍仔就不是啊，他是學體操的。」

又是一個意外。榮恩聳聳肩，說：「不然妳以為他那一身肌肉是怎麼操出來的？他練鞍馬，本來都進了國家隊，不知道為什麼，又被踢了出來，姥姥就收留他，他來得比克里夫還要晚，都算是我的師弟喲，所以不要說我小，舞團裡什麼事我都知道，什麼都逃不過我的眼睛。」

龍仔這時候正在我們身旁不遠做拉筋練習，他從不午休，真不知他的腸胃如何負荷？榮恩斜瞄他一眼，又覷我一眼，莫非國劇身段養成了她這種誇張的表達法？我覺得有些啼笑皆非，我心但似明月，非常不耐煩榮恩的弦外之音。

無視於我的臉色，榮恩媚態萬千地做了個吐煙的模樣，自顧自地再說了一次：「什麼都逃不過榮恩的眼睛……」

沒有月亮的晚上，練完額外課程之後，已是夜深人靜時分，我走出教室，並未如常步向隔壁巷子的住處，沿著墳山下的小徑漫行，我又聽見了十分溫柔的蕭邦琴音，晚風清爽，我感到琴音裡彷彿有著非常隱密的傾訴，不禁爬上半山腰，長久凝望起天上的星辰。

最後回到套房，才推開門，一股鬱悶感油然而升，榮恩赤腳從書桌前匆匆跑回到她的床鋪，開始梳頭髮。

「阿芳妳進來呀。」

「妳抽菸。」在門口我衰弱地說。

「我沒有。」

「菸味這麼明顯，怎麼沒有？」

「哪有哪有？」榮恩說著在頭上噴了大量的芳香順髮露。

我直接走到榮恩的書桌前，打開她的抽屜，拿出還發著燙的菸灰缸，放在榮恩的床上。「還說沒有？」

「人家只有在妳出門的時候才抽嘛，妳看空氣清淨機都開到最大了。」

「妳知道的，就算不是當面抽，菸味也會害我氣喘，我們不要侵犯別人，這是起碼的禮儀，好不好？」

「喔，那妳也侵犯我了啊。」榮恩張著無辜的大眼睛，很哀憐地說。

「不可能。」

「有嘛，人家都快被妳搞瘋了還不算侵犯？」

「我怎麼把妳搞瘋？」

「妳自言自語。」

我感到一陣咳嗽的慾望，還沒走到自己的衣櫃前，差點被掃帚絆了一跤。

「掃帚怎麼亂擺？」我皺起了雙眉。

「已經擺得很好了啊，妳看，我是靠著櫃子擺耶。」

「本來東西在哪裡，就在哪裡，好不好？拜託妳不要搞亂秩序。」

「唉，我已經很努力了耶，我已經連續掃兩天的地了，我整理東又整理西，哪有搞亂秩序？」

榮恩的凌亂我隱忍已久，這時我終於著惱了，繞著寢室走一圈，我說：「衣服請吊在衣架上，不要四處亂丟。鞋櫃上的撢子擺左邊。電風扇不用請靠著床腳。窗簾晚上要拉起來，哪，妳看，拉到這裡。抹布不是橫擺是直擺。面紙盒——面紙盒到哪裡去了？」

「在這裡啊。」榮恩跪著從她的床頭遞過面紙盒。

「我的天，面紙盒這麼重要的東西怎麼可以亂擺，臨時找不到怎麼辦？放——茶——几上！還有妳的檯燈，真受不了，難道妳不知道應該擺在書桌的左前方嗎？除非妳是左撇子，妳看，像我的檯燈這樣往左邊靠，妳有沒有在聽？」

榮恩楚楚動人地望著我，好久之後，才眨了一回長睫毛，她說：「阿芳，妳是不是當過兵？」

災難。我倒了半杯開水，先輕啜一口試溫度，果然又被換成了滾水，我捧著茶杯坐在床頭，突然感到委靡不堪，榮恩卻跑來我的身畔坐下，雙手撫弄著自己的髮尾，她說：「阿芳，我幫妳梳頭髮好不好？」

「不好。」

「那妳幫我梳頭髮好不好？」

我抬起頭望著她甜蜜的臉孔，唇乾舌燥，同時苦無對策。榮恩很傷心地在我的身邊坐了良久，才用微弱得幾乎聽不見的聲音說：「我哥就是一個左撇子……」

這種少女式的裝模作樣，這種戲劇性的美麗與哀愁，就是我的室友所賜給我的生活，我們是兩個不協調的樂器，每個筋疲力竭的夜裡，持續交織荒誕的二重奏。

在書單上打個勾，我闔上新讀完的書，閉目悠然默想，榮恩則坐在地毯上打電動玩具，並且播送風格詭異的舞曲。

我以喝咖啡的速度啜飲中藥，榮恩抱著電話，向明顯不同的對象們打情罵俏。

我坐在床頭，隨手塗寫一些心得筆記，榮恩也斯文起來，搬出一整疊少女漫畫，倚在我的床腳看得出神，隨著漫畫劇情，狂喜之後旋又乍悲。

我不分晨昏，得空就按照書單苦讀，榮恩也不分晨昏，常常一通電話後，匆忙化妝，再換上令人咋舌的性感勁裝，就飛奔離開套房，曠了舞蹈課程也不管，有時徹夜不歸。

為了平衡榮恩的明星海報，我在牆上加貼了一張鄧肯肖像，她隨即在一旁又貼上一張天蒼地茫的大草原圖。

榮恩將我的服飾善加利用，再搭配夜市裡買來的廉價行頭，她像一隻暹羅貓來回顧盼於鏡前，風情招展，回眸嫣然，她所帶給我生命中的傻眼時分，越來越多。

我漸漸斷定了，室友榮恩過著一種墮落的生活。

這個星期天，榮恩趁著假日出遊，已經一天一夜未歸，我在白天裡還是進了教室，多半的團員都在場，週日的氣氛總是較為輕鬆，克里夫帶來了大量的精選音碟，我們在婉轉的藍調中各自暖身進入練習，這是一整週中我最喜歡的時刻，舞劇配樂遲遲不來，卓教授總是讓我們在毫無音樂的寧靜中乾舞，她說這是回歸舞蹈的本質，依我看只是削弱了想像力，唯獨方便了龍仔。

由於遍地找不到舞衣，我咬牙穿上還未晾乾的另一套，暖身時甚至發著抖。秋天快來了。

這天夜裡，盜汗與惡寒開始折磨著我，早早上了床，面對整排窗欄我輾轉難眠，榮恩摸黑進了套房，滿身酒氣的她站在我的床前猶豫片刻，又掉頭走向浴室。

在浴室燈光中，我見到她骨骼纖小的背影，扶住門框勉強保持平衡，她的頭髮鬆散開來，逆著光圈，風格化成了一朵營養不足中，倉皇早熟的蒲公英。

榮恩洗浴完畢以後，留一盞小壁燈，綁上兩根微溼的小辮，只穿著上下各一截的少女內衣，完全出乎我的理解範圍，她爬上了我的床。

「請問妳在做什麼？」我推開被子坐起問她。

「借我躺一下嘛，」榮恩說著迅速鑽進了我的被窩，「我好冷，而且女孩子跟女孩子睡很溫馨啊，妳挪過去一點嘛。」

「拜託回去妳的床。」

「一個故事。」榮恩的喘息就在我的唇邊，她弧線美好的胸部緊貼著我的臂彎，我看清她的雙眼布滿了血絲。榮恩此刻哀求著我：「跟我講一個故事，我就回我的床。」

「我要拉妳的辮子了。」

「那我講一個故事，好不好？讓我先講完，妳再講一個。」榮恩將自己完全埋進被窩裡，並且用雙手護住她的辮根。

我嘆了一口氣，再這樣鬧下去就要淪為兒童式的不顧顏面了，我讓榮恩說故事，我料定會是很糟的故事。

「從前從前，」榮恩從被窩裡鑽出了臉蛋，很開心，她說：「有一隻奇怪的鳥，牠是極樂鳥，全世界只有一隻極樂鳥。極樂鳥的世界很奇怪，因為牠從來沒有見過自己的同類，所以牠的一切行動都只有靠自己創造，牠飛起來，牠叫一聲，都是原創，而且只要聽見牠的叫聲，其他所有的小鳥都羞愧得將頭藏在翅膀下面，因為極樂鳥太美麗太美麗了，牠讓其他的小鳥都自慚──自形──」

「自慚形穢。」

「對，自慚形穢，極樂鳥的羽毛抖一下，光芒亮得飛出銀河系，一直飛，飛到沒有光的星球。極樂鳥最怕柵欄，只要見到柵欄，牠就很不爽，柵欄關住了可憐的小鳥，極樂鳥幫牠們啄破柵欄，對了阿芳，妳相不相信天使？」

「不相信。」

「有耶，有天使，只是天使會化身，他一化身了，妳就不知道他其實是天使。」

「那和極樂鳥有什麼關係？」我問，其實我覺得榮恩的故事並不怎麼糟糕。

「沒有關係，我只是突然想講天使的故事，從前從前，有一個天使，他在天堂待得膩了，就化身來到人間，見到各式各樣的人，天使眼花，那個……眼花撩亂，他覺得人間太好玩了，比天堂還棒，就漸漸忘記了天堂，最後連自己是天使他都忘了，本來有的時候還會想起來，像是看到夕陽的時候啦，看到一隻母狼叼著一隻小狼的時候啦，但是到最後真的忘光了，他還結了婚，新娘子給他生了一個小嬰兒，天使看見嬰兒的臉，一下子全想起來了，他很想念天堂，他想要回去，但是想到他必須拋棄新娘和小嬰兒，天使不知道該怎麼辦，就哭了，天使一掉淚，就有光飛出銀河系，一直飛，飛到沒有光的星球……」

「等等，」我抗議了，「這和上一個故事雷同。」

「那也沒辦法，」榮恩聳聳肩說，「要不妳來說一個故事。」

「……我不會說故事。」

「怎麼不會？妳看我就說了兩個。」

「榮恩，要虛構很容易，我不欣賞那種奇情詭異的故事。」

「那我畫一隻極樂鳥給妳看。」

榮恩興致勃勃地爬下床，打開檯燈畫了起來。

檯燈的光線刺得我闔上雙眼，心裡卻浮現出一幅畫面，我回想起來，曾經在墳山的半山腰，親眼看見一對翠綠色的異鳥翩翩起舞，比鷺鷥還大的不知名的鳥，牠們長如柔絲的綠色尾翼，隨著舞姿在空中劃成緞帶一樣的曲線。牠們是不是就叫青鳥？那對翠綠色的異鳥就在頭頂不遠盤旋，像是進行某種儀式般地翻飛梭迴，當時我看得呆了，心裡只是想著，珍希的雙飛的鳥，飛遠一點吧，飛進深山裡吧，不要讓人發現你們……

或者，若是可能，就算一秒鐘也好，飛到媽媽的眼前吧。

「那個沒血沒眼淚的女人噢。」老俺公總是這麼說，每個字眼都冒犯著我的耳朵。老俺公一次又一次向我訴說那個故事，故事裡的女人，懷了胎，待產期中奇異地喪失了說話的能力，她是不願意開口吧？連要臨盆了，就要臨盆，還是拒絕開口，一聲尖叫也沒有，她在臥房裡獨力生下了我，然後昏睡良久，又勉強下了床，突然出聲說要去散步，然後永遠沒有再回頭。走到哪裡去了？在那裡妳幸福了嗎？

「哪。」榮恩打開大燈，將一本筆記簿攤在我面前，「妳看，這就是極樂鳥，夠原創吧？」

我瞧上一眼，嘆口氣，說：「孔雀的頭，老鷹的翅膀，鴕鳥的身體，馬的尾巴，榮恩這不是原創，這是拼湊。還有，不管妳要不要睡，拜託妳穿件衣服。」

榮恩端詳著我半晌，默默撕下了紙頁，揉成一團。她聲調乾澀地說：「妳書讀得多，妳有創造力，妳來畫給我看。」

我搖了搖頭。書是讀得不少，只恨閱讀不能轉化成為創造力，我的世界裡乏善可陳，只有拚命地繼續讀，一邊在優美的文學世界裡追悔著，怎麼我生在如此沉悶的年代？我曾經想要在三十歲以前，寫出一本談自由的小說，就像是我這輩子所有許過的願一樣，實現的希望越來越渺茫，一個故事也想不出來，我憑什麼寫作？誰又有興致聽我訴說？

「阿芳，阿芳姊姊。」榮恩使了性子之後又馬上求和，她蹲下身輕搖我的肩膀，我佯睡不理會她。

她的聲音悠悠傳來：「……阿芳只理龍仔，不理榮恩。」

這種孩子氣無需答理，況且我渾身寒顫難耐，我拉緊被子準備入眠。

榮恩在地毯上來回踱步，每到我的床畔她就佇足，再走開去，她在房裡轉了不下百圈。

「阿芳。」她又蹲下來搖撼我的肩膀。「阿芳，我告訴妳一件事情。」

「明天再說吧。」

「可是這件事很重要。」她說：「妳不要生氣，我想起來了，妳前天不是要我幫妳帶舞衣回來嗎？」

我頓時睜眼清醒，這件舞衣我已找遍了套房，經她一提恍然大悟，前天在教室裡換下舞衣後，因為另有事情在身，我請榮恩幫忙將舞衣帶回家。

「不要罵我喔，我把它泡在臉盆裡，放在教室洗手台下面，可是又忘了，妳這兩天沒有找舞衣吧？」她說。

「我的天，」我哀叫著說，「那不是都泡壞了？」

「那妳趕快去拿回來晾嘛，今天就晾，就不會壞了。」

委頓在被窩裡，我說：「現在都幾點了？怎麼進得了教室？」

「進得去。」榮恩的細眉微微一挑，瞬間又回復成滿臉非常溫柔的神色，雙眼中淨是流轉的媚光。「妳快去嘛，我跟妳保證，一定進得去。」

站在舞蹈教室前，我穿上了秋天的長衣衫，我想我真的病了，幸運的是，教室裡果然還有幾盞燈光，我推簾進入，直接到淋浴間去挽救我的舞衣。

將舞衣擰乾裝進袋中，我思量著，這時候誰還逗留在教室裡？怎麼我一個人也未碰見？在一片死寂中我尋遍每個角落，沒有人蹤，牆壁上的時鐘指向了午夜十二點。

我拾級而上，直到教室頂層的閣樓，閣樓一共分成三間，我知道以往充當舞者的臨時宿舍，但這時並無房客，我見到其中一間門縫裡綻放出微微的光，光之中有琉璃似的旖旎質感，突然之間，我滿身沁出了惡寒大汗，心裡面煩噁難當。

像群蛇一樣的煙束，正隨著光流竄到我的身邊。

伊呀推開門，迎面的床上，全身赤裸的龍仔趴睡正酣，卓教授穿著一件浴袍坐在龍仔身側，她一手擎著菸，菸，她與菸的畫面這時候看起來，多麼像是某種放浪之後的舒緩，見到我，卓教授以微抖的手勢送菸入唇，深深盯著我的同時也深深吸菸，她的另一隻手則輕輕占領龍仔壯偉的背脊，直撫摸到他的光裸的脖頸間。

卓教授看起來疲累萬分，她在垂下頭之前，朝我吐了一口長長的煙。

※

大雨，連續幾天淅瀝瀝下個不停，雨絲從窗口飛逸進來，增添了幾分寒意，我為著高燒不退，已經請假數日蜷在被窩裡。

榮恩非常忠實地擔負起室友的義務，她早中晚為我帶來餐食，她為我洗衣服——用一種我不忍心過問的粗暴手法，她為我買來報紙又頻頻沏我的人參茶，坐在床頭，幫我喝下了大半壺，再眉飛色舞地述說我所錯失的課程。

這天的知覺訓練，我們練習反射運動的反制，簡直要命，我們跌得七葷八素。她說。姥姥今天罵我們通通都是番茄腦袋，又叫我們不如去掃大街。她說。

林教授也學會消遣我們，說我們是混凝土腦袋，她又說，好消息，聽說我們的配樂快要出來了，沒有音樂真不習慣呀。

我漫不經心地搭理著榮恩，喝一口晚餐的熱湯，我非常驚奇，榮恩應著我的要求，通常買來很淡素的食物，和清清如水的豆腐菜湯，我嘗出來今晚是熬煮得很濃濁的烏骨雞，還揮發著一股當歸香氣。

「這是哪裡來的湯？」我問榮恩。

「龍仔叫我帶給妳的。」榮恩擱下她的茶杯，開始剝橘子，她說：「也不知道他去哪裡買的。好不好喝？妳喝不喝得完？」

榮恩分明十分期待，我將剩餘的雞湯給了她，接過橘子，才吃了兩瓣，又拋開，在榮恩的迭聲慘叫中，我弓起背吐了一地。

這個下午，雨終於停了，孤單地躺在套房裡，我從窗口瞥見一群麻雀飛了過去，因此想起我的一雙胳臂，從被窩裡探出雙手搧動著，它們瘦了一小圈，肌肉的弧度還算漂亮，但我只是一個寂寞的人，我並沒有翅膀。

我翻身下了床，摸摸額頭，還發著燙，我匆匆挽髮，整理好舞衣舞鞋，朝教室走去。今天的陽光分外燦爛，在小巷裡我的步伐輕快了起來，半因為終於出門透了氣，半因為發燒中的輕盈感，像是飄流在空氣中一般，我不禁喃喃自語起來……如果真能夠飛，是不是可以得到全新的視野？

站在卓教授的小院前，我感到非常不解，才幾天的大雨，院子裡的梧桐樹已經脫卻了大半的綠葉，滿樹枯枝聳然矗立，像是遭逢了北國的深冬。

卓教授正帶著大家練新舞步，見我報到，她擰起眉頭要我去找許祕書補填假單。

我連著幾天追趕課程，熱病在忙碌中悄悄痊癒了，午餐時我仍舊將便當遞給龍仔，我希望他食用飽足，但我不再與他傳遞小抄，龍仔彷彿知道了什麼，始終不曾打攪我的冷淡，但他永恆的沉默此時看起來，多添了一分有口難言的苦難性悲愴。

我對卓教授有了全新的看法，聽課時，練舞時，看見她的臉孔我往往就忘記了當下的一切，這是我崇拜了一輩子的人，對於她的發跡史我瞭若指掌，但那是從報端從書上，而且是她的青春美麗的過往，不是眼前這個瘦骨嶙峋的老女人。

卓教授是該風流的，她在比我還年輕許多的時候，就因為與日籍舞蹈老師姘居而聲名狼藉，接著又為了一個巴黎低級樂師拋棄了那日本人，然後她告別歐洲漂洋過海，到了紐約又遠離舞蹈圈，人們都說她那時瘋狂地迷戀上一個俄國畫家，那時候她還是比我小，我尋遍資料，也找不到她從二十八歲到三十歲的任何紀錄，那該是謎一般的歲月吧？三十一歲，卓教授脫胎換骨，神奇地在紐約復出，從此她風靡眾生，並且在生活的方式上，得到了格林威治村藝術圈的真傳，她的波西米亞式的情色韻事不斷……但那都是多年以前的絕代風華，不是這個狹玩年輕舞者的老女人。

多麼不堪親近的真實。我永遠記得，第一次在她的傳記中，見到那張黑白寫真，舞罷小憩的卓教授，挾著香菸斜臥在貴婦榻前，望向照片的邊緣，我是如此驚豔於這個側面女神，如今這本小書早已陳舊，影中的她停頓於永恆，煙視媚行，美得甚至不願意正面示人。我以為那就是卓教授。

我以為我太了解她了，卓教授的一身洋派作風，她的口音與她的談吐，都讓人錯以為她出身外省權貴，而我知道她其實是個百分之百的台灣人，卓家世居在彰化縣，我不只知道，還曾經登門造訪，遠在我還沒聽說過卓教授之前。

遠近馳名的卓家油坊，專門出產黑芝麻油，就在那個樸素小鎮的十字路口，隔著兩條街，還聞得見油坊傳來的焦香味。

人與人之間的因緣是婉轉的，那一年我甚至還沒開始跳芭蕾舞，綁著兩根長辮子，我隨著爸爸旅行，現在回想起來，原來爸爸總喜歡單獨帶我出遊，對爸爸來說，旅行的真諦就是尋訪各地的美食珍材，那一年到了小鎮，我們直奔卓家油坊，當時我並不知道那是卓教授的家，但印象還是無比深刻，只覺得香，香極了的地方。

我也記得那個從頭到腳日本貴族風味的老太太，想來是卓教授的母親，爸爸與她用日語相談甚歡，我獨自在卓家院落中漫遊，我記得她家門簷前那一架鸚鵡，養得要比我家壯美許多，小雨下了起來，有人匆忙地收起風廊中的菊花盆，一個奇大無比的棚架下面，幾個赤足的男人正忙著拌鏟滿地的黑芝麻海洋，爸爸提著四瓶黑芝麻油叫喚我，我拈起地上的芝麻細砂，看得都癡了，碾得殘缺破碎的黑芝麻，聞起來是香的，嘗起來是苦的。

我不知道我正要漸漸認識她，後來我又以為真的了解她，卓教授算是影響了我的命運的人，我渴望親近她，終於靠近了，才又對她有了全新的看法，她不算神祇，連人也不算，她只是一朵自戀到極點的花，開得太倔強，枯得又太驚慌。

就是從這個時候開始，我同情她，我漸漸明白她無所不用其極貶抑我們的心情，世代交替對於我們只是理所當然的旅程，對她而言，來得怵目驚心，所以她在林教授的助威之下，總不忘適時給予我們言語上的打擊，說我們是荒唐的一代，是兒戲的一代，是沒有理想的一代。

團員中我的年紀最長，對這種詆毀的耐受力最強，失聰的龍仔則完全置身事外，而其他的夥伴們就不免遭受挫折了，只能往好處想，大家將教授的責罵視為恨鐵不成鋼。

午休時我們躺滿地板，享受克里夫的音樂服務，還沒入睡的團員們聊了起來，大家談及演出之後的打算，除了阿新非常篤定繼續深造之外，多半的人顯然處於躊躇中。

「我想還是要再考下去。」小羅說。瘦削的他一直是個劇場舞者，對於人生規劃很有一套務實的看法，他準備考取公職，先捧住鐵飯碗再一邊跳舞。然而大家都清楚，他已經連續兩次應考失敗，我也猜測他並不是適合考試的那種類型。

「不知道卓教授會不會收留我，」麗馨說：「我會再跳下去，兩三年吧，再來就看情況了。」

麗馨嫁得非常早，看起來還像個女學生似的，她已經結婚數年了，婆家一直期待著她生子，她所說的情況就是指生產一事，對於職業舞蹈生涯而言，這的確是個難題，麗馨近來醉心瑜伽，大家都看出來了，她已漸漸有轉業的傾向。

克里夫呢？大家紛紛轉向克里夫，他今天在淡藍色短髮上灑了銀粉，這時正嚼著口香糖，一邊十分起勁地擦拭一架照相機。

「我只知道我不會回去。」他聳聳肩，漫不在乎地說，我想他指的是他的祖國。

一個響亮的聲音傳來，是個性開朗的阿偉，他說：「我已經決定了，跳完這場，就要去李老師那邊。」

大家都安靜了。阿偉和我一樣是芭蕾舞老手，現代舞也跳得相當好，不論先天資質或是後天發展，他都算是顆閃亮明星。

但是大家都不再說話。李老師的舞團雖然以專業掛名，實際上是個培養電視節目演出的大本營。我們都知道，像眼前這樣跳下去，能出頭者只是鳳毛麟角，絕大多數將隨著年紀凋零，而李老師的舞團則是進入通俗演藝圈的跳板，這是不少舞蹈系畢業生將那邊當成第一志願的原因。

「變節。」有個團員這麼說。

阿偉不以為忤，他嘻笑著答道：「變節又怎樣？我有我的理想。」

「媽的理想。」阿新說。

「媽的理想。」大家都笑了。

「來，我們拍張照片。」克里夫舉起照相機很開心地宣布，我們搖醒入睡的夥伴，大家聚攏起來，推擠中我失去了重心，一隻手臂非常有力地扶住我的腰肢，我回頭一看，龍仔很靦腆放了手。

「說C。」克里夫指揮全體說。

「C。」

我們的青春美顏，永遠停駐在這天的中午，初秋，大雷雨開始的時候。

雷聲隆隆，一個落湯雞一般的快遞男孩送來了包裹，卓教授一見包裹就展露出難得的笑容，當場暫停了我們的課程，卓教授拆封的模樣顯得心急難耐，她扯出包裹中一捲錄音帶，又匆匆讀過一張短函，然後她摘下眼鏡環視了我們一圈，多瞧了龍仔好幾眼，她將帶子交給克里夫。

那是我們新出爐的配樂，雖然在長達七十分鐘的舞劇中，這只是十多分鐘的第一支曲目，但貫穿全場的主旋律已包含其中，這天下午的課程全部停止，卓教授要我們躺在地板上，一次又一次聆聽，直聽到旋律烙印入心。

豎琴與雙簧管的溫柔交會，提琴與銅角的清越迴旋，卓教授的這個門派，總是喜歡古典樂的情調，我在天籟一般的慢板氤氳中，放鬆了心靈與四肢，第一次感到了加入這個舞團的幸福，榮恩輕輕捏了捏我的掌心，我抽回手掌，側眼望去，正好見到身邊不遠的龍仔，他也學著我們躺平入定，他仰望著天花板，他的臉容寧靜而且溫馴。

我想我知道，他根本不明白我們正在聆聽什麼。

大雨，雷鳴不已，龍仔翻身坐起，困惑地四處張望，彷彿聽見了什麼神祕的召喚，最後龍仔回身面向後院，鎖定了方位，他筆直朝後門走去。

去廚房喝了一杯溫水，我從窗口望出去，龍仔正在後院的鐵柵門前，沒打傘也沒穿雨衣，暴雨阻攔了視線，我依稀看見他似乎嘗試著開門，後門通往一片墳山，通常是鎖死的，進出靠一根沉重的鐵鑰匙，平時就擱在廚房的一只舊咖啡罐中。雨中的龍仔停止了動作，他的背影看起來有些尷尬的模樣。

我冒著雨來到後門，旋即被雨打得全身溼透。

不知道為什麼，龍仔察覺了背後的我，大雨中，他狼狽不堪地轉回了身。

龍仔的雙手緊緊握著那根鐵鑰匙，整根暴力扭斷了，大雨如瀑，他幾乎無法與我保持對望，但我已看進他的雙瞳裡，從此再沒忘記這天的大雨中龍仔的眼神，那樣倉皇，那樣遺憾，那樣的空洞萬分。

※

一個壞消息損毀了我們的心情，陰霾的早晨，我見到大家聚論紛紛，榮恩等我換好舞裝，趕緊跑上前來，告訴我，團員雅芬被卓教授逐出舞團，從今天開始就不許她來了。

一時我無法置信，那麼溫順而努力的女孩雅芬，雖然交際不深，我一向對她有著好感，雅芬非常靜默害羞，因為害羞，所以愛笑，她常常笑著，那是一種收藏了千言萬語的笑法，總感覺有朝一日我能真的解讀她。

「是因為體重的問題嗎？」我問榮恩，雅芬的體重一直在卓教授規定的上限邊緣，我知道她節食得非常辛苦。

「只是一半的原因。」榮恩以掉弄玄虛的語氣說，她靠向前來，作勢要我附耳過去。「跟妳說，聽說她嗑藥，大概是為了減肥，姥姥差點沒氣翻過去，這是許祕書偷偷告訴我的喲。」

「她笨，」榮恩再也隱忍不住滿臉的笑意，「嗑藥都能嗑到讓姥姥知道，真沒本事。」

與榮恩四目相顧，我從沒想過，在那樣一雙清純的眸子裡，可以同時容納著幼稚與殘忍的光亮。

這是舞團裡第一次刷掉成員，我們都猜想該是扶正龍仔的時候了。

早晨的課堂中，卓教授以輕描淡寫的方式說，舞團與雅芬解除合約，團員保持十九人，不再遞補。

初秋的細雨不斷，布告欄上出現了一張新的招貼，舞團將在下週正式選角，卓教授沒在課堂上提過這件事，她寧願訴諸文字，是希望給龍仔同樣大的警醒吧？擠在招貼前，我們讀遍了上面的電腦字樣，沒有透露任何進一步的訊息，在卓教授的現代舞概念中，幾乎不存在性別區分，男舞者與女舞者顯然一起角逐領銜身分。

所以我們更加倍練習，一方面也清楚了，表現上稍有差池，卓教授並不吝惜驅逐任何一個團員。

因為另有私事，這天放學之後，連晚餐也未食用，我就整裝離開教室，提著背包，走在梧桐樹下，幾粒樹籽疾射而來，我垂首吸了幾口氣，回眸看著天台上的龍仔，他正以手語叫喚我的名字。

阿是五瓣花蕊綻放，芳是一道柔軟的波浪，我仰天朝他搖手，打手勢說正要出門。

龍仔於是縱身跳了下來，在我驚聲失措之前，他已經落地往前兩滾翻止住了去勢，挺身站起，龍仔滿臉俊爽地阻擋在面前。

「晚上不留下來加課？」他解下紙簿問我，我們已經一個星期未曾筆談了。

「不留。」我搖頭說。

龍仔抿唇非常專心觀察我的表情，終於他又寫：「阿芳，我們都只關心舞蹈，舞蹈以外的事，不要管，不要管，好不好？」

原來他並不打算辯解，這樣也好，我也無意與他再談。

「我真的有事要走了。」我用自創的手語說，一邊回身走開。

「阿芳。」龍仔也急著用手語回答，他突然扯住我的手腕。

被龍仔強而有力地挾住手臂，我面紅耳赤地看著振筆疾書：「妳願不願意和我一起練舞？」

「我們是一起練舞沒錯啊。」我書寫回答。

「不對，不是那樣，是妳的舞，我的舞，我們一起真的跳舞，」龍仔也脹紅了臉，我感覺他過於激動了，寫到這裡，他已放開了我的手臂，一邊寫，一邊重複用手語說：「只要告訴我一句，妳願意，妳願意……」

幾天的冷淡，到此刻化作為百分之百的冷感，我沒辦法不往色情的方向聯想，木然站了幾秒，我胡亂地朝他搖手，轉身就跑了開去，在巷子口躍進計程車。

坐在車上，我舉起手臂一看，左腕上整個紅了一圈，粗魯的指印清晰可見。

嚴重的下班塞車潮，堵得我萬念俱灰，在約定的晚餐時刻之後一個鐘頭，我才下了車，來到士林這棟華宅一樓門口，我聞見了空氣裡濃濃的藥味。

菲傭瑪德琳應聲前來開了門，我們一起穿過前庭，我見到院子裡的曇花不知是正要開了，還是方才謝了，蒼白的花苞在雨露中低垂疲乏。

見我進門，姊姊趕忙熄了菸，連聲喚瑪德琳去給我遞專用拖鞋。

姊姊要我坐好，她自己卻一刻也沒沾上沙發，在華美的客廳與開放式廚房裡，她來回奔走不休，端來咖啡，想起我不喝，又換上金萱熱茶，配著一碟玫瑰凍露與蛋塔，她旋即又去廚房照顧爐火。

從氣味上就可以斷定姊姊正在給我煮藥湯，白果、杏仁、麻黃、半夏、黃芩、蘇子、茯苓……總的組合起來，是嚇人的催吐感。我見到瑪德琳繫上圍裙，開始幫姊姊熱晚餐，今天的主食顯然是牛排，兩塊肥美的肋排。

我於是將茶食搬移到了餐檯，坐看她們兩人忙碌。

「……姊夫還沒回來？」我找了話頭。

姊姊從整排水晶杯後面瞥了我一眼，說：「我們先吃飯，他晚一點才吃。」

她又說：「爸爸要我找妳。」

「什麼事？」

姊姊拎著她的咖啡杯，來到桌前。「他找不到妳。辭了職也不講，搬了家也不聯絡，妳存心急死他嗎？」

「我想安頓好再說。」

「不要找藉口。」姊姊給我添了茶水，順道抓起我的手臂上下捏了捏，她皺起眉頭，我知道我瘦多了，這是卓教授勉強滿意的體重。

「爸爸說妳要不回去，至少也寫一封信給俺公，連中秋節都沒回去，老俺公氣得幾天沒吃飯。」姊姊拿起餐檯上的菸盒，又拋下。

「那妳回去了沒？」我問她。

「沒。」姊姊答得氣短，她回身小心翼翼地傾倒藥湯。

「又不是只有我一個沒回去，我那麼忙，俺公也太孩子氣了。」

「不要抱怨。」姊姊說，她端來了藥湯。「治氣喘的，喝了它。」

「可不可以不要喝？我聞了想吐。」

「喝了它。」姊姊將牛排交給瑪德琳小火慢煎，她在我面前坐了下來。

現在姊姊端坐於我的正前方，一邊喝咖啡，一邊用紙巾擦拭桌面上的杯印，她這張餐檯是歐洲原裝進口的整面鸚鵡綠雲石，我花上三個月的薪水也買不起半張，所以就十分知趣地捧住杯子，不再擱下。

但是姊姊取走了我手上的熱茶杯，更換以更燙的藥湯碗。

「不是這樣灌，」在我一鼓作氣的牛飲中，姊姊叫了起來，「不要嗆著了，小口喝，白果和茯苓吃下去，其他的不要吃。」

「還有碗不要這樣端，」姊姊更急了，「燙手妳懂不懂？用指頭扶著碗腳，好多了沒？」

「妳對。」我咂著嘴，愁眉苦臉地答道。

姊姊什麼都對，功課對，有生以來我從沒見過姊姊考過第三以外的名次；嫁得對，她的夫婿早已做了名診所的名醫；工作更對，姊姊很年輕便考上了會計師執照，她所共同合夥經營的會計事務所在業界裡已是十大之列，但她將更多的時間花在自家的理財上，那是我永生也無法進入的堂奧，她懂得看準在通貨膨脹前大量借貸置產，貨幣貶值之後再輕鬆償還，買空賣空、多頭操作之間製造可觀的財富，姊姊也是在跳舞，她跳的是票房極高的舞。

姊姊的談興來了，原來她不久前應邀出席了兒時鄰居的婚禮，帶回了大量的新聞。

自從和姊姊先後上台北念大學以後，我們返家的次數越來越少，這時聽她提起那些兒時玩伴，竟有了非常朦朧的陌生感。

「他們都說找不到妳，要我聯絡妳，一打電話才知道妳辭職了。」姊姊不失責備地說。她隨即開始訴說鄰居們的今日生態。

那個大家所共同懼怕的外省大男孩，隨身攜帶著一條自製的短鞭，無時無刻不煥發著一身的豪俠氣派，仗劍而行的那個男孩，開了一家錄影帶店，姊姊說，就在承德路上，那家有名的烤鴨店旁邊。

而那個太早戴眼鏡，總是很害羞，卻有本事偷了一輛腳踏車的鬈髮男孩，現在專門跑大陸，介紹大陸新娘，聽說他還跑越南和柬埔寨。

那對喜歡欺負人，最暴力的陳家兄弟，一個在復興北路的銀行裡當櫃檯員，另一個大學一考再考，竟然考上了醫學院，而且不知怎麼逃過了兵役，現在是大醫院裡的住院大夫，喝喜酒時就坐在身旁，姊姊說，胖得離了譜，他抱怨醫院裡內鬥得驚人，很有一言難盡的苦衷，和他一頓飯聊下來，只見他前後吃了三次胃藥。

那麼那個時常投稿，人家都說是才女的那個女孩呢？嫁人了，但又離了婚，現在開始拉人壽保險，姊姊說，要遇上她妳也沒輒，起碼要賣妳三種組合險。

「還有，」姊姊說，我正仰頭要飲用藥汁，姊姊沉吟著，不停攪弄她的咖啡，我屏氣等待她。「……隔壁的小韋，妳記得吧？」

我將原本要喝的湯藥擱下了，用調羹找尋其中的白果，遍尋不著，最後我問：「怎麼妳碰見他了？」

「沒有。」姊姊吐了口氣說，「唉呀咖啡都涼了。」

她返身用英語叫瑪德琳再煮咖啡，瑪德琳忙了起來。

「他沒去喝喜酒。」姊姊終於又開口，「是別人告訴我的，說他不太好，生了病，鼻咽癌，本來治好了，這一年又復發，現在回去住家裡，博士恐怕念不完了，人家跟我說他的精神狀況不太好，說話不清楚，連眼睛也不太看得見了，現在又疑神疑鬼，懷疑他家人要害死他，妳說可能嗎？大家都說這時候友誼對他最有幫助，所以要我們聯絡大家，回去看看他，或者打個電話給他也好，電話我倒是打了，本來也想找妳一起打的……

「電話打過去，我覺得韋媽媽真的不太理人，小韋聽見我的聲音，高興得一直說話，芳，他一直說話，但是我一句也沒辦法聽懂，真的聽不懂，只能陪著他啊不停，我好想……我真想……」

姊姊竟沒辦法說完，她低頭喝了一口涼咖啡。

我也默默無語，捧著湯碗的手全冰了。

「妳現在，又回到舞團去了吧？」姊姊這樣轉了話題。

我無聲地點點頭。

「我猜也是，現在才回去從頭跳，不嫌太晚了點嗎？」

我搖搖頭，等著她的數落，但是姊姊沉默良久，才說：「依農曆的算法，妳已經滿三十歲了，早就不是孩子了，該怎麼走妳自己著想，要實際一點，說實話我覺得妳孤芳自賞，芳，我只是希望妳早一天找到對的路。」

我的喉頭哽咽無法回答。她樣樣都做對，我沒一件事不讓人操心。而小韋病成這樣。

「找我就是要談這件事？要我回去看小韋？」好不容易氣息順暢了，我問她。

姊姊點點頭，又搖頭，她望著我，說：「要妳來是想告訴妳，妳要做阿姨了，我懷孕了，明年三月生。」

不待我反應，姊姊突然撇下咖啡站起身，快速地從瑪德琳手中奪過煎鏟，她背對著我煎起牛排。

我想牛排該煎得太老了，但是姊姊似乎不願意停手，我想祝福她，一時又找不到適當的措辭，姊姊在五六年前曾經非常想生，卻又羈絆在繁忙的工作上，之後就少聽起她提這件事了，不過我們近年來也只見過數面，我只隱約知道，她與姊夫的感情漸漸冷淡，姊夫有外遇，只是姊姊倔強得不願意談，在她的邏輯裡，姊夫出軌，是她的人生不夠精準，所以不堪向人訴苦，現在我更不敢問她，與姊夫的近況如何，只能聽著她不停煎牛排，畢畢剝剝，我以為我聽見了心碎的聲音。

深夜裡回到了套房，我感到心力交瘁，還沒開燈，就聞見房間裡濃得可以觸發火災警報器的煙味，我嘆了口氣，一打亮燈，見到榮恩的床鋪上一片混亂，榮恩從被窩裡探出一雙大眼睛，不久，另一雙眼睛也探了出來，我看清楚了，是舞團裡的阿新。

我站在房門外等了良久，穿上衣服的阿新才走出來，他緊抿著雙唇，一語不發地從我面前匆匆而過，半跳躍著下了樓。

我又待了一分鐘才進房間，只見榮恩仍舊半裸，她正梳理著頭髮。

因為我長久不開口，榮恩終於忍不住說：「人家以為妳今天不回來了嘛。」

「榮恩，妳不怕教授踢你們出舞團？」

「妳不說，我不說，大家都不說，怎麼會有問題？」

突然之間，我感到她的答辭大有語病，於是問她：「大家是誰？」

榮恩嘟起小嘴，訕訕然地說：「不管是誰，姥姥都管不著。」

「大家是誰？妳還跟舞團裡誰上過床？」

「……就是，就是……我們都是成人了嘛。」

「不要忘了妳才十八歲，大家是誰？」

「高興就上啊，這都什麼年代了，不要那麼古板好不好？」

「還有誰？」

「就是小羅嘛，克里夫嘛，阿偉嘛……人家記不得了，反正只要是男的嘛。」

「龍仔呢？」我問她。

榮恩原本十分苦惱，這時突然放鬆了眼眉，她意味深長地盯著我，一朵笑靨浮現，她也不回答，只是梳頭髮，梳了半晌，卻輕輕哼起約翰藍儂的Beautiful Boy，她十分清楚我是個披頭迷。

「妳妳這個──」我始終站在套房正中央，此時苦於找不到辭令。「──花癡！」

這是我生平最重的一句話，出現在我心情最糟的一夜，榮恩並不著惱，她繼續梳髮，氣定神閒，她答道：「我不生氣，要不是知道妳有性冷感，我一定氣死了，阿芳我原諒妳。」

為了避免親手掐死榮恩，我推門又離開了套房，夜色中我急不擇徑，直到被一條死而不僵的枯籐絆及仆倒，才發現已經來到墳山的腰崁。

墳堆裡傳來唧唧的蟲鳴，在草堆中趴得久了，蟲鳴的大合奏越來越具體，像是置身環場音效的劇院中央，我被一圈圈的音波圍繞，漸漸忘卻了今夜在套房裡的鬧劇，回憶也像漣漪一樣慢慢漾開，遠及到我十六歲的地方。

那一年是小韋俊秀的十七歲。

韋家與我們比鄰而居，小韋從小算是我的玩伴，隔著一道圍牆，兩家各有不為外人道的遭遇，同樣來自於非常古怪的家庭，少年的我們互相了解對方的煩惱，在那個沉悶的年代裡，那種不成熟的悲愴感是心情上的救贖，而我們正當青春，少女的我和小韋有著一種相依為命的友情。

小韋的媽媽因為早年的一場大火，在半邊臉上留下了暗紅色的傷疤，韋媽媽通常只在傍晚以後才敢出門。那場火災是怎麼一回事？鄰里間流傳著各種版本，確定的是，韋媽媽在同一年懷了小韋，也許是熊熊烈燄的神祕遺贈，小韋天性異常溫暖友善，我眼中的他堅強堅決而且健康。

小韋的數理能力非常好，這一點深獲我心，上了高中以後我們感情更好，常常趁著韋媽媽出門，人約黃昏後，在韋家陰涼的客廳裡，多方試探，兩相按捺，只是從未越軌。

我是在很多年以後，才明白當時給了他多麼辛苦的試練。少女的我並不十分關心貞操問題，只是覺得，人生總該有些美、有些堅持。

在那個年紀裡，激情是有的，叛逆是有的，但是我不墮落，就是因為厭惡我的生活，所以我要力爭上游。

十六歲那年，小韋深夜背著一個海軍陸戰隊背包，翻過我家牆頭，來敲我的玻璃窗。

他說要離開這裡。那麼去哪裡呢？不知道，要去一個全新的地方。

小韋突然抱緊了我，很結實也很溫暖的擁抱。

他這麼說：「然後我們一輩子都在一起，只要說妳願意，妳願意……」

「我不願意。」我一字一句地說，同時非常憤怒。

所以小韋的出走計畫也就取消了，他仍舊是個溫暖的鄰居，只是越溫暖的就越容易藏汙納垢，從此我感覺他越看越加衰敗，意志薄弱，模稜兩可，甚至他還不太健康，冬天時咳嗽，總要在脖子上掛著圍巾。

我順利考上大學以後，終於離開了那個家。

此時又如願回到了舞團，只是這些年下來，隱隱約約體會了，力爭上游是一種要命的永恆狀況，沒有所謂的盡頭，光明但是掙扎，尷尬的程度和墮落殊途同歸，並且疲勞，而且還冷，我從書上讀到了，溫血動物是一種高耗能的生命形式，必須不斷補充熱能以防止失溫，一輩子在食物鍊中力爭上游。

躺在墳山上，我非常想念當初的小韋，那個立志要專攻地球科學而後又鄭重決定去浪跡天涯的男孩。一個想法困擾著我，我相信年少時的一個決定，一句話，一顰一笑都可能擴散成無限大的效應，所以我想著，對於小韋我該負一些責任，是多年前我的純真，敗壞了他某些很珍貴的東西。

夜深了，我坐起俯瞰山下，找到了舞蹈教室的位置，我又見到閣樓上那一盞夜燈昏黃。這夜又是月圓時候，無語的月光灑落，久久望著教室的夜燈，我心孤單而且憂傷。太早學會口是心非，太晚堅持孤芳自賞，繽紛的，喧譁的，混亂的青春歷歷穿過腦海，山腰上的我覺得冷極了，欲語無人只有喃喃自語，夜風凜烈，我抱緊了雙臂，垂著頭疲憊不堪，懊惱不已，是不是都該怪你？你怎麼不再多問一次？但是我願意，我願意……

※

一夜未眠，索性在清晨就進了教室，我知道勤奮的許祕書總是來得非常早，空蕩的教室裡，只見到許祕書趴地專心檢查地板，這是她每天早晨的必要工作，木造地板上的任何破綻，都可能造成舞者嚴重的受傷，許祕書一呎一呎細細打量，找到丁點裂芽，她就以刀削除，用砂紙銼平，再覆蓋以數滴透明指甲油。

在淋浴間慢慢淨身，我換上舞衣，紮好髮髻，一見鏡中還是滿臉倦容，這張容顏，需要加倍的乳液，強力的去除角質霜，還有大量的溫柔的語言。

懨懨地回到教室，一抬頭我就停了步，欲言又止，我見到了被卓教授驅逐出境的雅芬，正跪在她的鐵櫃前，趁著大家尚未報到的清晨，她獨自收拾滿櫃的私人物品。

「雅芬，」這樣開口我就無以為繼了，只好言不及義地說：「妳要加油喔。」

「誒。」還是那麼害羞的笑容，甚至不好意思以她的雙眼望向我。

「還會繼續跳舞吧？」

經我這一問，雅芬的眼眶瞬間全紅了。

因為疲倦，我暫時懶得暖身，所以就倚坐在鐵櫃邊，陪著雅芬將雜物一一裝進她的行李袋中。每從我手上接過東西，她就頷首匆匆露出一抹淺笑，又異常忙碌地一再重新整理袋中的秩序。我們談到了她的去向。

「昨天我想了一整夜，想通了一些事情，」她低頭摺弄衣服，說：「真的想做的事，和真的做得到的事，是兩回事。以前我的想法是，為了自己的夢想，拚命也不怕，結果我什麼都做錯，事情是我自己搞砸的……」

「要不妳試著去求教授，說不定她會再給妳一次機會。」

雅芬搖搖頭，垂首良久以後說：「以前我一定要念舞蹈系，我爸媽什麼都沒說，他們其實不太同意，後來我又一定要進舞團，他們也沒反對，我是仗著他們永遠支持我，而且說實在的，如果不跳舞，我也想不出來還能做什麼，妳知道那種感覺嗎？不知道從哪一天開始，妳一起床就發現，路是自己挑的，再辛苦也不能找別人幫妳負責，可是怎麼又沒力氣了？沒力氣到很生氣的地步，可是又不知道發怒的對象是什麼，我這樣講會不會很奇怪？」

「我想我能懂吧。不奇怪。」

「我卻覺得很奇怪，我說不出來，卓教授說我混帳，我想她罵得對吧。」

我看著雅芬裹起她的舞鞋，兩人都默默無語，最後我問她：「現在打算怎麼辦？」

「我看了一夜的報紙，」她又重新整理行李袋，「工作還滿多的，我想先去學電腦吧，學會電腦，再做祕書還是企劃什麼的，我想上班也好，穩定一點，壓力也沒那麼大吧？也不必把自己逼成那樣。」

「這樣子妳滿足嗎？」

「這樣子上進一點。」她與我的對視，害羞得只維持了一剎那。

雅芬走了。這是我進舞團以來，和她第一次也是最後一次的談話。

她的掏空的鐵櫃洞開，早晨的風吹進教室，門扇隨風拍動，碰碰有聲地敲擊鐵櫃，我見到她在櫃門內留下的那張特懷拉．沙普海報，一現一滅，華服美體恍若活轉了起來，在無人的教室裡，她悄悄跳著那支有名的「山谷中的春光」。

午休，清潔工正忙著中場拖地，大家都擠在教室的電視機前，捧著便當盒鴉雀無聲，螢幕上交錯著遍地血腥的鏡頭，那是昨夜的一場墜機意外，兩百多個度假歸來的旅客，同時死於一瞬間。

教室裡失去了午休時的嘻笑氣氛，我的心情尤其暗淡，左右拌弄整盤沙拉毫無食慾，此刻要是榮恩來分食午餐，我也不會介意，但按照昨夜的情況看來，我們兩人尚在冷戰中，況且，榮恩早晨簽到之後就消失了蹤影，不知她這時曠課到何方玩樂去了。

卓教授也不在教室，我已清楚她每週之中有三個中午會離開，許祕書正在她的辦公室裡，清理玻璃瓶中一束半枯的白玫瑰。

許祕書扔掉花束，她開始布置我們的點心檯，所謂點心，只是幾盤水果口味的糖果和巧克力棒，我們練舞時不能食用任何占據腸胃的東西。許祕書宣布，從今天開始，點心檯上的冰咖啡改為熱咖啡。這同時也宣告了秋天的來臨。

林教授推開簾門，銅風鈴叮呤輕響，大家都見到他身邊伴隨著另一個人，是我們的舞台藝術指導，那個看起來十分陰惻的男人。

林教授欠身答覆我們的問候，今天的他顯得加倍親熱，活潑有餘，他給大家正式引見我們的舞台藝術指導，原來這人也姓林，在林教授的介紹中，彷彿是個不世出的大才子似的，這人一直以非常忍耐的神色等候林教授發表完畢，然後他一開口，就語驚四座。

「我姓林，但是我要你們叫我穆爾普柴斯林德，」他念出一串我們無法複述的發音，再說：「不應該來的，站在這裡跟你們講話，媽的浪費我的生命。」

林教授的臉上開始了忍俊不住的表情。

「早就說過不再搞舞台了，老實告訴你們，要不是看在卓教授的臉上，我不浪費這種時間。」他又說，我們都被這種粗暴嚇了一跳，「卓教授要我給你們講幾句話，好吧，就給雙方一個方便，媽的我們不談廢話，我正在給你們設計舞台，廢話不多說，我是媽的百分之一百盡力中，我要你們站在連作夢也想不到的最帥的舞台上，給我跳一場最帥的舞，這樣子你們懂不懂？」

全場愕然，沒有人答話。

他在台上來回踱了幾步，頗為神經質地搓了搓眼眉，「就是了，腦袋空空，閉嘴像化石，說起話來跟撇條沒什麼兩樣，現在換你們告訴我，說一個理由來聽聽，為什麼你們坐在這裡上課？哇操？沒人開口？這樣吧，卓教授太護著你們了，我來說一些實話，你們聽清楚，藝術是只給天才搞的，天才，懂不懂？是不是天才你們媽的自己心裡清楚，既然不是，那你們到底搞個什麼屄？做一個陪襯嗎？一個活動布景嗎？」

從沒見過這樣滿口穢言的老師，大家互使眼色之餘漸漸感到很有一點意思，我的太陽穴則隱隱生疼了起來，我想我知道這種人，肯定讀了不少書，在所學中得到一種抽絲剝繭的中心概念以後，翻來覆去一以貫之，得心應手並且感到高處不勝寒，眼前這人年約五十幾，百分之一百瞧不起我們這個年紀，也許是個才子沒錯，但我只感到這是一種很彆扭的奔放。

「還是沒人開口？Jesus Christ！那就換一個問題，昨天看不少電視了吧？又塞了一腦袋的八卦了吧？看你們一身的肌肉，幫個忙，找個時間想一想，你們一天之中花多少時間鍛練腦袋？還是碰到艱深的東西就自動擺平？」

現在他要求我們從今而後，每天只能花五分鐘在報紙上，電視則完全避免，他的立論在於，高度發展的視聽環境並不是讓我們趨向精緻化，卻是平均化，而一個藝術家要有抵抗平均的本能。這點我同意他。我悄悄瞥一眼左右，從團員們的表情看來，多半的人已被這種粗獷收拾得服服貼貼，繼續聆聽他凌辱式的教誨：「……沒一點主張，沒一點素養，跳得那麼過癮，頂多是一群鳥人，最見不得這種溫室裡的花朵，沒吃過一點苦，沒受過一點罪，吃得太撐只會無病呻吟，我要你們向我挑戰，你們之中，誰能反對我的說法？」

我再度看了看左右，嘆口氣，我說：「我倒是覺得很受罪。」

「什麼罪？」

「受您這種人的罪。」

這是我在舞團的課堂裡第一次發言，從來都只是應付著陪大家聽課，但今天的我感到極度的不吐不快。

「很好，總算有人不是啞巴，小女生妳有什麼不滿意？飽食終日，吃喝玩樂，聽不得一句重話？」

沒錯，我就是聽不得這種貶抑，見不得我的年輕同儕的無言以對。我說：「飽食終日不是我們的錯，至少我不這麼想，生在這種逸樂的時代也不是我們的錯，也許您不同意，但是要過這種生活不只辛苦也要忍耐。」

「妳嫌日子過得太安詳了？」

「不是，安詳很好，只是我不想美化這種安詳，我們就是活得夠好了，所以代價也夠大，既然您要談藝術，您一定也知道，文藝復興就是發生在最貧乏的時代裡，浪漫主義發生在最動亂的時代裡，數百年安詳的瑞士產生了什麼？巧克力和咕咕鐘。」

「嗯，妳叫什麼名字？」

「我姓張，但是您叫我——叫我吉坦羅絲卡奇塔波娃。」

大家都笑了，包括台上這位舞台藝術指導。

一股芳香傳來，卓教授回來了，她正落座在龍仔身旁，她帶著一枝新綻的月桃花。

「所以說，吉坦羅絲卡奇塔波娃，妳不滿意妳的頹廢世代了？」

「我只是奇怪，不管你是哪一代，上一輩的人都要稱你是頹廢的一代，而且不管我們發出什麼聲音，都要被指控成無病呻吟，我覺得我們活在一個沒法使力的世代裡，過得是豐美又單一的生活，大家的經驗都一樣，滿腹理想但是沒有時間，滿懷叛逆但是缺乏戰場，只是請穆什麼先生您知道，這樣並不好過，光會批評我們頹廢，不只是矮化，也是鈍化。」

「這就是了，典型的不知足，不過還挺有點勇氣。」

「我是不知足，我只知道，這個世界之所以進步，是因為還有那些不願意知足的人。」

「小女生，看妳那麼年輕，媽的剛畢業吧？媽的學校就教會妳伶牙俐齒嗎？還教了妳什麼？」

「我畢業很多年了，我不是小女生，學校裡教些什麼您都清楚，您為什麼不問我，為什麼我被教會了國文數學英文地理，卻還是被教得不會表達感情，不會處理憤怒，不會跟別人合作，不會唱歌，不知道什麼才叫作幸福，還有媽的不會畫圖？」

這舞台藝術指導瞇起雙眼，「這個女孩，見識不低呀……」話是說給卓教授聽的，視線卻留在我的臉頰上，興味盎然。

林教授也那麼眉眼含笑地瞧著我。

見我頂撞老師，卓教授好像並不介懷，她笑盈盈拆開一盒鮮奶油，好整以暇，慢慢地調弄整杯熱咖啡。

憋了一個半月的話，首度在課堂上開砲，感覺並不十分痛快，若非那老師連篇的粗言劣語，我寧願繼續保持靜默，團員們倒是相當開心，下課時圍繞在我身旁議長論短，很有對我從此另眼相看的意味。

傍晚，乘空再梳洗了一次，方才進入廚房準備領取晚餐便當，許祕書見到我，連忙喊我向前，她端出一個歐式銀盤子，上面是一壺紅茶和一小疊牛油餅乾，那是卓教授平日的晚餐。

「阿芳來，幫我端去給教授。」許祕書說，她又在銀盤子上添加了一小盅蜂蜜，我們都知道卓教授很嗜甜。

接過盤子，我感到有些奇怪，許祕書這事從來不假手他人。「快去吧，教授等著。」她催促說。

敲了敲卓教授的辦公室房門，沒有動靜，我艱難地撐著盤子打開門，從辦公室裡滾出了濃厚的煙霧，卓教授又打亮了那盞六角型探照燈，一時我視線迷濛，戰戰兢兢將餐盤送上辦公桌，才見到卓教授正倚在沙發床上，意態煩悶，她解鬆了一頭長髮，連鞋子也脫下了，這時半蜷縮著枕在扶手上抽菸。

我朝她淺鞠個躬，正要退出，卓教授開了口：「阿芳？」

「是的教授。」

「坐下吧，阿芳。」

我左右看了一圈，原本她辦公桌前的兩隻椅子不知去處，又不好坐在她的辦公龍位上，只好沾著沙發床最邊緣坐下，煙味濃得我呼吸急促起來，而教授卻關閉了所有的窗，連百葉簾也都攏緊嚴密，我開始想念起我的小藥瓶。

「……阿芳，吃飯了沒？」

「還沒。」

「嗯。」要我留下來，卓教授卻顯得了無談興，她只是抽菸。

「到舞團多久了妳說？」這麼問我時，她看著的是自己的指甲。

「一個半月。教授。」

「都學到了什麼？」

我盯著她無精打采的側臉思量，快速找出一個恰當的答案：「感覺。教授。」

「妳感覺自己跳得好不好？說說看阿芳。」

「……還好。」

「我說不好。」教授終於正眼瞧向我，捻熄香菸，再點上一根。「看妳在課堂上說得頭頭是道，我來問妳，要跳好舞的前提，是什麼？」

「天賦和努力，教授。」

卓教授一聽旋即露出不耐煩的神情，我瞄準她手上的香菸摀住額頭，但她只是撐起上半身，撢了撢菸灰說：「現在就妳跟我兩個人，幹嘛跟我說場面話？我問的不是條件，是更高的前提，要跳好舞的前提，是什麼？」

「……」

「是認清楚妳自己，阿芳，」教授躺回了沙發床，她看起來十分疲乏，她說：「清楚妳自己，也清楚妳身邊的世界，要跳好舞，就要先懂得看別人跳舞。我問妳，妳認真看過別的團員跳舞嗎？阿新的平胥克迴旋式，問題出在哪裡？妳來說說看？榮恩為什麼跳不好滾躍步，說得出原因嗎？」

「……」我說不出來。

「沒錯吧，阿芳？妳不看別人，恐怕連自己也不看，妳根本不願意接觸別人，也不願意讓別人碰觸到妳，那妳要怎麼去感覺？」卓教授擱下香菸站了起來，我也隨著起立，她與我對面站著，我面前的她整個激動了起來：「妳是怎麼搞的？阿芳妳是怎麼回事？少了哪根筋到底？」

她緊緊掐著我的雙臂，搖晃得我像個布娃娃，差點要疼得驚叫了，這時我唯一的感覺是今天卓教授非常失態，忍受著她的暴躁我心念電轉，瀕近要決定轉身跑開，但是卓教授又突然冷靜了，她深深凝視我的臉孔，之後拉著我擁抱入懷，我的乳尖感覺到了她的乳尖，我的心跳激昂著她的心跳，她將臉埋進我的髮鬢，而我見到她辦公桌上，煙霧繚繞中那束月桃花。

她的耳語一般的聲音響起：「so lonely... so incredibly sweet...」

這是極限了，我用雙手推開她的身體，然後卓教授和我不約而同以手撫胸，我是吃驚，她是憤怒。

「妳真不受教！」卓教授咬著牙說，她的凌亂的長髮有一半都掩上了臉頰。

「這是侵犯，教授，」巨大的膽量陡然生起，我也顧不得辦公室外面是否有人，高聲說：「我一直很尊重您，因為要向您學舞，請您也尊重我。」

「我就是要教妳跳出來，妳要全心全意屬於我才教得來。」

這是什麼邏輯？這是什麼道理？我才不要變成她的另一個孌童。

「對不起，我不屬於任何人。」我喊著說。

「很好，如果妳不是全心全意，那就不要再混下去。」卓教授也扯開了嗓子，她是要趕我出舞團。

所以我完全豁出去了，長久悶在心裡的那句話脫口喊出：「我寧願滾出去，也不要像龍仔那樣，做妳的玩物！」

卓教授很困惑地偏著頭看了我幾秒鐘，她的雙眉緊擰又乍然放鬆。「妳給我滾！滾出我的教室！」

卓教授一頂開房門，外頭擠著的一整群團員迅速作鳥獸散，她一路推著我，在大家錯愕的注目中，我就這樣被攆出了教室大門，那只銅風鈴甩得叮噹劇響，門內隨即傳出上閂的聲音，我穿著舞衣跌在梧桐樹下，張口結舌。

小雨不停，門又砰然打開，我的便服和背包被拋了出來，我脹紅了臉，站在小院中，一直站到天全黑了，我才蹲下身，一一撿起衣裳，都溼成了一團，我又把它們拋回到雨地裡，踩成一灘稀爛，提著背包快步跑離開。沒有人挽留我，連龍仔也沒有伸出援手。

在雨中我絲毫沒有掉淚的衝動，只是憤怒，憤怒這些雙面人教授，維持得那麼清高，表現得那麼玲瓏，打從心裡又將我們當成了垃圾，莫非地位給了他們太糊塗的視野？明明在稀薄的空氣中非常努力，他們卻說我們好比活在象牙塔，忍受著各種挫折摧殘，但他們又說我們是溫室裡的花。我尤其憤怒卓教授，她自以為是個什麼？我為什麼要屬於她？

回到套房，我一刻也靜不下來，只有混亂地不停翻書，心情鬱悶時我只知道讀書，匆匆翻過杜斯妥也夫斯基的罪與罰，脆弱得可恨，拋開換一本川端康成的短篇集，蒼白得嚇人，我抱著頭苦惱已極，真的被踢出舞團了，這時該怎麼辦？怎麼辦？再回去輔選嗎？更加可憎的念頭！或者再找另一個工作嗎？但是我又能做什麼？我還會做什麼？

一直到夜裡十點多，我才赫然發現，面前一本赫胥黎的美麗新世界已被塗滿筆墨，而我還穿著一身溼舞衣，已經半乾了，一股強烈的飢餓感來襲，我換上便服，衰弱地步下樓。

才走出大門，差點被一輛高級轎車擦著了，我退到巷子邊緣，看著轎車停下，後門開啟，榮恩的一雙玉腿從車內展現，她的裙衩真高，實在過分地高，榮恩下了車，又回身，後座遞出了一隻手，然後榮恩與那隻手親膩一握。車子絕塵而去，我見到車中人的側影。

是個肥胖的中年男人。是個僱請了司機開車的高貴男人。

「阿芳？」榮恩用皮包掩住路燈的光線，遲疑地叫喚著，「阿芳。」

榮恩快步跑到面前，她抓起我的手，端詳我的面孔，我也看著她滿臉令人不悅的濃妝。「阿芳，」她說：「走，我帶妳去找姥姥道歉。」

「今天下午的事，妳怎麼會知道？」

「克里夫叩我機，他緊張得要死。」榮恩彷彿快要哭出來了一般，「他說妳跟姥姥吵架，說了一大堆，他的國語，妳也知道的，我根本弄不懂到底是怎麼一回事，我們先不管這麼多，先去找姥姥再說。」

「我不去。」

榮恩急得直跺腳，哀叫連連，「拜託妳阿芳，姥姥是那種紫微星獨坐命宮的女人，專吃軟不吃硬，不管她在氣什麼，妳去跟她道歉，裝得嘴甜一點，就沒事了嘛。走。」

我硬生生扯回自己的手。「我不去。我沒有錯，而且我甜不出來。」

「我哥走了，妳也要走，那我怎麼辦？」榮恩低下頭，很悲傷地說。

「榮恩，是教授趕我走的，我也沒辦法，請不要怪我。」

榮恩落寞地靜立了一會，又抬起頭，她的甜蜜的臉孔已換上一副嫌惡的表情，噘著嘴，榮恩略帶著憤恨說：「阿芳妳知道妳的問題出在哪裡嗎？」

「我有什麼問題？」

「妳跟我不一樣，我的愛太多了，妳正好相反。」

我感到委頓不堪，輕聲告訴她：「妳錯了，愛的相反是恨，雖然沒有愛的對象，我也不恨誰。」

「難道沒有人告訴過妳嗎？愛的相反不是恨，是漠不關心。」

「榮恩，我不想跟妳辯論這些，我快餓死了，我得走了。」我返頭就要走向巷口，榮恩卻快步跟了上來，繼續夾纏。

「好，那妳告訴我，妳有什麼朋友？怎麼都沒看妳跟誰交往？」榮恩這樣逼問，真是災難，見我疾步不再理會她，她在背後又添了一句：「妳跟全世界都沒有關係！」

「那不是事實，我有朋友。」我頭也不回這樣回答她。我有朋友，我有西卡達。

甩開了榮恩，我快步走出巷子，在巷口的路燈下又頹然停了步，我騙不了自己，榮恩說得其實沒錯，我跟全世界都沒有關係，和西卡達的交情那麼好，就是因為明白我不可能跟他發生關係……榮恩沒錯，我跟誰都是一樣的淡薄。

巷口的左手邊，通往一些小吃攤，右手邊朝向教室，站在路燈下，我已經全沒了食慾，今天的災難還在持續中，龍仔就站在眼前，他的手上捧著我的便服，摺疊得整整齊齊。

就著路燈的光亮，龍仔振筆疾書，他也要我去找卓教授求和。這時我不再憤怒了，只有滿腔的乏力，從龍仔手中接過紙簿，我寫：「龍仔，你是怎麼做到的？怎麼能忍耐教授那樣對待你？」

「她是在教我，她在教我怎麼跳舞。」

我突然非常難過，提筆繼續寫：「不要騙自己了，好不好？龍仔，你知道教授是在占你的便宜。」

「一件事！」龍仔漂亮的筆跡在眼前迤邐展開。「我只知道，在人生裡面，只要找到一件事，讓妳願意用全部的性命去做，那其他的事情就都不在乎，也不抱怨。我已經找到了我要做的那件事，教授是在幫我。」

我握緊了雙拳，不管龍仔再寫了什麼，我也不願意再接過紙筆。

「妳比我還慘。」龍仔將紙簿拋到路面的積水中，他改用手勢說：「妳有耳朵，可是妳什麼也聽不進去。」

我竟然大致看懂了。

當龍仔的手語說到最後一字時，他的掌緣啪搭有聲地砸在手心上，以後的話，我再也沒看進去，腦海裡滿滿迴盪著那一聲響亮的拍擊。

龍仔也拒絕再溝通，他轉身走開，不願意回頭用視線碰觸到我的任何一個部位，所以就方便無比地封閉了心靈，他是一艘沉進溶溶深洋的潛水艇，收起了天線和潛望鏡，幽冥航行。在那裡你安全嗎？滿意嗎？不是非常非常的孤單嗎？

我想跟上前去，但人高腿長的他，再加上那韻律感十足的步幅，我怎麼也跟不上。

我跌坐落地，開始劇烈地哮喘，龍仔渾然不知悉，夜色裡他和我的距離越拉越遠，越拉越遠。滿地水漬中我見到自己破碎的倒影，我的胸口起伏疼痛，心裡也疼。我心疼龍仔，他的路比誰都辛苦，在他面前，我的抱怨只是廉價的感傷。

我急需找任何人談談，任何可以聆聽的人，這時我已接近四十個小時未眠，半身的汗漬，氣喘方才平息，在南台北連走過七八個街頭，終於找到一台投幣式公共電話，投進銅板，舉起指尖卻躊躇半晌。我只有西卡達。

※

西卡達果然還在辦公室裡，他一直很安靜地聆聽我的語氣倉皇。

「阿芳妳別急，先過來，我帶妳去喝啤酒。」電話裡的他這麼說。

回到縱橫公司，只見燈火通明，整棟辦公室幾乎座無虛席，我想起來，離這屆的縣市長選舉只剩下兩個月的時間了。

「阿芳妳怎麼了？一褲子都是泥巴。」門口的小妹誇張地喊著。

「摔了一跤。」我說。見到我的老闆正朝向門口而來，滿懷的情怯，我繞過幾幢區隔辦公座位，頻頻以手勢答覆同事們的驚異眼神，最後我逃進那間備有咖啡座的小會議室，那一向是我最喜歡的角落。

小會議室裡已經坐了一個人，是我同部門的夥伴，大家都叫他米蟲，米蟲正聚精會神地透過放大鏡檢查一張樣稿。

「嗨阿芳。」米蟲說完又湊向鏡前，對於我身上的汙泥他似乎完全視而不見。

我撥了內線給西卡達，他要我稍候一會。

「阿芳妳回來幫忙啊？」米蟲問我，他不停地用筆圈點樣稿中的瑕疵。不待我回答，他又說：「簡直快忙翻了，那群新菜鳥，只會壞事，老闆前兩天還說要徵召畢業生回來，還是老員工才行啊。」

聽得我心猿意馬，我們公司有個傳統，從縱橫出去的人，都叫畢業生，多半的畢業生與公司都保持著友善的關係。我彷彿聽出來米蟲正在給我製造一個良好的下台階。

「今天是回來找西卡達的。」我輕聲說。

「哦？」米蟲抬起頭看看我，我知道我滿臉的憔悴，米蟲若有所思地點點頭，他又埋首進樣稿中，他說：「找他也好，西卡達最近很悶。」

「他怎麼了？」

「不知道，就是很悶。」

我沉吟不語，爽朗的西卡達向來就是大家的打氣加油站，米蟲既然這麼說，表示西卡達一定有著心事。我低頭剝除褲子上的泥垢，一塊一塊剝進腳邊的垃圾筒裡。只是想找個人解憂，我忘了，別人也有別人的憂愁。

西卡達來了，一與我照面，他搓了搓自己的短髮，咧嘴而笑，最後他摟住我的肩頭。

將臉埋進他充滿噴膠味的襯衫裡，我的身心頓時都輕鬆了。

見我和西卡達就要雙雙走出，米蟲哀叫了起來，「西卡達你要出去多久？這疊稿子急爆了，版廠待會還要進新樣稿。」

「就找我那幾個小兵看稿嘛。」西卡達隨口說了幾個下屬的名字。

「哇咧，還找他們？沒有你簽字不行啊。」

「我跟阿芳聊個天，」西卡達拉著我繼續走，他朝整間辦公室朗聲宣布：「有急事再叩我，OK？不急不要叩。」

「一群天兵，窮緊張。」西卡達嘟囔著說，在辦公大樓下，他示意我坐上機車後座。

西卡達載著我到了那家叫作「橘子」的小酒店，落座在我們慣常的那張檯子前。

說是喝啤酒，西卡達的酒量其實非常淺，他也自知其短，陪我乾掉一罐海尼根以後，他就開始喝可樂了。吧台上那位女酒保又送來了招待的小菜，每次和西卡達來這裡總能得到免費點心，我們都心照不宣，俊朗的他相當有女人緣。

我的醫生要知道我連灌下兩瓶啤酒，恐怕要極度訓斥我的，但這時候我只覺得冰涼的酒汁十分爽口，從沒喝過這樣痛快的液體。

在我面前西卡達不太抽菸，他一直嚼著夏威夷豆。我們聊了些公司的瑣事，很快便聊完了，兩人一起探手向杯子，細細啜飲。

「聽米蟲說，你的心情不太好。」還是我先開口問他。

「是不太好。」

「怎麼啦？奇葩？」

我念的是雞葩的發音，同事們總愛這樣調侃他，他於是笑著，笑完了，是非常迷惘的表情，最後他說：「他結婚了。」

這麼多年了，我們從未觸及這個要命的話題，我知道西卡達指的是他的同性戀男伴，當年那男孩出國深造藝術時，還是西卡達幫他籌的學費。我驚嚇於西卡達此刻的乾脆，也感動，終於他有向我推心置腹的一天。

完全沒有心理準備，一個更直接的問題卻脫口而出：「跟男生還是女生？」

「女生。」他喝了些可樂，說：「一個金髮女郎，在舊金山結的婚，他寫信告訴我的，還寄來了照片。他也真有勇氣。」

我不知道西卡達的最後一句是什麼意思，這時我心疼他，眼前的西卡達，我想說出一些溫暖的話，但實在不熟練於這個領域，最後我說：「那就忘了他吧，西卡達，天涯何處無芳——無芳草。」

這算是很失敗的一個安慰，西卡達卻因此笑了，然後他長篇地訴說起來：

「前一陣子，我老爸住院，我常去榮總看他，我跟他一向沒話說，那陣子也忙壞了，我在病房裡待小半天，最後都會到榮總的前院去透透氣。那邊有個大池子，不知道妳有沒有注意過？池子上還有九曲橋，造型實在小氣的一座橋。橋下有一群鴨子，天氣好的時候，鴨子游來游去，也有鵝……我坐在茄冬樹下，看那群鴨子，牠們大致分成一對一對地，都有固定的伴侶，其中有一對很奇怪，兩隻鴨子後面還跟了一隻綠頸鴛鴦，這是三隻的組合，不論這對鴨子游到哪邊去，那隻綠頸鴛鴦緊緊跟著，牠個子長得小多了，常常得用上翅膀拚命揮，才跟得上那對鴨子，有時候跟丟了，綠頸鴛鴦趕緊找上另一對鴨子，追著再湊成三隻。這就是牠的世界，牠只是找不到牠的同類。我想我了解牠。我常常想，一樣是生物，人有辦法把狗分成那麼多品種，有聖伯納、鬥牛犬、喜樂蒂、約克夏、秋田犬、拳師狗、狼狗、長耳朵那種小獵狗、英格蘭牧羊犬、可卡、大麥町——

「西卡達，夠了。」

他是在逗我開心。西卡達又莞爾笑了，他說：「這件事只告訴妳，阿芳，我不是同性戀，我只是找到了我的同類。」

「你從來都不說。」

「沒有人問。」

我心裡面的憂傷至此決堤，握著西卡達溫暖的手掌，我趴在桌面上，酒精催著我天旋地轉，的確從沒有人過問西卡達這些隱私，包括我，是大家溫柔的默契，讓他欲訴無人。

西卡達也許並不喜歡這種氣氛，他開始轉而談起公司的一些新聞，談到了另一家廣告公司高價朝他挖角一事，這事我原本就知道的，這些年來，西卡達一再有機會跳槽，或是自組工作室，西卡達早已是業界裡的明星，但他最後都忠心耿耿地留了下來。

「公司對我有恩情。」西卡達說，「再說，那家公司，一年有一半的時間要待在大陸，我怎麼走得開？」

我了解，西卡達身上背負著不少親情的重擔，高齡的父母依賴著他，不長進的弟妹拖累著他，甚至連他那同性戀男友留在台北的寡母，幾年來也承著西卡達的照顧。

「西卡達，那你的繪畫呢？以前不是常說還要畫下去？要開畫展？」

「我哪來的時間？現在也不錯啊，已經習慣了，公司也不會虧待我。」

「可是那樣不能出人頭地。」

「那也沒關係。」

「西卡達，你不只是奇葩，還是一個人渣。」

「妳沒錯，阿芳，全世界就妳最了解我……」西卡達的笑容那麼爽朗，才笑著，又沒落成了滿臉的感慨，他自言自語一樣說：「……有時候想想自己都嚇一跳，我的這一輩子，原來都是忙著在成全別人。」

「妳呢？」現在他問我，「過得還好嗎？」

今天的委屈全部湧現，搖搖頭，我悲哀地說：「西卡達，我在想，也許我並不適合跳舞。」

「怎麼說？」

「我不知道，就是跳不出來。」

「怎麼會？以前看妳趕場趕成那樣，如果不是熱愛跳舞，那妳為的又是什麼？」

心亂如麻，我答不出來，一邊是生計，一邊是夢想，趕來趕去，到最後為的是什麼我竟然說不出口了，只是發現，生存不應該只是這樣，當然我也愛財富和地位，但就是感覺我的生命比這些還要珍貴。

是出人頭地這個念頭讓我迷失了吧？但明明我是澹泊的人，也許澹泊得還不夠吧？結果只是發了酸，坐在這裡，抱著啤酒興嘆。

而且我已經被逐出舞團了，回想到今天卓教授向我說過的話，一陣酸楚又上心頭，「請你老實告訴我，我是不是一個很孤僻的人？」

西卡達很當真地思考了一分鐘，他搖頭說：「阿芳，妳不是孤僻，你和我一樣，要找到妳的同類，感情才能完整，妳是一個很有感情的人。」

這番話讓我感激萬分，只是不足以挽救我的慘況，欲語還休，我嚅嚅地說：「西卡達，公司忙成這樣，我明天就回去上班，你說好不好？」

出乎我意料，他說：「不好。妳不要回來。我是困在這裡，妳不需要這樣。」

他突然執起了我擱在桌上的手，「阿芳，我知道妳有足夠的力量，不要那麼容易被打敗，好不好？那麼辛苦才找到的一條路，妳要堅持下去。堅持下去。」

他握得那樣用力，疼得我咬緊了牙關。

西卡達付錢請了客。取車的時候，我問他：「今晚要不要我幫忙？我可以幫忙校稿。」

「妳給我回去好好睡一覺，都快三十歲的女人了，也不懂得保養。」他說著搓了搓我的頭髮，摟住我的肩膀，就像往日我們同行時一樣。親愛的，親愛的西卡達。

不痛快的時候，我總是回去找西卡達，他是個口風無虞，無色無味也無害的伴侶。

這是午夜兩點多的台北，又開始飄雨了，我緊靠著他，覺得溫暖，安全。他是一個哥哥，我從來沒能擁有過的哥哥。

※

早晨，當我走向沖浴間換舞衣時，所有的團員都像當了機一樣，啞口無言充滿呆愕的表情，當我把杆暖身的時候，沒有人再能專心，我的每個動靜都撩撥了他們的猜測。

卓教授終於進了教室，一進門她就見到了我，還有大家的屏息觀望。

卓教授怒氣勃勃與我四目相顧，全場無人動彈，只有龍仔大步走上前來，他昂然站在我的身邊，也回望向卓教授。

「慢吞吞的做什麼？」最後卓教授接近咬牙切齒地說：「一群飯桶，上課啊。」

大家在同一瞬間呈混亂隊型回到自己的固定位置。

就這樣我又回到了舞團，心中隱約有感，我和卓教授之間，正互相探觸著天性上的極限。這天的午餐沒有人敢多食用，因為下午就要進行眾所期待的舞藝驗收，驗收完之後，舞劇的角色就要定案了。

我沒有真被攆走，榮恩興奮得如同一隻麻雀，吱喳不休，連我忙著整理鐵櫃時，她也跪坐在一旁，眷戀著不願離開。

她獻寶一樣從自己的櫃子裡掏出各式零嘴，一一詢問我是否享用，我全拒絕了，榮恩就開始勤奮地整理起她的櫃位。我知道她只是想陪坐在身邊。

她的櫃門內，那幅天蒼地茫的大草原海報又進入眼簾，我想到，平日甚少主動與榮恩談心，而今天我的心裡多了一些溫柔，所以問她：「真美的草原，妳知道那是哪裡嗎？」

「當然，我的親愛的奧勒岡。」榮恩眉開眼笑地說，她親吻手指，將指尖印在海報上。

「哦？奧勒岡有什麼好？」

「好——耶，那是我要去住，住完了又要去死在那裡的地方。」

這倒是令人印象深刻的說法，榮恩在言辭上有戲劇的天賦——肥皂劇類型的戲劇。

下午，我們聚精會神等待考試時分，但卓教授隻字未提，只是帶著大家重複平日的課程，這天沒人喝咖啡，連卓教授也沒動過點心檯，直到傍晚，我們開始沉不住氣也耐不住飢了，卓教授才宣布，要我們前去淨身，沖浴完後全體集合。

與榮恩擠在沖浴間匆忙盥洗，溼淋淋的她方才出去，有人又掀開了布簾，我不以為意，趕時間時大家總是共用蓮蓬頭，直到強烈的香水味襲來，我撥開眼睫上的水珠，才見到裸身的卓教授，她以略微不耐煩的神情驅趕我離開水柱，滿身的肥皂泡泡，我閃在一旁進退兩難，以往卓教授從不與我們共浴。

卓教授戴著一頂非常逗趣的浴帽，淺藍色的表面上印著世界地圖，她的整顆頭顱是水氣氤氳中的地球，逆時鐘自轉，卓教授慢慢轉身沖水，她睜眼見我躊躇，滿臉的責備湧現，我當下決定逃向隔壁淋浴間。

一整排玻璃鏡前，洗浴完畢的女團員們互相梳理髮髻，水氣瀰漫中再加上煙束，現在卓教授叼著香菸，正背對著整排鏡子而坐，她熟練地反手挽上花白色長髮，大量的髮絲沿著她的背脊滑落，落進滿地水漬中，像一群白蛇快速游向排水口。

「動作給我再快一點，要妳們洗乾淨，又不是要妳們選美。」撂下這句話，卓教授拋開菸蒂離開。

榮恩撿到了卓教授留在洗臉檯上的一束玉蘭花，於是拿起花束深深聞嗅，她早已淨完身，但此時還是裸體，榮恩享受鏡前的顧盼時分，她不停地以手腕擦拭鏡面上的水霧，又將玉蘭花呈獻給我。

才經過淋浴間片刻的高溫烘烤，這束花已沁出了點點褐斑，花瓣微微地枯捲起來。

榮恩緊實的肉體展覽在我們面前，每個女團員不禁都多瞥上一眼，除了我視而不見，因為雙眼中淨是強烈的視覺暫留。

雖說皮相膚淺，見到卓教授的身體卻感到切膚地刺激，星斗一樣的斑痣遍布她蒼白的軀幹，那是崎嶇的星空，血肉消蝕，徒留下過多的表面積，皺摺縱橫而且鬆弛，每一條肌理，每一個角度都追隨地心引力，預習著入土的姿勢，早已知道卓教授長我四十歲，這時才相信了她的逼真的老。

青春是一道燄火，短暫爆發，再來是永不回頭的墜落。仍舊未著衣的榮恩正在背後幫我挽髻，她的舉手投足是野獸性的示美，每一條肌理，每一個角度都昂揚向上，禁不住掩藏，等不及風霜，在她面前我也老。

「疼，疼，不要綁那麼緊。」我的連聲抱怨中，榮恩解鬆了我的長髮重新綁過，並且再次擦拭鏡面水霧，我望進鏡中倒影，鏡面上水珠蜿蜒，滑落成了我的額角的一滴汗，只是想到，我的花期太短，並且不夠芬芳。

回到教室時，卓教授已不耐久候，輪番戳了戳最後幾人的額頭，她的另一隻手上捧著一個檔案夾。

沒有音樂，全部的人貼著鏡牆席地坐成排，讓出整片舞坪，我們按照學號，從克里夫開始，當眾跳出長達五分鐘的整組驗收舞步。

一個念頭閃過胸口，要跳好舞，就要先懂得看別人跳舞，今天看著我的同儕，我的心情完全不同，我要看進去，看進去，沒有音樂也不再困擾，我要看的是身體是魂魄是心靈。

緊緊抓著自己的手臂，當克里夫舞罷時我幾乎熱淚盈眶，怎麼從來沒有發現，克里夫能動得那麼深沉，靜得那麼豐富？從來就當他是一個中文彆腳的漂亮男孩，此時才看出了，克里夫不止這些，他有他的感情，他有他的世界，我看見了一個全新的，令人費解的克里夫。

團員在面前一一舞起，我用全副心意看進去，每當一人舞完，卓教授就聊作注腳一樣嗯一聲，提筆在她的檔案夾裡面寫上一些評語，而我則像第一天才走進了教室，第一次見到他們跳舞，滿懷驚奇，後悔萬分，後悔我這一生舞蹈時的倨傲。

我是學號中的最後一個，但輪到我時，幾已忘記了我也該上場，直到卓教授再喊了我的名字，才恍如夢醒，我站上舞坪中央，閉目靜立，將我自己交給了身體，靜立久久，沒有任何人打攪我，揚起手臂我起舞，穿越記憶，穿越聽覺，將自己拋進更甯謐的一個新向度，第一次感覺到我完全的存在，世界只是我的點綴。我失去了身體，得到了知覺。

我的舞幅揮灑得比平時還要大，拉到了教室左右兩邊最界限，不知道為什麼，全場旁觀者在我的視線中消失了，連鏡中我的倒影也失去蹤跡，舞末時我旋回到了原點，一停步，才瞬間恢復了視野，卓教授就在眼前看著我，我們又對視了。和解的意味在視線中交流，我的心裡生出了一點感激。

一直對視，直到卓教授嗯了一聲，她低頭寫評，我渾身汗出如漿，喘著氣回到我的位置，大家接著望向龍仔，但是卓教授闔上檔案夾，朗聲說：「就這樣了，下課。今天我不要任何人留下來加課。明天公布舞劇角色。」

大家相顧譁然，而龍仔已經站上了舞坪，他非常困惑地看著卓教授站起身，背轉過去就要走開。

這是所有的人第一次聽見龍仔發出聲音，他暴喝了一聲，卓教授頓時轉回向他，兩人在我們面前打起一長串激動的手語，沒有任何人看得懂，只見龍仔年輕的臉孔越脹越紅，神祕的對話在空中穿梭，卓教授生起氣來，她開了口，一邊手語一邊高聲說：「你不用跳，你只是見習生，見習生你懂不懂？」

她是要大家一起聽進這句話。龍仔不再打手勢，他只是挺直腰桿望向卓教授，卓教授也不走了，她目光灼灼回瞪向他，我們全傻了，在他們刀光劍影的相顧中，如坐針氈。

「教授。」克里夫首先劃破了沉默，他勇敢地站了起來。「龍仔也跳，龍仔是我們的一個，他不是見習生。」

大家紛紛開口附和，我也爬起來，高聲加入懇求。

「阿芳，」卓教授在一片喧譁中，始終盯著龍仔的雙瞳，她頭也不回喊我說：「去給我買包菸。」

「……求求妳，教授。」我說。

「大衛朵夫，涼的，買兩包。」

「教授……」

「妳去不去？」

我返身披上外衣奔出教室，朝巷口跑去，到了巷口的超商卻找不到卓教授要的香煙，這種煙很少見，而且根本不是她平時抽的品牌，我連跑了好幾家，才在離教室十幾條街外買到了。她是故意的。

奔回教室時我喘得像條出水的魚，阿新正蹲在大門檻抽菸，見到我，他一副欲言又止的神色，克里夫摟著榮恩站在教室外面，我拉住他們問：「結果怎樣？」

榮恩滿臉艱難。

「龍仔他……」克里夫搖搖頭，他在中文裡面找不到措辭。

「姥姥已經關進辦公室了，她叫我們通通回家。」榮恩說。

進入教室，許祕書就從我手上接過香菸，甩脫外衣，我走向趴在教室正中央的龍仔，我見到他全身汗走如蛇，都溼了地板，龍仔宛如失去了最後一分力氣，他躺臥疲乏，我明白了，卓教授終究還是拒絕了他。

蹲下身來，我輕輕搖了搖龍仔，他陡地一震，向旁彈開兩尺，才認出是我，龍仔又將頭顱枕回地板，我取來了他的紙筆，遞到他的眼前，龍仔只是搖頭，拒絕接過。

也不顧他聽不見，我坐在龍仔身邊，輕聲安慰他：「龍仔不要氣餒，教授不讓你跳，一定有她的理由，你不是最忍耐的嗎龍仔？再忍下去，龍仔你一定做得到。」

我實在不知道這些話有什麼意義，龍仔始終沒有望向我，但他卻彷彿聽見了一般，舉起手臂，他給了我一個手語答覆。

第一次看見他累得連手都發了抖。

「不可能，在我的身體裡面，有一個跳舞的靈魂。」

這一次，我全看懂了。我也看見他清澈的驚人的眸子裡，又閃現出那種空白的，空洞的，……無情的表情。

許祕書從卓教授的辦公室裡衝了出來，驚慌不已，她尖聲喊著：「誰有車？你們哪一個有車？克里夫快把你的車開到院子，榮恩妳去推開大門，快。」

克里夫與榮恩應聲奔去。教室裡這時只剩下幾個團員，除了龍仔以外我們都趕到辦公室，許祕書正俯身扶起地板上的卓教授。

卓教授完全昏迷，她的瘦得像鷹爪的手還緊扯住衣襟，另一隻手裡抓著我剛給她買的香菸。兩道鮮血從她的鼻端靜靜淌流而出，像兩條河。

※

我們都站在梧桐樹下，太陽已升上了樹梢，氣溫正在漸漸攀高，沒有鑰匙，大家都進不得教室，卓教授昨夜送進了醫院，許祕書到此刻還未現身，龍仔則失去了蹤影，我們十九個團員再加上一個清潔工就這樣乾等著，滿懷愁悵，舞劇正要揭幕，卻隱隱約約有了曲終人散的預感。

「我看見了，」爬在樹頂上的克里夫朝我們揮手說：「來了許祕書。」

克里夫吊在橫岔的樹枝上，甩身躍下來，正好搖脫最後幾片梧桐枯葉，滿樹只剩下突矗的枝椏。我想這棵樹是死了。

許祕書抱著滿滿一袋今天的點心，她給大家開了門，早晨功課的次序已亂，大家像蒼蠅一樣團團轉，許祕書剛放上爵士樂，旋即又換了另一片暖身音樂，有人忙著換裝，有人忙著沖浴，許祕書連鞋子都忘了換，就匆忙進廚房煮咖啡，才煮到一半，她奔回教室，趴地開始檢查地板。

許祕書是個四十來歲，身材嬌小但略微駝背的女人，平日不施脂粉的她已經很見老態，今天看起來，竟像是一夕又老了十歲。

直到我們全部就序開始暖身，許祕書才靜悄悄地進了卓教授的辦公室。

當我們發現她跪伏在卓教授的沙發床腳睡著時，已經是中午了，她忘了給我們叫便當。

克里夫當下決定，請大家一起出門上餐館，我們之中以克里夫出手最為闊綽，平常他請客的次數就多，所以全體附議，大家拉著許祕書出了教室，我也帶著自備餐盒跟上。

在樂聲轟隆的搖滾西餐廳裡面，我們併了幾大條長桌，好不容易上齊了菜，許祕書卻食不下嚥，她疲憊地掩住臉孔，只要求冰水。她連嗓子都啞了，音響的干擾又重，在喜感十足的墨西哥音樂中，我們千辛萬苦聆聽她的敘述。

原來卓教授到今天早晨還是昏迷的。

原來卓教授得的是肺癌，醫生早在一年多前就斷定她病入膏肓，屬於癌症第三期，預後只有三到六個月的壽命，之後就持續著消極性的治療，現在她到底屬於病症的哪一期，已經超乎醫生的知識範圍了，卓教授始終不願意任何人知道這個消息，連整個藝術圈都毫不知悉。

原來她平日神祕的中午失蹤，是去了醫院報到。

「教授要是知道我告訴你們這些，會罵死我的，罵死我的……」許祕書愁眉不展說，之後的話，已被快樂洋溢的曼陀羅琴聲淹沒。

我們都放下了餐具，都失去了食慾。

「這次可能要多住幾天院，教授交代要你們乖乖自己練習，」許祕書又強振起了精神。「課就照平常自己上，等她回來再接下去。」

「妳剛不是說她還在昏迷中嗎？」榮恩清脆地這麼問。

什麼人的杯子跌落在地板上，幾個團員垂下了頭。

但是卓教授在兩天以後就回來了，來得比我們都早，當我們如常進了教室，見到卓教授正音量充沛地痛罵一個暖身錯誤的團員時，大家都傻了眼，經她氣魄襲人的一瞪，才又回了神，我們匆忙地趕進淋浴室換裝。

而龍仔始終沒再回來。

卓教授回來的那一天，就公布了舞劇的選角結果。

端坐在教室的前方，卓教授隻字沒有提及她的病假一事，她緩緩地看過我們每一張臉孔，然後在完全沒有紙稿的情況下，一一念出我們的定角。

〈天堂之路〉舞劇中最吃重的角色，藍衣天使，由克里夫擔綱。

另一個主角，白衣天使，我聽著她念出了我的名字。

榮恩果然也得到了重要的角色，她扮演一個聽起來很飄忽的「維度守護者」。

其他卡司繼續發布，在這場雙幕舞劇中，有近半的團員要分飾兩個以上的角色。

宣布完畢，我們的心情非常複雜，終於，終於落定了舞劇中的身分，兩個月下來的摸索，這一天不失是個振奮性的開端，該是個非常美麗的時刻，但是為什麼又感覺這是一個結束？而且卓教授竟然病得這樣重，而且我們竟然不約而同假裝渾然不知粉飾太平，而且，龍仔已經不再回來。

我的心裡尤其矛盾，得到白衣天使的角色，遠在夢想之外，一邊是飄然上天的情緒，一邊又是沉重不堪的負荷。

卓教授接著公布了新的排練作息，從此我們就要分開練舞。

猶豫了一個下午，趁著傍晚休課時，我鼓起勇氣前去敲卓教授的辦公室房門。

「進來。」聲音非常洪亮。

剛進門我就吃了一驚，卓教授又抽了滿室的濃煙，以往只當她是菸癮重，這時知道她的病情，我完全沒辦法明白卓教授的心理，她這是求生還是求痛快？

「……教授。」

「什麼事阿芳？」卓教授正忙於案牘，一見我她就擺出無暇接見的姿態。

「什麼事？要說就快說。」她皺著雙眉擱下鋼筆，拿起香菸。

「一件事跟教授商量，我在想，也許該讓龍仔跳白衣天使。」

「這是什麼意思？」

「他跳得比我好。」

香菸砸上我的眉心，而且著面的是菸頭火燄，像是撕裂了皮膚一樣的感覺。

「這是妳的還是我的舞團？」

「教授，」我的淚水漾了出來，完全無關乎感情，實在是額前劇痛，「我不明白，龍仔跳得那樣好，為什麼您不給他一點機會？」

「想妳自己！」不待我說完，卓教授厲聲搶白：「從現在開始，我要妳就想妳自己，把妳自己溶進白衣天使的角色裡面，不要再跟我說別的廢話，不要再說誰跳得比妳好，妳就是白衣天使，妳跳不出來就是白衣天使活不出來，明不明白？」

「好吧，我盡力就是了。」

「不對！不是盡力！是人誰不懂得盡力？」她的勃然大怒驚得我向後退了一步，「妳聽好，有十分力氣，妳就拿一百八十分作目標，沒這種本事，就趁早別做藝術家，妳不好好跳，我保證踢妳出舞團，我保證親自通知全世界，叫妳連在低級舞團也混不下去！」

見她這樣費力恫嚇我，雖然滿心的不服氣，我也不再多語。

卓教授再掏出一根菸，示意我給她點上，生平沒給人點過菸，我笨拙地雙手齊上為她打火，吐出煙霧後，她的怒氣像是頃刻又消失了，卓教授半躺回她的牛皮座椅上，盯著煙束騰升，卓教授皺著眉跌入了她自己的思潮，久久，她才輕聲說：「兩個月了，基礎訓練兩個月，該悶壞了你們，我是在觀察，要看進你們每一個人，我才編得出這支舞，每個角色，都是給每一個人量身打造的，人跟人是那麼不同，誰也不能跟誰換角，但是阿芳……」

她轉過來盯著我說：「妳跟龍仔是同一種人，我知道妳心裡不服，你們兩個，我只用一個，要再不服氣，誰上場，你們自己來決定。」

我無言以對。

「所以妳不要再給我囉唆，」卓教授戴上眼鏡拿起她的公文，擺手要我告退，我聽見了她猶自喃喃不停：「這是我的舞團，你們就是我的作品。」

退出卓教授的辦公室，我感覺我不再是我自己，原來我是一個工具。

這麼多年來，我全心全意相信著卓教授是個天才，我早該記得天才的特徵之一是狂妄，卓教授編起舞像作詩，她是用我們的性命在揮毫，推敲取奪，全憑她的專橫的詩意。

新的排練課程表貼在公布欄上，從現在開始兩個月內，我必須和克里夫一起上單獨訓練課程。望著排班表上密密麻麻的人名與時間，團員暫時分成了幾個個別上課的小組，我們是一把岔開的枝葉，其中沒有龍仔的空間。

※

全新的世界就在眼前，這一晚我們感到徬徨，卓教授已經回家了，而我們都明白今夜再加課練習已是多餘，所以大家又一起上餐廳聚餐，名義上是慶祝舞劇揭幕，實際上我們都沒了去處，從未感覺過我們之間像今天一樣親密。

上次聚餐讓克里夫耗費了近萬元，這次大家回請他，忍受著餐廳裡濃厚的煙味，我看遍菜單找不出一樣餐食，坐在身旁的榮恩幫我作了主張。

「我來點，」她半倚在克里夫胸膛裡說：「我跟阿芳共點一隻烤春雞，阿芳恨美食。」

這家西餐廳附有舞池，一頓飯還沒用完，我的同儕們已成了舞場上的主宰，向服務生要來了溫開水，現在只剩下榮恩陪坐在身邊，她擎著一支沒點燃的香菸，我們聊起卓教授的病情，方才全體在座時，沒有人碰觸這個話題。

原來榮恩早已知道卓教授生病之事，不只知道，她非常清楚，只是她從來沒向我們洩密。

「應該把姥姥做成標本。」她說：「癌細胞都轉移到神經系統了，還那麼有力氣，靜脈末梢水腫，醫生叫她不要喝咖啡，她喝著喝著就喝好了，我去醫院看護過她，最糟的時候，醫生要給她插氣管，差點沒給她掐死，給她上IPPB她也不要，隔膜離軌都癱掉了，給她胸腔引流，還要哄得像小嬰兒一樣。」

「什麼IPPB？妳怎麼懂這麼多？」我不禁問。

「廢言。」榮恩說：「我是念護專的啊。」

「不是說妳念國劇嗎？」

「早就不念了，沒前途。」榮恩又開始吃烤雞，「我後來就去念護專，還兼差做特別看護，只是護專沒念完，幸好那時候沒碰過姥姥這種病人，不然她沒死我都先氣死。」

「不要開口閉口都是這個字。」我訓誡她，談到卓教授的病，死這個字眼聽起來特別刺耳。

「有什麼不能講的？那麼老，又那麼病，她還不該死嗎？」榮恩撕著雞翅這麼說，眼前的她，是我從來不熟悉的榮恩。

「特別看護很好賺，我好多同學到現在都在做。」榮恩瞧著舞池，這麼心不在焉地說。

「看護那些末期的病人特別好賺，」榮恩再說，「但是要看運氣，那種呼天搶地的都很難伺候，我特別喜歡昏睡的那種，很乖，也夠安靜，像是洋娃娃，比較醜就是了。」

那是很需要愛的工作吧？對於自詡充滿了愛的榮恩，該是合適的吧？

榮恩又說了：「可是我又覺得他們很倒楣，本來就沒希望了，還要幫他們拚命延長壽命，有什麼意思？有時候站在那種植物人床邊，我就覺得，怎麼不乾脆死了算了？那些淚汪汪的親人到底希望怎樣？其實他們心裡也真的那麼想，要在醫院待久了妳就知道了，那種希望病人快點死的感覺，只是沒有人說得出口，因為說出來的感覺很不好，很沒良心，他們對良心的愛，比對病人的愛還要多。明明很單純的事，只要拔個插頭，或是換一支針管，病人的痛苦就結束了，永遠結束妳了解嗎？但是那需要很多的愛，沒有人做得到，他們脆弱。」

我差點被雞胸肉噎著了喉嚨，我喝了大量的溫水。

榮恩大刀闊斧地拆解整隻烤雞，我再遞給她一支餐叉。

「那後來呢？」我問她。

「什麼後來？」

「怎麼沒念完護專？」

「喔，我被退學了。」榮恩清脆地扭斷烤雞的小腿，她拍了拍手掌上的肉屑，說：「我照顧的植物人，死亡率太高。」

榮恩其實是在說謊，我希望是這樣。

散場時克里夫送我和榮恩回家，坐在轎車後座，克里夫漂亮的後腦勺就在眼前，往後的兩個月，這個藍泡泡頭將是我最親近的伴侶，榮恩坐在駕駛座旁，自始至終，她都緊緊握著克里夫的右手。

車子上了復興南路，卻轉往相反的去向，榮恩嗶一聲歡呼起來。「我們去Party。」克里夫說，他給音響換上一片非常輕柔的演奏曲。

只見車子一路望北而行，大家又聊了起來，我們聊到了卓教授的知覺訓練課程，榮恩開始笑個不停，「姥姥可以去做催眠秀。」她說。

我卻想起了一件事。「說真的，有誰記得在母胎裡的感覺？」

「我記得，」克里夫很認真地點點頭，打個方向燈，他說：「我真的記得。」

「你跟你母親的關係一定很好。」我說，心裡面不失羨慕。

「我不知道，我媽媽生我，就死了。」

「難產。」榮恩解釋說。

「噢。」我問克里夫：「在母胎裡，是什麼感覺？」

「我感覺擁抱。」他說。

好溫柔的感覺。我並不擅長說溫柔的話，可能是車內音樂太柔美的關係，這時我源源不絕地說：「我不記得母胎的感覺，但是有時候我想像，那是一種安全的感覺，有一個人在那裡，什麼都為著你，總是等著你，給你溫暖和滿足，從來也不拒絕你……」我已經辭不達意了。車中這音樂怎麼如此動人？

「這樣說起來，便利超商更像我媽。」榮恩頗為煩悶地說。

三個人都靜默了下來，沿路的繁燈閃爍一道一道映入車窗，勾起了一些朦朧的往事，我所能回想起最早的時光，大約是兩歲多吧，那時候有誰擁抱著我？一個人也記不起來，努力的追索之下，卻意外地記起那張孤伶伶、硬梆梆的籐製嬰兒床，欄架上還綻裂出幾道扎人的籐絲，我天長地久地被棄置在其中，偶爾姊姊的臉出現在嬰兒床上方，是那麼吃驚的表情。

回憶又跳接到了七八歲的光陰，姑姑那麼嚴厲地望著我，她這麼說：「要怪就怪妳自己，妳媽媽沒錯，是妳自己來的不是時候……」

始終單身的姑姑算是我的保母。

記憶又轉到了一個夢境，從小常常作的一個夢，夢裡面什麼都是灰色的，衣服灰，天灰，草也灰，每次的夢境都一樣，我走在一條灰色的石板路上，路旁很遠的地方，有幾棟教堂並列在一起，都是灰色的金字塔，夢中的我邊走邊想著，既然是金字塔，那麼我怎麼確定它們是教堂？但是在夢裡面人變得很固執，我知道它們就是。七座灰色的金字塔，我知道它們是通往另一個世界的大門，封鎖以一道密碼，夢裡面的我想盡方法，也沒辦法開啟它。

然後我就想起了龍仔，這時候他去了哪裡？他想著什麼？他真的不再回來了嗎？那麼為什麼連一個道別也不給我？

或者他根本沒那麼在乎我？他只在乎舞蹈吧？我想起了他那對清亮的眼睛，我來不及真的看進去他的舞蹈，只記得他的雙眼，無言地望著我，那裡面是一片神祕花園，也封鎖以一道無法破解的密碼，他的世界沒有入口，我沒辦法碰觸他。

最後我哀叫著說：「天哪，這是什麼音樂？」

「Mark Knopfler的Long Road。」克里夫回答，他邊開車，邊拋給我一個ＣＤ封殼。

才準備細細打量這片音碟，克里夫就停了車，我往窗外看出去，哪來的派對？一片黑暗，一片空曠，一片荒涼，才十幾分鐘的車程，難道我們已經離開了台北？

下了車我就認出來，這裡是松山機場的後巷，飛機落地前呼嘯從頭頂劃過的地方，以前也曾經來過此地。這時候已有幾輛車停在小路旁，一群人都翹首等著飛機降落。

克里夫頂著我和榮恩攀過機場鐵絲籬，他也縱身翻過來，躺在草地上，我們仰天望著汙濁的夜空。

「好棒的草原。」榮恩笑嘻嘻說。

「榮恩這不是草原，這是機場。」我提醒她。

「好棒的草原。」榮恩又說了一次，她央求著克里夫：「再說嘛，再說草原的事嘛。」

克里夫顯得意興闌珊，在榮恩的纏弄下，他零零碎碎地敘述了一些草原風光，風吹過大麥田，麥子都熟了，耕耘機轟隆隆輾過田野，半個小時才回一次頭，咖啡色的野兔子四處奔逃，銀色的風車排成一整列，大風來的時候，風車吱嘎響，一整群雲雀都飛離了地面……

「還有知更鳥，快點，快點說知更鳥的事。」榮恩催促著他。

「好，知更鳥的草——」

「巢。」榮恩糾正他。

「巢，有蛋在知更鳥的巢，都是藍色的，一點一點的藍色，很小的，我們不要打破它。」

「不打破它。」榮恩附和。

「有彩色的石頭在小河，你拿出來，就不是彩色了，你再放回去，它們是寶石……我不記得了。」克里夫說，隔躺著榮恩，我見不到他的神情，但從聲音裡面，我聽出了一些落寞。

「唉。」榮恩心滿意足。

轉過頭向我，榮恩問：「阿芳妳怎麼都不說話？」

「我在想龍仔，不知道他這時候在哪裡。」

「那妳叩他啊。」榮恩說。

「龍仔有叩機？」

「當然有，」榮恩答道：「他不能講電話，要跟龍仔通訊都是用叩機，妳不知道啊？」

「我不知道。」為什麼龍仔從沒告訴過我？

「這什麼時代了，大家都有叩機。」榮恩說著秀出了她腰際的呼叫器。

「我沒有。」克里夫說。

「拜託，你用大哥大。」榮恩反駁他。

「大哥大不好，呼叫器也不好。」克里夫拿出他的手機，遠遠拋向草地。「它們都是給寂寞的人的，我不要大哥大。」

「那給我。」榮恩跑去撿了回來，她又躺下。

「為什麼說呼叫器是給寂寞的人用的？」我問克里夫，並不是不懂，我很想聽他說話。

「因為這是一個寂寞的世界，我們說話，我們做事，都是在在——」克里夫雙手齊揮，他找不到中文的辭令，就改用英文說：「Reaching out to somebody，妳懂嗎?告訴別人，嘿，我在這裡，嘿，不要不知道我，大哥大和呼叫器，我們用它們，想要去碰到別人，我們要停止寂寞，我不寂寞，我不要大哥大。」

雖然是破碎的中文，我聽出了很完整的感傷。

「妳別理他，他最近在聽Tom Waits的專輯。」榮恩說。

我的腦海裡出現了方才車中的音樂，一些溫柔，一些感傷的情調充盈在心中，克里夫說得非常好，我們的辛苦和掙扎，不就是想要伸出臂膀，觸及到世界的中心，跟什麼重要的對象抱個滿懷？但是這擁擠、這嘈雜，有誰能知道？又有誰能在乎這一丁點細小的聲音？

鐵籬外面的人喧譁了起來，一架飛機出現在遠方的夜空。

像一顆明亮的星子，逐漸擴大成了兩顆，翼燈清晰可見，飛機就要朝我們的方向降落。

「準備好喔，」榮恩和我們一道爬起身來，她興奮極了。「飛機來的時候，我們就哇啦哇啦大喊一通，不蓋妳，真的很棒喔。」

這是一架雙引擎的客機，挾著勁風從我們的頭頂掠過，一片狂風和震耳欲聾的音爆中，我們都扯開了嗓子，用盡全身的力量發出了巨大的怒吼。

後來回想起來，記憶中這不過又是一個孤單如常的夜晚，做出的一件微不足道的蠢事，有誰能聽見呢？在大風裡我們撕裂喉嚨，滴出血來的狂喊，我在這裡，我在這裡……

※

所以我在第二天買了一個叩機。

夜裡下了課回到套房，榮恩又不知去向，自行打開榮恩的音響，我花了半個鐘頭熟練操作手續。

午夜十二點二十六分，叩機嗶嗶響起。

非常驚奇，還沒來得及告知任何人，我的叩機上就顯示了一通留言代碼。

因此我手忙腳亂起來，重新打開操作手冊，撥電話，按鍵，按鍵，再按鍵，我以萬分的好奇心聆聽留言。

「嗨，我是……」聽起來很愉快的男聲，帶著淡淡的廣東腔，我沒辦法聽清楚他所說的姓名。「我不認識妳，妳也不認識我，開個玩笑而已，不要介意。」

就是這幾句話。現在電腦語音系統詢問我是否要重聽留言，我呆了半晌。

還握著電話筒的我在這一端，呼叫器主機電腦是一個冰冷的接駁站，另一端，不知道在何方，是何人，在什麼樣的心情之下，將他的午夜留言輸進了線路，像是拋了一只瓶中信進入海洋。

那是一個我永遠也不會認識的人，他是不是感覺非常的孤單？收音機此刻傳來了比利喬清清爽爽的歌聲，我抱著叩機在床上躺了下來，望著窗欄外的上弦月，筋骨疲乏，卻怎麼也無法睡去。

一點零八分，我也發出了一封瓶中信，街頭的陌生人對我有了新的意義。

〈天堂之路〉，七十分鐘雙幕現代舞劇，風格傾向卓教授七十年代的作品，是劇情性微弱，象徵意味濃厚，在表現上回歸舞蹈基本教義派的舞作。

因此卓教授只是很簡略地向我們說明了情節，在這齣劇的世界中，所有的人類都是遭受天庭流放的神祇，舞劇的前半段，諸神們經歷人間滋味，後半段則是描述諸神回歸天堂的路途，克里夫扮演的藍衣天使，象徵著人間感情與眷戀，而我的白衣天使，則代表瀰漫天上人間的寂滅與虛無。

※

我和克里夫有大量互飆的雙人舞，在出場的分量上我們算是主角，目前正與其他團員隔離，單獨密集訓練中，而其他的團員分成了幾個單位，各自進行小組練舞。

卓教授的幾個最優秀的門生也回來了，在這個階段裡面，他們擔負起助教的角色，幫忙帶領那些小組，卓教授自己把絕大部分的心神留在我和克里夫身上。

整間教室變得侷促不堪，我們鎮日忙著劃分自己的舞區，各有自己的時程和練舞韻律，有時大家捧著便當，坐看我和克里夫揮汗如雨，有時我和克里夫又累得倚肩並坐，靜觀他們練習，我看著那些經驗與資歷都高過我們的助教，嫻熟地帶領組員奮鬥不休，非常不解，卓教授從構想舞劇時開始，就摒棄了這些老練的門生，全新組合出我們這群團員，她的目的何在？當然我們也是優秀的，只是我們的舞蹈經歷參差不一，唯一的共同點是，沒有人正式跳過卓教授的舞碼，而且我們都相當年輕，在外貌上都是漂亮非凡的年輕人。

音樂也是一大困惑，目前只有一小段主旋律，而我們的舞步節奏各異，卓教授採用了非常牽強的解釋，她讓我們終日在同一段音樂中練各種舞，說是準備等我們「跳出來了」以後，再讓作曲家配齊所有的曲子，所以教室裡又出現了一個閒雜人等，這人什麼也不做，就是看著，隨時用攝影機捕捉我們的舞姿，大家都叫他錄影人。

就這樣在錯亂與擁擠中，我們又練了一個月的舞，官方垂詢與媒體採訪次數漸增，深秋悄悄降臨。

龍仔始終沒有回叩我的呼叫，我想著，在叩機的代碼世界裡，他辨識不出我的聲音。

這天的天空純藍而且澄淨，氣溫適中，我和克里夫經過了大半天的練習，終於獲得喘息的時刻，卓教授要我們暫時小休，她人一進了辦公室，克里夫就趴落在地板上，我隨著躺在一旁，他的汗水沁溼了我的臂膀，克里夫朝著我們身軀噴上礦泉噴霧，冰得我團團打轉，又被他有力地箝住雙手，我們的笑聲喧譁攙和在華麗的管弦樂中，直到我通體珠霧涼爽，才發現錄影人正對著我們拍攝中。我和克里夫之間的關係，已經大不同於以往。

教室的另一角也喧鬧著，幾個團員合力挪動一台舉重器，卓教授的舞蹈沒有性別之分，所以針對女性團員增加了肌力重量訓練，教室裡添了幾台笨重的訓練機，不管擺在何方都形成障礙，今天一些團員又決定大幅度遷移機器，這是加倍的肌力考驗，只見他們抬得慘叫連連。

卓教授回到教室，指示克里夫和我向前，她播放一捲錄影帶。

螢幕上出現了一對雙人舞者，正跳著卓教授一支有名的舞目，卓教授要我們仔細觀察那對舞者的跳法，他們雙雙躍起，比肩凌空旋轉。「看清楚沒，那就叫騰。」卓教授說。她再倒帶讓我們看了幾次。

我們都知道，凌空到最高點，之後便是隨著地心引力下降，但是力度夠的舞者往往能在上升與下墜之間神奇地停頓剎那，像是凝結在半空中一樣，雖然只有幾分之一秒的時間，舞蹈的意態瀟灑就在此處，卓教授稱這種境界為「騰」，她解釋這是力量完全爆發的那一瞬間同時放鬆，她要我和克里夫反覆觀摹。

所以我們反覆看這一段帶子，卓教授則整個站在電視機前不勝忘情，我看出了錄影帶中這對舞者所在之地，就是我們的教室，只是擺設略有不同，鏡頭偶然帶到了教室的窗口，還看得見院子裡的梧桐樹枝繁葉翠，這捲帶子必定有些歷史了。

我不停地回想著，帶子中這兩個舞者是誰？卓教授所有出名的子弟我都清楚，但一時卻無法辨認出這兩人，只覺得他們的共舞令人動容極了，不只是並肩默契，我還看見兩個舞者之間完全的信賴，完全的依賴，接近一種具體的情愛。

「你們看看，這才叫跳舞……」卓教授也陶醉在螢幕中。

一句話未竟，卓教授垂首沉吟，我和克里夫分坐在她的身畔左右，都見到她的迷惘的神情，卓教授撫胸深深吸了幾口氣，她轉回頭朝向舞坪，我和克里夫也隨著回望，龍仔就站在那裡，不知道卓教授如何察覺到了他，不知道他何時進了教室，門簾的風鈴並沒響動。

窗外下起了不尋常的暴雨，卓教授像是突然之間累壞了，她撐著我坐下身來。我也扶著她，同時回眸無語望著龍仔。

龍仔看了我幾秒鐘，他燦爛地笑了。阿芳。他用手語說。一個多月不見的龍仔，仍舊是那樣的英氣逼人，他背著他的舊書包，他曬得很黑。

龍仔走到我們面前，從頸上解下紙簿，攤開，上面已經寫了粗筆字跡。

「教授，請讓我繼續見習。」

「是你自己要走的，你不用再來了。」卓教授雙手抱胸，拒絕用手語，龍仔很認真地讀著她的雙唇。

龍仔翻過紙頁，下一頁寫著：「我要回來，我要繼續練舞。」

「自己跑掉的團員，我絕對不會再收。」在克里夫和我的一併等候中，卓教授這麼回答。

龍仔又翻過一頁，上面已寫好了這一句：「我不是團員，我是見習生。」

空氣在我們四人之中凍結久久，終於卓教授和龍仔打起手語，這是兩個終端之間的閉路傳播，我彷彿見到我的名字出現在手勢中，龍仔連連搖頭，手語最後他很肯定地點了頭，卓教授於是用指尖戳了他的眉心，她的嚴峻的眼眉倒是放鬆了。

克里夫偷偷從卓教授背後伸過手來，握緊了我，我們都知道，龍仔是真的回來了。

卓教授交代我們繼續看錄影帶，她回了辦公室。

龍仔舉臂脫掉上半身的衣服，他朝向那群忙著搬運重力機器的團員走去，一把就抄起了讓他們人仰馬翻的重槓鈴，大家歡呼了起來。

不久之後窗外雨收日放，又是一片純淨的藍天，我破例去點心檯取食了一顆糖果，酸柑口味巧克力甜心，咬在嘴裡，我看見克里夫和龍仔並肩從整片窗前走過，金霧也似的陽光中，這是一對美麗極了的剪影。

溫柔的管弦樂繚繞整棟教室。

小院的梧桐枯樹滴答淌著水珠，我奉命端了熱咖啡去給卓教授，她正站在樹下，披著一件絳紅色薄外套，從我手上接過咖啡，她試了一口，點頭讚許，卓教授示意我往屋頂上看。

龍仔坐在天台上，龍仔背後的天際，是朦朧的彩虹，龍仔也轉身望向天空。

然後我們都見到了龍仔的自言自語。

彩虹。他用一道圓拱型的手勢說。兩道彩虹。他又說。

那道手勢真美，真美。

「如果還能跳，真想跟龍仔跳一次，跳一次就好了啊。」卓教授輕聲這麼說。

又是一句讓人費解的話，既然那麼賞識龍仔，為什麼她又阻止他出頭？

「教授，」一聽見我開口，卓教授卻大吃了一驚，她似乎已經忘了我的存在，我問她：「龍仔會不會加入我們的舞劇？」

卓教授搖頭。

「他跳得不夠好嗎？」我放膽再問，如果卓教授能保持不生氣，我決心要問個分明。

「不是，」卓教授呷了口咖啡，像是膩著了一般縮皺起臉孔，但是她說：「還可以甜一點……他跳得比你們好，比任何人都好，事實上他跳得太好了，龍仔他，還沒學會為自己而跳，他只想取悅世界。」

這句話太過弔詭，難道藝術不就是為了取悅世界？正要答辯，卓教授又開口了。

「阿芳，藝術的目的不在技巧，而在美和動人，龍仔跳得雖然好，他少了一些東西，妳明白我在說什麼是吧？他聽不見，這騙不了人，他的世界也太空洞，連感情也是，單純，平坦……龍仔可以跳出最高難度的舞，那只是在模仿，我要把龍仔送上舞台，他只會被捧成一個雜耍大師，這麼蠢的事我怎麼能讓它發生？」

至少卓教授還沒有發怒，而我只覺得她的話似是而非，打從心裡不同意，我問她：「那您要禁止他上台到什麼時候？龍仔永遠聽不見，永遠少了一些東西，他就永遠不用上台？」

「又不是個孩子了，他自己會找出路。」

「生而有缺陷又不是他的錯。」

「這本來就是一個該死的世界。」

卓教授用這樣一句話作了結尾，她就不再理會我了，只是一直攪著咖啡。

雨後清爽的空氣中，隱隱有些鮮花的芬芳洋溢，龍仔身後的彩虹正在迅速消散，龍仔舉目四望天空，他揚起臂膀。

我和卓教授一起親眼看見了，幾隻麻雀翩翩飛落在龍仔身旁，又來了一對白頭翁，一小群鴿子，都緊挨著龍仔，最後是一隻嬌小的綠繡眼，盈盈棲息在龍仔的指頭上。

龍仔輕輕撫摸小鳥，撫了幾下，他小心翼翼地站起，一振手臂，小鳥飛去，龍仔也跟著牠做了一個展翅的舞姿，只是那麼一剎那，在兩道彩虹最末的光芒中，我見到了天上人間最美的景色，不管卓教授怎麼說，我認為那是美與動人，那不是取悅世界。

「我要把這一幕記下來。」我說。

「妳不會記得。」

卓教授嘆氣一般輕聲說：「太年輕了，也怪不得妳，告訴妳一些事，記憶是不由人的，它想來，才會來，它不想走，妳怎麼也躲不過。」

卓教授說完，用手掌四處拍撫她的口袋，我想她是在掏菸，遍掏不著，她於是返身走回辦公室。

望著她的背影，我覺得今天的她很陌生。只是不太習慣，卓教授第一次看起來如此溫柔。

※

龍仔真的回來了。

如今的氣氛與他離開前完全不同，每個團員各有自己的角色，自己的舞步，再加上新添的助教群與瀰漫的音樂，整間教室熱鬧於往常，活潑得陌生。

但是在龍仔的眼底，該是另一種滋味吧？我想像著，那像不像是沉進了海水？壯闊豐富的視野，多彩絢爛但是又寂靜，像是一隻熱帶魚的世界。

龍仔不再熱中練舞，連拉筋暖身也省略了，他一個鐘頭又一個鐘頭地坐在牆角，身邊擺著一只軍用水壺，他只是看，看我們排練。

我知道這不是走馬看花，龍仔一次只追蹤一個團員，鎖定了對象，龍仔全神觀察那人的身段，那人舞起龍仔就四肢齊顫，那人摔倒了龍仔也打個蹶踖，那人舞出了視線，龍仔縱身彈起如豹，穿越一具一具的身軀，他同步追隨模仿中的角色。我想我猜得出他的企圖，龍仔是準備學下全體的舞步。

所以我儘量不打攪龍仔，一個多月的別離，他有太多的功課要追趕，而且，我忙著與克里夫之間的雙人舞。

信賴。卓教授一次又一次地提醒我和克里夫，雙人舞之美，來自於舞者之間真情至性的信賴，我們攜手用默契齊奔，我們放手但是四目繾綣，克里夫展開臂膀，穩穩接住我的後手翻，我們必須學著倚靠對方的力量，而我信賴克里夫，這些日子來的相處，我已經了解他是一個天性純良愉快的男孩。

卓教授在中午時離開教室，大家都知道，她是回醫院接受診療，她赴醫時我和克里夫就無人管轄，除了自由練習之外，我們通常找尋了清靜角落聽音碟。

克里夫買來了一對分岔耳機，接上他的隨身音響，我們一起聆賞他所帶來的音碟，克里夫在音樂上的涉獵範圍極廣，品味也高，從搖滾、爵士、藍調到古典樂，他都有不少精采的收藏，克里夫今天又帶來了一些新貨，我們各自戴上一副重立體音效耳機，將肢體的疲乏拋在腦後。

克里夫活脫是個流行樂字典，他喜歡邊選播歌曲邊滔滔不絕地解說，雖然知道我有英文對話能力，但他一向和我說中文，只有單獨面對卓教授時，他們兩人才用英語。

在克里夫的專業級解說後，我們一起靜聽女低音克麗奧蓮恩的獨唱曲，柔和的嗓音，聽得我連心臟都溶化了一般，見我欣賞，克里夫換上另一個中音女歌手佩蒂奧斯汀，這支曲子有個溫柔的名字叫First Time Love，我們都躺了下來，深秋時節，地板已經有些涼意襲人，我和他靠攏了些，耳畔是撩人的淺吟低迴，我轉眸看克里夫白得透著粉紅的臉孔，他完全沉浸在音樂中，他用漂亮的眼眉示意我用心聆聽。

然後是他最鍾情的搖滾歌手路．李德，我們連聽了七八首，就我來說，七〇年代的錄音效果實在不算好，薄弱的音軌，卻也能絲絲引人魂魄，我漸漸聽出了不少興味，克里夫更是如上九天，他和我都搖頭擺尾起來，時而握住手掌，在最火熱的那段搖滾中，克里夫一把扯我貼胸，他給了我一個吻。

我也回吻了他。

那是我的初吻，短暫而且清純，我們一起卸下耳機，猛烈旋律瞬間沉靜了，教室裡的舞劇襯曲悠揚傳來。

我們互望幾秒鐘，都笑了。

「對的，這就是搖滾。」克里夫開懷地說。他的淡淡的台語口音真逗人。

「克里夫，你的台灣腔是哪裡來的？」

「我不知道，妳覺得很不好聽嗎？」

「保持下去吧，很可愛。」

克里夫卻沉思了一會，他搖搖頭，有些悵然地說：「我連英文都不能說好。」

「不會吧？聽你說得挺好的。」這是衷心之言，對於英語系科班出身的我來說，他的美國腔英文相當悅耳，遣辭用字也道地。

「你們不知道，當我談話跟美國人，他們都想我是一個外國人。」

克里夫五歲就隨父親來了台北，一直就住在北天母的外國人社區裡，就我所知，與他相依為命的父親是個工作狂，始終沒有再娶，我猜想克里夫必定有個乏人問津的童年，但這些克里夫從來不多提，他倒是常談到父親。

「他看心理醫生，」克里夫說，「他和我一樣，他不能說好中文，他看美國的心理醫生在Internet，醫生在加州，醫生說他是Midlife crisis，我不知道中文怎麼說。」

「中年危機。」

「中年危機。」克里夫細細玩味這四個字。

「對了，你家在美國的哪裡？」

「我是奧勒岡人。」克里夫說，他再度用可愛的台灣腔背誦著：「中年危機……」

卓教授回教室的時候，我們都聚在電視機前，前一陣子的大空難調查結果公布，螢幕上一再重複著電腦動畫的飛機墜毀鏡頭，新聞分析著失事的原因，連篇複雜的術語中，我們唯獨都聽懂了四個字，一連串的失控造成了飛行員的「空間迷向」，最終高速撞擊地面。空間迷向，我們都默默記誦這個奇異的名詞。

卓教授拎著我和克里夫離開電視機，她的衣襟上別著一串甜香洋溢的茉莉花。

整齣舞劇都是原創品，卓教授忙得分身乏術，她不時全場奔走，關照各小組的排練情況，隨地就與助教開起會議，還要耗時長久地參與編曲、舞台設計等進度，神色之矍鑠，氣力之活躍，連我們這群年輕人也要相顧失色。一天之中剩餘的最後時間，卓教授奮鬥於編舞，看她在教室裡來去的身影，越來越像一截蒸氣火車頭，香菸是她的動進器，她的創作產出與我們的練習同步挺進，尤其是克里夫和我的部分，幾乎是在實驗與修正中點滴完成。

現在她又有新的靈感，要我在一段獨舞中添加上高危險表演，即思即行，卓教授調來了一組扮演諸神的團員，將他們疊成一具肢體山崖，指示我在飛躍步中凌穿過他們。

「我不能，我沒辦法。」測量了高度與距離之後，我誠實地說。

卓教授卻沒生氣，她這麼說：「不要想妳自己的極限，人只會低估自己，哪，把那座人山當作天國，妳跳進去。」她拍了拍我的背胛。

我試了，那不是躍入天國，是撞擊了天堂門檻，再狼狽墜落，我砰然摔下地板，正好著力在有著舊傷的右腳背上，痛得徹骨，沒辦法站起，身上還疊著七八具團員的軀幹。

「嗯，是不能。」卓教授同意了，她低頭塗改筆記本上一些手記。

克里夫幫我在傷處推揉藥膏，整隻腳踝握在他的掌心，我也沾取一些冰涼的膏液，四處塗抹受苦受難的肢體，今天沖浴時，曾經和榮恩互數對方的瘀傷，我全身共有二十九處，榮恩更慘烈，將近四十塊青紫遍布在她纖小的身軀上，她的角色「維度守護者」中，高運動舞步居多，劇烈的操練並沒有折損她的青春精力，榮恩用遮瑕膏和粉底一塊一塊掩蓋住瘀血處，化上彩妝，她還是常常外出狂歡，夜不歸營。

晚餐時我將便當盒遞給龍仔，這些天我只吃全麥麵包，雖然氣喘的毛病暫未再犯，但我計畫再減幾磅的體重，卓教授為我設計的高難度角色需要更纖瘦的體形，我刻苦節食，節食中瀕近貧血，貧血中開始不時暈眩，尤其在跳躍飛騰之際，恍惚一瞬脫離血肉，昇華至冥冥彼岸，我貪戀著這種苦難，彷彿從肉體上的饑饉兌換出了精神上的輕盈。

所以我隨時都處在飢餓狀態中，巨大的飢餓。

拿著便當盒，龍仔邀我到教室外面用餐。

「好啊。龍仔。」我用手勢說，我已經熟練了幾句簡單的手語。

夕陽呈現出燦爛的橘色光輝，我見到天際蒼白的月亮，又快是月圓時候了，原以為是要攀上天台，但龍仔朝後門而去，他打開了鐵柵後門，頻頻揮手要我跟上，我們爬上了墳山，山頭的這一面墳塚稀落，我隨著龍仔越登越高，他只是往上爬，最後我們來到了山的最高稜線上，龍仔終於滿意了。我們一起看見了一座墳。

天色由明轉晦，山上有陣陣隨風飄移的霧塊，這個墳在氤氳中非常顯眼，它的墓碑左右是紅磚色的擋土牆，碑前插了幾束看起來很新鮮的花，吸引我們目光的是花束旁的東西，在黃昏的沉靜的墳山上，我們蹲下來，細細地看，覺得像是闖入了別人的夢境一樣。

花束旁躺著一個布娃娃，娃娃褐色的粗毛線長髮都被水露潤溼了，她的藍色的塑膠眼珠仰望晚霞，嘴角漾著寧靜的笑容。娃娃身上背了一個小棉布袋，龍仔用指尖打開這個只有火柴盒大的布袋，其中有迷你小梳子、兩朵紅布剪花。

我端詳墓碑，死者是個小女孩，從碑文中的生年算到卒年，還不滿十二歲，她死於去年冬天。

布娃娃身旁，是兩隻成對的彩色玻璃水鴨，一隻將頭掩在翅膀下悄悄安眠，另一隻展翅作引吭狀。

再來是一架玩具小鋼琴，琴蓋上還畫了一些快樂跳躍的音符和玫瑰花朵。

簡直像個兒童玩具屋，我打開玩具琴蓋，敲了幾個音階，金屬琴鍵也許已經生了鏽，琴音是啞的。

龍仔和我都將晚餐擱下在一邊，我們在墓碑前坐了下來。霧塊緩緩穿越我們身畔。

「再彈。」龍仔將手掌覆蓋在琴面上，這樣要求我。

我用單指彈了一支快樂的小曲，大部分的音符杳然無聲，琴身的共振微弱。

「那是什麼感覺？」龍仔寫在紙簿上問我，「聽音樂的時候，是什麼感覺？」

才要振筆，我發現這個簡單的問題無從回答，左右思量，我寫：

「龍仔，除了舞蹈，讓你感動的是什麼？」

「顏色。」

「那就用顏色來說好了，」我下筆如飛：「音樂像顏色，單純的顏色，有的飽滿，有的柔和，把顏色召集起來，組合成長長的長長的一幅圖，清淡的地方讓你遐想，濃烈的地方讓你忘情，但是又不混亂，在完整中你看得見每個基色，每個基色又溶進了結構，那就是音樂。」

「妳喜歡什麼音樂？」

「我喜歡李斯特。」

「那像什麼顏色？」

「深邃的藍色，藍到要黑成墨色了，又穿過一道閃電的純白色。」

「那雷鬼樂呢？」

「短短的黑色、白色和綠色輪流在跳水台上玩耍。」

「搖滾樂呢？」

「全部的顏色捲進漩渦，噴出來但是不混合，再捲進去。」

「聽的時候很快樂嗎？」

「快樂得像是卓教授一邊抽菸一邊喝咖啡。」

龍仔默想著，他寫：「我以為聲音像是波浪。」

「什麼意思？」

「一波一波推過來的海浪，看不到的海浪，如果看得見這種海浪，那就可以畫出一幅歌聲，也可以聽見彩虹的聲音。」

龍仔的字跡真美，我看著他超乎常理的描述，發現這句話並不無根據，聽與看，純物理來說，不都是憑著頻率與振幅的變化？

「對了，就像在海浪裡，那你可以想像聽音樂的感覺了？」我問他。

「同樣的音樂，聽的人反應不一樣。就像妳跟克里夫一起聽音樂的時候。」

「沒錯，克里夫比我喜歡搖滾樂，聽見了自己喜歡的音樂，心裡就自然湧出了狂喜，這樣你明白了嗎？」

「明白，像是有愛情從耳朵穿進去。」

捧著紙簿，我啞口無言，就算再花上千言萬語，我也不可能形容得比龍仔更傳神。

天色接近全暗，蒼白的月光灑落在墳山上，山下傳來了隱約的鋼琴曲音，我們在晚風中寧靜晚餐，共飲僅有的一盒橘子汁。

龍仔漸漸讓我明白了一些事情，我在這天寫日記時這麼想，原來人對於自己所沒能擁有的，反而觀察更犀利，想像更直接，更接近天啟。

※

穆爾普柴斯林德先生，我們的舞台藝術負責人，設計舞劇的場景與服裝之餘，對於講課一事漸漸產生了興趣，也許是為了多多了解我們這群舞者，他很慷慨地撥出時間，加入林教授的文化訓練工程。

我們都知道他姓林，而無人能念出他那串拗口的東歐名字，折衷之下，大家都開始叫他穆先生。

穆先生的講堂是受歡迎的，至少他比林教授懂得因材施教，深秋涼爽的午後，我們在教室地板上或坐或臥，觀賞穆先生播放的錄影帶，舞劇已進入緊鑼密鼓階段，一天長達十二小時的排練中，他的時段無疑是疲勞中的解脫，而穆先生通常選播劇情片，這使得他的課程更加可人。今天我們看一支科幻片，電影裡將未來的洛杉磯描述成一個劫後餘生的黑暗都市，掌權派依賴過度發展的後現代文明，另一派則主張完全毀滅人類科技，回歸初民狀態的原始生活。影片最後，獨眼的男主角選擇了摧毀豐盛的文明。

大家都明白影片之後就是討論課程，所以在片末時都陷入一片謙虛的靜肅。摘下眼鏡，我感到深深的煩悶，而現在大家一齊望著我，自從上次和穆先生口舌交鋒，我就此被公推成了意見領袖。

「怎麼樣呢？」穆先生也等待著我的發言。

「二流片子。」

「二流在哪裡呢？吉坦羅絲卡奇塔波娃？」

「純粹是我的感覺，我對這種文明黑暗恐懼症越來越不耐煩，我覺得這是一種短視的悲觀，一種視覺狹隘症。」

「媽的不要給我掉書袋。這部片子就是要凸顯人類的錯誤，文明帶給地球的負擔，妳看不出它的用意嗎？」

「既然要談錯誤，就不應該低估了我們自己，還有我們後代的文明能力，所以我說這種電影視覺狹隘，為什麼不換個角度想？能夠收拾殘局的，也會是人的覺醒，和更高人文標準的科技能力。這種藝術，只是增加憂傷感。」

「增加知識就是增加憂傷，」穆先生也開始掉起書袋，他的談吐隨之嚴肅起來，「人口爆炸不可收拾，普遍同質化的生活，再加上生態環境上的挫敗，豐盛的背後是集體邁向僵化，為什麼不該認識這些問題？為什麼不該憂傷？」

「人是會調適的，人是會修正的，為什麼最不願意相信的，反而是這些藝術家？」

「因為藝術家的貢獻就是在誇張，不是在臨摹。媽的。」

坐在一旁陪課的林教授於是對我露齒笑了。

穆先生的答覆不出意料，這些日子以來，我對於這位言辭粗魯的老師已略有了解，學歷跨及歐美的他，創作範圍廣披書畫雕塑和平面設計，統稱視覺藝術，曾經是一個憤怒的昨日文藝青年，如今因為路數詭異，在文化圈中，算是個評價兩極的人物。

而身為藝術家，至高的壓力是必須保持原創，早年走嬉皮性解放路線，讓他陷於崇美，後來談暴走風格又害他哈日，穆先生努力突圍，開始辦雜誌，他的只在台北發行的小眾雜誌聲望並不低，刊名就叫《毀滅》，他在連篇累冊的文章中，大談破壞的價值，鼓勵青年損毀公物，謂之刺激更新，又主張凡事行造反式思考，稱之激發活力。

依我看這還是學舌，不算原創，只是比美國遲發了二十年的反文化潮流，但是畢竟與平日所見所聞大不相同，所以我也感到一些興味，為了維持在課堂上與穆先生對談，我特意修改了每日夜讀的書單，開始親近湯姆沃爾夫、艾比霍夫曼、史都華艾伯特之類流派，讀及逆式聖經裡「如果有人摑你的左臉，你就砸爛他的右臉」云云，不無會心痛快之感，但問題在於痛快之外，我能體會這種顛覆秩序、剝除人文壓制、追尋冥冥天曉的渴望，我所能讀出的總體況味卻是，想要猛力地扼止什麼，扭轉什麼，最終所得是更巨大的疏離感與迷惘，那是意外的離心力量，那是知識份子式的憂傷。

我想像著大海彼岸的叛逆年代，那並且是個反戰狂潮洶湧、東西冷戰僵持、迷幻藥崇拜氾濫、性解放崛起、吟唱詩人與美學瀰漫的灘頭，哪一種比較憂傷呢？橫眉怒向衝突混亂的大時代大環境？還是此時此地？市場大融合仇敵大和解，溫暖柔軟得無以著力的世紀末？想及此處，眼中粗獷的穆先生，就漸漸顯得細膩，甚至值得為之拭淚了。

他的《毀滅》雜誌正在台北發揮效果，一些認同者開始付諸破壞行動，我猜測著，既然要談毀滅，那麼穆先生這本雜誌的最高目的是不是自我終結？終日提倡破壞，在這個忙碌的都市裡，像是一種孤獨的吶喊，我想我漸漸了解穆先生，那種情操，那種氣慨，久而久之竟也弄假成真，到最後他害怕失敗，也害怕成功。

所以他在卓教授的登高號召下，就擱下雜誌加入了舞劇籌備，設計舞台之餘，又開始參與講課，他談憂傷，他談破壞，不論什麼話題他都要茲事體大地引申到現代的迷惘，而在他的面前，是我們這一群空間迷向的諸神。

現在穆先生和大家談起後現代文明中的混亂感，一些團員開始發言，榮恩開口了，她有令人目瞪口呆的見解。

「問題發生在蛋。」榮恩響亮地說，我們都不能相信自己的耳朵，榮恩繼續說：「我們吃那麼多雞蛋，商人養幾百萬隻雞，雞場擠得滿滿的，嚇死人，全部的雞都關在柵欄裡，擠得都不能動彈，一隻雞在一輩子裡，都只能站在巴掌大的地方，牠們變得很憤怒，就互相啄，啄得羽毛都禿了，商人就把牠們的嘴都剪得平平的，所以雞充滿了恨，牠們生下充滿恨的雞蛋，我們再吃下去，恨就在我們中間傳播，像是流行感冒一樣，大家都不知道，其實問題就是蛋。」

穆先生倒是笑了，就文采不談，他顯然欣賞榮恩的想像力。

擁有天馬行空式思考的榮恩，卓教授選定她在舞劇中扮演維度守護者。

我期待著榮恩的演出，我期待著看清卓教授的用意，此時已經瀕近初冬時節，單獨訓練課程趨向尾聲，我們將要進行全體性的排練。

已經有兩個小組盛大排開群舞，教室裡的舞區越來越難以劃分，在擁擠中，我和克里夫退避到了小院子中練舞。

晴朗的黃昏，我們在枯死的梧桐樹下練習一組雙人舞，克里夫將我擎起，橫甩拋向一側，小小的慘禍於是發生。

我的手臂貼著粗糙的水泥牆擦了過去，當下就感到皮膚上的刺痛，我猛然站定，以手掌緊緊壓著右手上臂。

克里夫執意要撥開我的手掌。「讓我看。」他說。

「沒事。」

「讓我看。」

「沒事。」

最後我放開覆在上臂的手掌，只是在水泥牆壁上輕輕掠過，因為牆壁表面的崎嶇，手臂肌膚已刮傷一大片。我們一起看著傷處，先是呈現慘白，接著泛紅，一點一點血珠迅速湧現，連接成片。

所幸傷口不需縫針，在醫院細細敷藥包紮，我估量著為時已晚，索性放棄趕回教室，繞道去看了這個月的氣喘門診。

「很好……很好，」老中醫捏住我的腕脈，嘖嘖讚賞，「……這可奇了。」

離開了中醫診所，正是夜裡塞車時段，連接被幾人攔截了眼前的計程車，我沿著貴陽街步行，晚風略顯寒意，芒果枯葉簌簌跌落在紅磚道上，迎面一群人與我穿越而過，是一支方才遊行散場的隊伍，不知是什麼主題，從他們倒拖著的木板牌上，隱約可見悲憤兩個字，他們的臉容，看起來又帶著微微快樂的光景。

站在十字路口，我端詳著路燈上懸著的一張手繪海報，是一個死亡車禍的尋凶招貼，濃墨手寫的字樣，沒能經得起風吹雨淋，雖然我是雜沓人群中，唯一試圖讀完它的路人，但海報中幾處最關鍵字眼已經杳不可辨，只約略看懂了，某人在某一天，偶然被某輛車撞倒了，某輛車逃逸了，某人結果死了，一個破碎的故事，發生在城市的角落，尷尬成這樣一張隱誨的說明。我想像著它的結局。

天色非常奇異，深藍中穿突出絲絲亮銀線條，我仰望四處，想起來了，更遠一點的市區，正舉辦著馬路飆舞盛會，想來是那邊的雷射光束，距離太遠了，此處只聽得見低沉的擂鼓聲，像悶雷一樣。

抽離感總是發生在最擁擠的當頭，站在人車匆匆的街角，所謂的博愛特區，綠燈亮起的那一瞬，我的心靈從體內抽離，終於忘了舉步，在擂鼓隆隆中，人潮與車潮慢動作一樣無聲地穿越身畔，從未如此驚覺我是大城市中小小的一點，我用俯瞰的角度再一次看見台北，我和所有人共同咒罵但又眷戀的城市，視力中的她彷彿是痛快的，彷彿是快樂的，是全自動的，上了發條，上了電池一樣，只是這種振奮在巨觀之下，又混沌成了錯綜萬端，一萬種方向感的交集，原來卻是荒誕感。

我突然發現冬天來了。

子夜兩點鐘，我坐在床頭，毫無緣由地從深夢轉醒，並且喪失睡意，只有坐望這晚的月光，又是月圓的夜，窗欄上整排柵影加倍張揚，我披衣而起，推門而出。

走在墳山下的長巷裡，我又聽見了依稀的鋼琴音，彈得很輕，接近壓抑，是蕭邦的夜曲，我抬頭張望，沒辦法找出琴音來自何方，長巷隱約有些花香氣。

這夜的月光燦亮如同黎明，連路燈也黯然失色，望著我鮮明的月光投影，原本只想做一個冬夜的無目的散步，結果依著習性走回了舞蹈教室，紅漆大門仍舊未上鎖，站在梧桐枯樹下，我心洶湧不安，深夜的舞蹈教室裡，正透出一道一道暴躁似的燈光。

透過玻璃窗，我見到燈光的來源，空曠的舞坪上，龍仔單獨一個人練舞正酣，卓教授站在教室邊緣，仍舊傾著菸，她的另一隻手，快速操控著那盞六角投射燈，死寂中她用光束指引著龍仔的方向。

龍仔時而練克里夫的藍衣天使，時而是我的白衣天使，在游移的光圈中，他藍白兼修，好過我和克里夫一千倍，他是繾綣光源的一個舞蹈魔鬼。

卓教授再抽一口菸，她明明白白看見了窗外的我，她以光引導龍仔向前，以手語指示他靜立喘息，然後卓教授取來一張浴巾，就在我面前最直接的角度，她仔細地幫龍仔擦汗，一點一滴，揩拭龍仔壯麗的胴體，龍仔如常裸著上半身，他背對著我，那麼厭惡讓人碰觸的他，以挺立的姿勢接受卓教授的十指親近，不迎合也不排拒。

空氣，我又開始需要大量的空氣。舉手探向身側，才發現根本沒有帶著背包，二十年來第一次忘了帶小藥瓶。

哮喘中我卻沒有來由地記起了穆先生那一張中年森冷的臉孔，心裡紛至沓來各種奇怪的鏡頭組合，能夠深感但沒能深思的各種片段，穆先生說妳要懂得憂傷，他憑什麼？多經了二十年的風霜就表示他更了解寂寞？穆先生說妳要懂得破壞，生存在這個城市我怎麼不懂得破壞？但是誰來指引我完整的方法？就算毀滅了天涯海角，人追尋到不是那樣一個完整的溫柔角落？

現在卓教授整個抱住了龍仔，正好深深凝視向我，那並不是宣戰，她只是用了銳利的方式告訴我，一個真正的藝術家，在創作之中，娛樂自己的成分總是多過於他所真正給予這個世界的。作為獨霸一方的藝術家，卓教授有資格誇張。

我終於跪坐在梧桐枯樹下，對著月光倒影無助地喘息，卓教授還看著我，她的病得消瘦的臉龐上，顯出了一絲好奇的模樣。

最後的一個念頭我來不及思索，加入這個舞團，我到底為了什麼？為了美，但這美貢獻給誰？誰會在乎？沒有人在乎的美算是什麼？在這樣粗糙的年代裡，我們的舞蹈生涯又能達成什麼？損壞什麼？不都只是短暫的吶喊？

不過是短暫的吶喊，旁人無暇顧及的聲響，因為在粗糙的地方，人非常容易受傷。

※

教室的擁擠達到最高點，卓教授從她任教的研究所裡調來了十幾個學生，充當舞劇後段的文援舞群，現在還不到合演階段，但整群學生大舉來臨，觀摩我們目前的排練。

現在我們練起舞，還要顧念著左右撞擊的防線，常見一個小組揮灑開來，另一群舞者抱頭逃竄的鏡頭，不知何時開始，暴戾之氣在我們之中漸漸滋長，連助教們也不時面露難色，敞開音量互相妥協舞場。

卓教授並沒有在教室裡主持公道。

不顧我們的混亂，林教授帶著一群媒體記者登堂而入，他指揮全場配合拍照，他獨對麥克風侃侃而談，我和克里夫傻站在一旁，聽我們的文化課程講師，這位官方指派學者以舞劇督導自居，發表和卓教授明顯不同的滔滔觀點。

我漸漸發現了卓教授和林教授之間的對抗，原來舞劇的構成並沒有那麼和諧，而世界原本就不是那麼簡單。

但此刻卓教授缺席，她並不在教室裡。

當早晨許祕書宣達卓教授請病假一事時，大家都有了不祥的預感，我們知道，若非輾轉病榻，她不可能告假。

許祕書成了我們的韻律守護神，卓教授不在的時候，她按時催促我們暖身，進食，吃點心，她在卓教授的辦公室裡擺了一盆水仙花。

我和克里夫各自的舞步都已完成，沒有卓教授的管轄，我們自動勤練不休。

微寒的深夜，榮恩尚未回家，我正準備入寢，就接到榮恩的電話。

「阿芳，」她那頭人聲模糊，榮恩聽起來有些難以啟齒，「……阿芳，妳出來一下好不好？」

「這麼晚出來哪裡？」

「拜託……妳不來我就死定了，」她嬌憨的嗓音從話筒傳來：「我在警察局。」

深夜的警局十分冷清，櫃檯上的警員擱下他的便當盒，指示我來到一個辦公桌前，四下卻不見榮恩的身影。

「妳是朱榮恩的姊姊？」他問我。

「不是。」

警員很奇怪地瞥了我一眼。「她說是。」

這個警員向我解釋，在他們的深夜臨檢中，發現榮恩出現在「不太正經」的酒吧，嚴格說起來並不算違法，但因為市政府的一項「保護青少年措施」，他們必須連絡家屬前來領回榮恩云云，從頭至尾，這警員都顯得頗為客氣。

我本能地連聲道歉，心中非常不明白。我說：「但是朱榮恩已經不是青少年了。」

警員又瞧了我一眼，現在他的目光中已經多添一分開堂的意味了，他將榮恩的身分證交給我。

我瞥了她的身分證，登載清清楚楚，榮恩才十七歲多。

與榮恩一起站在轎車旁，我認得這是克里夫的座車，現在榮恩嘟著嘴四處掏弄，我們都不發一語，榮恩將整只凌亂的背包掀了底，還是找不到汽車鑰匙。

「人家真的滿十八歲了嘛，」最後榮恩喊著說。「是身分證記錯了嘛。」

我不回答。

「妳相信我還是相信那種無聊的身分證？」

我兩者都不信。唯一確定的是，她是一個長不大的幼童。

「妳怎麼會開克里夫的車？」我問她。

「他老爸給他買了一輛新車，這輛他又不用，我就拿來開了。」榮恩趴在地上撿拾雜物，她歡呼了一聲：「找到鑰匙了。」

坐在車中，氣氛非常沉悶，對於年齡一事我並不在意，早已清楚榮恩擅於故布疑陣，但我非常介意她出入那樣複雜的場所，見我怏怏不樂，榮恩邊開車，邊拋給我一樣東西，是一本存摺，打開一看，我吃了一驚。

「榮恩，」望著那樣一排鉅額存款，我驚聲問她：「妳哪來這麼多的錢？」

「不然我幹嘛跟那些賤男人鬼混？」榮恩得意洋洋答道：「我要搶錢，搶夠了錢，就去奧勒罔買一個小農場。買到一個農場，我就不會再流浪。」

「榮恩妳哪有在流浪？」

「大家都不理我，我不算在流浪，又算是什麼？我是一隻流浪狗。」

見我張口結舌，她又說：「不然妳來教我，這種學歷，我到哪裡去賺錢？」

「嫌學歷低妳可以再讀書啊，這麼多錢都可以讀到博士班了。」

「讀書有什麼意思？」

「榮恩，妳就沒有一點精神需要嗎？」

「沒有。」她答得非常清脆。「我為什麼要有？」

「因為沒有精神需要的人，叫作俗物。」

「沒有我這種俗物，怎麼顯得妳清高？」

榮恩的頑劣至此完全激怒了我，七竅生煙，我拒絕再與她對話。

「阿芳妳有沒有聽過柏油蟲的故事？」榮恩卻突然停了車，這麼興味盎然地問我。

我搖搖頭。

榮恩嘆了一口氣，說：「柏油蟲本來是正常的蟲，就是那種鑽在土裡面白白的那種蟲，牠們不見天日，但是有一天，鑽出地面以後，牠們就會變成各式各樣的飛蟲。妳有沒有看過柏油路上面，那種被什麼東西頂裂開的，像星星一樣的裂縫？」

我點點頭。

「就是那種裂縫，是柏油蟲頂開的。柏油蟲本來只是普通的蟲，在地下住了好幾年，等著長出翅膀鑽出地面，可是還沒來得及長出翅膀，推土機就來了，嘩啦啦，倒下厚厚的柏油，因為到處都要建馬路啊。所以牠們就永遠也爬不出來了。世界變成永恆的黑暗，因為爬不出來，所以也長不出翅膀，只好以幼蟲的樣子繼續長，繼續長，長成很肥很大的柏油蟲，有多大呢？有一隻老鼠那麼大，妳說有多噁心，最後終於有一兩隻柏油蟲頂開柏油，造成了那種像星星一樣的裂縫，柏油蟲爬出來了，但是一見到風，就死了，風化變成空氣，所以還是沒有人看過柏油蟲，但是聞到那種空氣的人，就變了，變成壞人……」

聽得我近乎發飆，這種安徒生式的想像，由榮恩說出來格外令人頭疼。「停，我說停，不要再瞎扯了，妳現在開車，我們先回去，明天就把車子還給克里夫。」

見我真的生了氣，榮恩也愁悵了，她安靜地開車，回到住處，卻遍尋不著停車位，因為不願意停車在墳山下，我們繞了社區三匝，還是完全找不到空間。

最後榮恩選擇在一排車陣中硬擠，她狠力扳動方向盤，碰碰兩聲，前後保險桿受創，在前後兩輛車警報聲夾擊中，榮恩不勝苦惱地一頭栽進方向盤裡。

我這時才想起來一事，「榮恩，妳還沒有駕照吧？」

「喔，我真討厭台北。」

榮恩撒賴不肯抬起頭，我見到她單薄的雙肩微微起伏，有人正提著棒球棍迅速跑上前來。深夜的台北，錯愕的我，周圍是嗚嗚警鳴聲，響徹夜空。

※

卓教授這次病假持續了四天，她回來的時候，明顯地憔悴了許多，許祕書端著凳子四處跟著她，隨時要她坐下，以往監看我們練舞時卓教授從不落座，但現在她依了許祕書。

許祕書展現出前所未有的魄力，卓教授被她禁菸了，大家都被告誡共同遵守戒菸令，而卓教授竟然顯得忌憚許祕書的管束，只見她背著許祕書，低聲下氣吞吞吐吐向團員討菸，若是給了她，後果慘重，許祕書課罰以打掃徒刑，甚至連坐整組團員，苛政猛於虎，連再老的菸槍也不敢帶菸進場了。

所以卓教授的火氣在病容中暴漲，這天上午，我見到她當面匆匆掏弄阿新的背包，阿新窘迫地四顧求援的模樣，像是兩人正共犯著一樁禍事。

「菸呢？你的菸呢？」卓教授粗聲問他。

「沒有。」阿新支吾著說。

「怎麼沒有？不是都帶著一包嗎？」

「真的戒了，特別為教授戒的，不騙您，我最近還吃素，功德都迴向給教授。」

啪一聲，好響亮的一掌落在他的前額。

從他們身邊經過的克里夫也遭受池魚之殃，一個爆栗敲擊在他的眉心，「我怎麼跟你說的？

你的頭髮還是這種鬼怪顏色？」之後為了兩者的方便，變成一連串的英文咒罵，旁觀者中大約只有我聽得懂。

我趕緊摀住還沒長齊的瀏海，倉皇逃向角落。

卓教授終於回到辦公室，坐立難安，許祕書給她端上一壺加量蜂蜜的紅茶。

卓教授總喜歡攻擊額頭，我猜想這就是她不喜歡瀏海的原因。

為了卓教授的焦躁，這天大家都謹慎極了，我們進行合舞前夕的單獨練舞，雖然擁擠，但跳開來以後我們都溶入了角色，龍仔此刻也夾雜在我們之中，他已能跳每個人的舞步，隨興之所至，他一段緊接一段地跨練各種角色，擎著錄影機的錄影人也穿梭在舞場上，很嫻熟地左右躲開我們的舞幅。

但是連錄影人也沒有捕捉到這天的意外，我猶記得那是在我們重複配樂又再度揚起，不到八拍的時候，砰一聲，龍仔同時撞倒了克里夫和榮恩，撞擊聲響亮得驚人，我們都頓時停步，只見到龍仔非常困惑地轉回身，在他背後，克里夫和榮恩反方向連滾帶翻摔得老遠，榮恩一趴定就哭了起來，雖然愛撒嬌，榮恩在舞蹈時從不示弱，這一哭顯得事態嚴重，卓教授也從凳子上站起身來。

我們聚攏到榮恩身邊，龍仔一把將她扛起移向牆角，卓教授上下快速摸索一遍她的雙腿骨骼，榮恩噙著淚水兩手齊揮，大家幫忙扶住了她。

忙亂中我猛然想到，克里夫，一回頭，我才見到克里夫還一直半趴在原地，所有的人都忙著關注榮恩，獨留在教室中央的克里夫用力抿著他的薄唇，汗珠正從他的鼻尖一滴滴跌落地面。

「阿芳，我的腿……好像斷了。」克里夫俊美的臉孔上，竟然是非常難為情的神色，我來到他身前蹲下，見到他扶在地上的一雙拳頭，緊緊攥得指節全成了死灰色。

人們跑來跑去，冰塊繃帶毛巾緊張傳遞，不知道誰做了什麼，榮恩驚喊不要，喧鬧中我無語對望著克里夫的淡藍色眼珠。我有一個預感，這時候的他一碰觸就要全粉碎了，灰飛煙滅。我冒險輕輕握住克里夫的手腕，沒碎，繃得像石頭一樣硬，溼得像水一樣涼。

我想到那一天，和克里夫一起在梧桐樹下抓到的那隻寶藍色蝴蝶，牠的半張翅膀破碎支離，上面還牽絆著從蛛網上逃脫的痕跡，我們借用了卓教授的探照燈，克里夫的手指比我穩，我抓住蝴蝶，他撕除蝶翅上的蛛絲。

迎著灼目的探照燈，我們都陷入一片藍色光盲中，在那樣絢幻魔彩的粉翳上，那樣脆弱的結構中，卻能展現那樣絕美的圖案，光從正面射下去，光從逆向刺過來，不到一公克的蝶翅上，收納了光譜也不能承載的喧譁，我們最後放飛了牠，寶藍色蝴蝶，歪歪斜斜地墜落在梧桐樹下，接近地面時，牠滑翔而起，飛了開去。

那時候克里夫展臂擁住我的肩膀，那是連他自己都沒有察覺的動作，對他來說，我只是另一個女孩，他天生親近女孩，在我這一生中，卻僅有幾次像那個燦爛的午後，感到和另一個人類那麼親近，親密。

而此刻我只能握住克里夫的臂膀，他給了我一個蒼白而且尷尬的笑容。這笑容只維持了半秒鐘。

當時我就明白，克里夫永遠不再可能跳舞了。

※

克里夫，清秀的美國大男孩，從小隨著在美商公司上班的父親來到台北，已經十多年了，讀的是美國學校，但他交遊廣闊和本地少年打成了一片，真的是打成一片，聽說他曾多次鼻青臉腫進出陽明派出所，他的患有中年危機症的父親強押著他進了舞蹈教室，卓教授只瞧上一眼，當場就收他為徒，十之八九是見他漂亮。很幸運地，克里夫果真有舞蹈的天賦。

因為同樣都是一出生就失去了母親，克里夫和我之間有一種超乎同儕的了解關係。

我曾經非常懷疑克里夫與龍仔之間的感情，舞蹈圈裡流傳著這樣的成見，十個職業男舞者裡面，就有九個同性戀，與他共舞後我才發現，克里夫確實鍾情女性，我隱約知道他有豐富的情史，但在這風流縱情背後，克里夫有著令人咋舌的純真，太早遠離了家國，不純正的英文和不流利的中文將他壓抑在一種青春期的思維狀態中，只有舞蹈是他最深沉的表達方式。

舞蹈中我們穿越語文隔閡，直接抵達最真的部分，最真的克里夫徬徨但是剛直，自戀但是善於親愛旁人，這使得我眼中的他相當獨特。從小習慣了讀書考試過關斬將的生活，我們都太懂得瞻前顧後、盱衡算計，而克里夫顯出了另一種不設防的開闊，我回想起他在競爭中的友善，他在放浪中的分寸，明白了卓教授選擇他扮演藍衣天使的用心，在克里夫窮於辭彙的心靈裡，潛藏著渾然天真的愛意。他是一個比我們還要自然的人。在我們被告誡必須學著和別人一樣的時候，他的父親就不斷地提醒他，你是一個非常非常特別的孩子，克里夫。

而現在的他必須退出舞團。

全體團員約好去醫院看克里夫，事前我們商量久久，不知道該帶什麼禮物，有人提議音碟，隨即遭到否決，克里夫是喜歡音樂，但他在這方面的知識和收藏遠超過了我們的總和，最後大家作了最俗氣的決定，買了一束花，當花店老闆推薦嫩黃色跳舞蘭時，我們一起驚聲說不，結果挑了純白色的海芋，它的花語是平靜歡喜。

克里夫戴著音響耳機，閉目靜躺在病床上，白色床單中的他顯得比平時更加蒼白，我們擠滿了病房，但沒人能開口，一片肅靜中龍仔靠向他的床頭，克里夫突然睜眼，他看見龍仔，又一一注視過我們每張臉孔，笑了。

「克里夫，你看起來好衰。」榮恩首先劃破了沉默，她神情俏麗地說。

克里夫於是掀開被子，展示他右腿上的鋼架，幾個人輪番敲了敲，我們漸漸恢復了嘻笑。有人發現床頭上一張彩色砂畫，彷彿是得到了極好的話題，我們都聚攏向前把玩，玻璃方盒中的彩色流砂，搖一搖，就是另一幅畫，這在病榻上該是非常恰當的禮物吧？克里夫奮力撐坐起身說，是卓教授送的。

「她剛剛走了。」克里夫說。

「她發火沒？」榮恩問他。

「『花火』是什麼意思？」

「發飆的意思。」

克里夫想了幾秒。「……發得很大。」

一個老婦人不知何時出現在我們之中，忙碌地遞送茶水給每個人，原來這婦人是克里夫家裡的長年幫傭，克里夫喊她阿嬤，見她照顧克里夫被褥的模樣，我看出這兩人之間很有著祖孫般的感情，阿嬤是一個害羞的台灣老婦，與她斷續談了幾句話，我終於找到了克里夫台灣國語的元凶。

我們問清了克里夫的傷勢是右膝蓋韌帶斷裂，雖然不明白嚴重性何在，但聽起來就足以斷定他不可能再跳藍衣天使。

「沒有關係的，我準備藍衣天使以後不要跳舞，我沒辦法跳得更好，」克里夫握住龍仔的手掌，他這麼說：「我學到從你跳舞中，這個世界不公平的，不公平很好，不要公平。」

不知是他的中文的關係，還是這句話太富哲理，大家都滿頭霧水，只有龍仔緊握著他的手，現在他們放棄語言，神祕的視線在他們之間交流。

我則想著，至少克里夫保住了一頭淡藍色的短髮，從他的床頭俯看下去，我看清他的髮根，是漂亮的金褐色。

幾個團員輪流說起笑話，淡金色的陽光從窗口潑灑而入，我見到那束海芋花還擱在几子上，就自動取了花束前去茶水間。

一個年輕的護士給了我一只玻璃花瓶，到茶水間裡沖洗瓶子，這個護士也在一旁洗滌一些不鏞鋼器材。

「那個外國男生，好可愛喲，」護士說。想來克里夫已經發揮了他的魅力。「聽說他是舞蹈家哦？還真慘耶。」

「他的腿什麼時候能好？」我問她。

護士停了沖洗的動作，她顯得非常意外。「不可能好的妳不知道嗎？除非有人捐贈韌帶。」

「捐贈韌帶？有這種事？」

「有啊……有啊，可是就算移植成功，說要跳舞也不太可能了。」這護士說完，有些愁眉不展的樣子。

「那他自己知不知道？」我再問她。

「知道啊，醫生都告訴他了。妳的水，妳的水都滿了。」我趕緊將浸在水中的花束撈出。護士又說：「不過我看他挺想得開的，剛剛有個老太太來看他，就是才走的那一個，抱著他哭紅了眼睛，我看他還反過來一直安慰老太太，我猜是安慰吧？他們都說英文，誰聽得懂？」

這護士走了以後，我還在水龍頭前呆站了良久，心裡面異常空洞，整束花怎麼也插不進窄窄的瓶口。這是第一次當面聽見別人用老太太來稱卓教授。

當我們向克里夫告別的時候，大家才發現榮恩不見了蹤影，送著團員們進了電梯，我朝向走廊的另一端走去，我想我知道榮恩的去向。

榮恩果然躲在樓梯間抽菸，她回頭張望鐵門，見到是我，榮恩轉回頭去繼續抽菸。

樓梯間充滿了菸味，要換作平時我決計不會逗留，深呼一口氣，我來到榮恩身邊坐下。榮恩和克里夫之間的感情非比尋常，我向來是知道的，這時的她很有理由進入肥皂劇式的感傷。

並肩坐了許久，她才悠悠開了口：「我幫克里夫排過命盤的，他應該是跳一輩子舞的人，他會名揚四海，他不應該有這種下場。」

恨意上了榮恩甜蜜的臉孔。她說：「都是龍仔！都是龍仔害的。」

「那是意外，榮恩。」

「妳別傻了，」榮恩幾乎是喊著回答：「他聽不見妳就以為他沒有心機，他想跳藍衣天使，龍仔連時間都算準了，現在姥姥根本沒有選擇，他好狠毒，為什麼不乾脆撞死克里夫算了？」

「妳誤會了，教授不會讓龍仔上場的，龍仔自己很清楚。」

「不然她找誰跳？她自己跳嗎？姥姥根本就沒人了，妳想想看，那麼多得意門生，有幾個人留了下來？姥姥對學生沒有感情，教夠了，就叫他們出去。龍仔也知道。」

乏力極了，不安極了，我無法回答。

擦掉眼淚，榮恩又沙啞著說：「算了，這是天注定的，我是掃把星，只要是我喜歡的人，到最後都會離開舞團，我哥也是，克里夫也是。」

「榮恩，我確定妳不是掃把星。」

「為什麼？」

「忘了妳不是一顆孤狼星嗎？」我輕聲說，低頭從背包裡掏出一個包裹，我說：「送妳一個禮物。」

「妳送我東西？真是奇蹟。」榮恩的憂愁頓時轉為滿臉驚奇，她接過禮物。

「快打開吧，免得我後悔。」我頗為不快地說。

從榮恩拆開包裹的反應裡，我無法確定她是否領情，她秀麗的眼眉中淨是迷惘之色。「從來沒有人送過我書……」

那的確是一本書，我的藏書中的舊物，因為掛念著榮恩的憂傷，這兩天我一直思忖著要送她一些東西。那是沙林傑的《麥田捕手》。送書的靈感來自一幅意象，在我腦海中的榮恩，就站在大麥田的最邊緣，邊緣之外只有呼號的大風，我想遞出手但距離非常遙遠。人們說，奇蹟來自小小的開端，如果我能轉變什麼，達成什麼，那麼我將期望寄予這本美麗的小書。

※

克里夫的鐵櫃裡，用物俱在，沒有人忍心收拾，雖然我們都知道他不會再回來。

大家臆測龍仔終於可以頂替克里夫，但是卓教授似乎別有安排。儘管搶著遞補的人無數，卓教授要的卻是天降神兵，離登台不到兩個月了，卓教授連續一個星期沉默不語。

也許是體恤著她的煎熬，許祕書放鬆了卓教授的禁菸令，我想，與其說許祕書心軟了，不如說那是絕境中的豁達，卓教授來日無多，從她的面容和一舉一動中，大家都看得明白，她的生命力已經油盡燈枯。

少了藍衣天使，我們的群體排練驟失靈犀，只能憑著想像，克里夫在這裡，克里夫在那裡，尤其是我，每到與克里夫並舞的段落就只能含糊帶過，在未完成的襯樂中，整齣舞劇充滿了破碎的感傷。

龍仔暫時被勒令禁舞，他的聽覺障礙危及了我們，卓教授經不起再折損任何人。龍仔還是天天來，靜看我們排練，排練到最酣暢處，龍仔手足無措，千萬噸力量要從體內炸開一樣，他自動幫忙抹地，每隔片刻就以乾布遍擦地板，這卓教授沒意見，他在地上做伏地挺身，我們跳多久他就做多久，卓教授挺坐在凳上看著龍仔，一隻手吊著點滴瓶，她折凹香菸，凌空拋進菸灰缸，沒拋中。

沒有卓教授的口令，我們劇烈舞蹈不能停休，整整一個鐘頭，卓教授驚醒一般，開口喊停，我們像水蛭貼滿一地，龍仔也趴地板上，和我們一樣氣喘吁吁。

細雨霏飛的中午，我們從百葉簾望進辦公室，卓教授正憑窗喝咖啡，根本沒有景觀可言的一扇窗前，她的動作停駐在半空中已經良久，大家面面相覷，許祕書也在我們之中，捧著卓教授的午餐，但她一直等在門口。

刷一聲，卓教授扯開了百葉簾，她揮手示意許祕書入內，我們都見到她的雙眼中綻放著異常的光亮。

許祕書告訴我們，卓教授打了一通電話，她的「史上最得意的弟子」，一個叫二哥的職業舞者，將要很夠義氣地從紐約趕回來。

團員中有幾人嘩一聲歡呼出來，榮恩慢了半拍，她先是發怔，席地頹坐了下去，不久又笑了。

他們都說，二哥現在百老匯跳舞，很有名氣，牆上那幅小海報中的九十八圈，就是二哥的傑作，兩年多了，大家叫它「二哥障礙」。

並沒有人知道龍仔早已打破這障礙，我細數了卓教授最出名的幾個門生，想不出二哥究竟何人。「妳見到就知道了呀。」榮恩禁不住興高采烈地這麼說，我感覺她說這話時，很流露出一股狡猾的神色。

榮恩的憂傷至此打住，泉湧般的歡樂滿溢而成忙碌，她終日說話不休，她重新布置了我們的套房，她甜蜜蜜地煮食點心分送團員，她新燙了一頭素直的長髮，意外的是，她還自動坐在書桌前，閱讀我送她的《麥田捕手》，一邊讀，一邊清脆笑個不停。

振奮的情緒只維持了短暫的時光，當我們警覺到卓教授已經第二天未進教室時，更大的驚嚇出現在眼前，這天的報紙文藝版上，最醒目的篇幅報導了卓教授病危的消息，報紙在我們之間來回傳遞，墨黑字體這樣寫著，〈天堂之路〉命運未卜，卓教授強撐病體刻劃完美的休止符……她人還健在，報紙竟已列出了卓教授的創作年譜，襯著一張她當年的舞蹈劇照，我們的心情非常複雜，都想著，這一次卓教授是不是就此撒手？

連許祕書也請了假，我們傍晚便自動下課，無人逗留教室，像是得要逃開什麼沉重的壓迫一樣。換回便服後，我招呼計程車，原本準備直赴卓教授公館，一見路旁的花店，我下了車，給卓教授買一束新鮮的風信子。

卓教授總是喜歡香氣濃郁的鮮花。

一路上忍受著強烈的芬芳，抵達卓教授在陽明山上的宅院，我看見許祕書就站在大門前送客，一整群官員模樣的紳士分上了幾輛黑色轎車，列隊而去，許祕書見到了我。

許祕書挽著我進門，對於這天絡繹不絕的訪客，她顯然語多抱怨。

「要來也該等教授精神好點再說啊，」她說：「像林教授今天就跑了兩趟，教授下不了床，還得招呼他們談話，這不是折騰她嗎？」

這一來我尷尬極了，許祕書發現了她的失言，連忙說：「不是說妳，妳來很好，教授常常念著妳。」

「念我還是我們？」

「你們，尤其是妳。」

進了卓教授布置優雅的客廳，許祕書展現一派管家的姿態，她給我安排茶水，指示另一個傭人準備點心，她上樓通報卓教授我的來訪。

推開卓教授的房門，並未如想像那種臨終病房的氣氛，卓教授倚坐在床上，白枕白褥白窗簾，這個大臥房裡入眼淨是白色，所有的桌面上擺滿了新到的盆花更加顯眼，並沒有看見任何醫療器材，連卓教授最近片刻不離身的點滴瓶也不見蹤影，卓教授正偏頭瞧著我，我這才見到她衣襟前，點點可疑的細小血跡。

那束淺白色風信子令她開心了，卓教授推開被子就要下床。

「教授您別忙，我來就好。」我趕緊說，並且四顧尋找花瓶。

「死不了……阿芳我……我還……死不了……」

她果真下了床，從她的梳妝檯上取來一只砂陶細瓶，抽走其中半枯的鳶尾花，非常珍重地將風信子插入。梳妝檯上有一幅相框，其中並不是卓教授，是一對陌生的雙人舞影。

現在卓教授又坐回床頭，正點燃了一根菸。我沒辦法了解眼前這個病骨支離的女人，標準的活得不耐煩，可也不想進入天堂，我猜想她怕死更怕老，結果拖成了左右為難的局面。

抽了菸之後，她的氣息卻活絡了起來，說話也順暢了，她仔細詢問這兩天的排練狀況，我一一答覆，卓教授低頭思量，最後她問：「龍仔呢？還乖嗎他？」

「很乖，天天來。」

「嗯……」卓教授有些失神的模樣，她說：「你們都乖，我明天就回教室，下禮拜就給你們定裝。」

見她連站都站不穩的病體，我不知道該如何回答她。

「阿芳，」她皺起雙眉，問我：「不給龍仔上台，到現在妳還不能釋懷吧？給我老實說。」

「我是不能明白，龍仔跳得美也動人，他比我們有上台的資格。」

卓教授一聽搖頭。「眼光太淺了，龍仔還可以跳得更好，好得超過妳的想像，但是要等到他不想做藝術家的那一天，才能跳得最好。」

「我聽不懂，教授。」

「還要我講得更淺顯嗎？不為了上台，不為了做藝術家，只為美而跳，只希望有一天，能夠教會他這件事，我曾經也想這麼做，只是沒辦法，天賦還是差了他一點啊……」

我還是不明白。「不為了上台，再美有什麼作用？」

「妳會有明白的一天，只要一次，就那麼一次，在舞蹈中進入了天啟，接近那一隻上帝之手，妳就會知道，舞台，觀眾，都比不上，都比不上。」

煙束中卓教授的神情那麼迷離，而我知道她根本不信神，我沒辦法同意她的觀點。「教授，我只知道，藝術就是要有『人』的部分，既然要說神，那就是『神』透過『人』的表白，有它世俗化的特徵，如果只求天啟，那麼藝術還有什麼意義？」

「知道當初我為什麼錄取妳嗎？」卓教授卻突然這樣反問我。

我實在不知道，當時的入選過程太過意外，事後我一直將它解釋為運氣。

「我想我們有緣分吧。」

「這麼混帳的話也說得出來？阿芳？我像是做事那麼輕率的人嗎？」

我預感她就要生氣了，但也許發怒太耗精力，卓教授只是將未抽完的香菸捻熄。

「見到妳以前，就已經決定用妳了。」她神容衰弱地說，「那是小潘的一句話，他告訴我，妳不一樣，妳讀過Saint-John Perse的全部作品。」

這難道不也輕率？我回想起來，上一個舞團的指導潘老師是個愛書人，以往常和我交換書單，那是他始終對我另眼相看的原因。Saint-John Perse則是因為我輔修法文，在大四時偶然選讀的一個法國詩人，之後就託人從國外蒐集回了他的詩集。沒想到能擠入卓教授的舞團，緣由自這樣微小的舊事，驚奇不足以形容我的心情。

「阿芳啊，」卓教授疲乏地深躺入枕，她的音量也降低了。「妳知道我以前編過一支舞叫〈燕子〉嗎？」

「知道。」當然知道，我怎麼忘得了？那是我臨場目睹卓教授的第一次舞蹈。

「妳明白那支舞的意思嗎？」

必然有詐。我機伶地回答：「藝術不該談目的，應該是純粹的釋放，純粹的演出。」

卓教授卻笑了。「我們不談表現主義，那只是藏頭縮尾的目的論，我都已經這麼老了，就不要讓我花時間打混仗了，好不好？」

卓教授的〈燕子〉在我腦海中翩翩復甦，一片漆黑，亮銀色光束如電刺入，黑衣的卓教授展翼生風，在巴哈的G弦歌調中，燕子自由飛行，自由飛行，記憶中那是我唯一的一次哭泣，快樂的淚水，我在舞台前許願，總有一天我也要那樣飛，那樣飛。

但是卓教授又不談這支舞了，指示我給她點了菸，卓教授靜靜抽了半根，才說：「十八歲那一年，我決定離家出走……還沒走成，我母親發現了我的皮箱，她全知道了，我跪倒在地上，用日語求她，放了我，放了我，歐卡桑，我用一輩子的精采報答妳……

「她了解我，她只是一直看著我，她沒掉淚，那個家……她也知道我只能遠走高飛，母親寫了一封信，要我帶上台北找舅舅，她又給了我一個小錢包，裡面有十二個金戒指，一對翡翠鐲子，後來不管有多苦，我一樣也沒變賣，到現在還留著那些首飾，阿芳，她真的……她真的放了我。

「舅舅送我去了東京，待了一年，我跟著小旭先生一起去了巴黎，頭幾年最慘，窮得差點沒去街頭賣藝，營養不良，正好跳芭蕾舞，走在巴黎街頭，聞到人家紅酒燒雞的香氣，看見人家圍著燈光那麼溫馨，我覺得這輩子從沒那麼孤單過……我在巴黎跳出了名，但是天知道我有多恨芭蕾，買一張船票，我就去了紐約，那時候一句英文也不能講，幸好已經有點錢了，所以我全部重新開始，拜師從頭學舞，人家說我倔強，說我自毀前程，我的前程在哪裡，他們會比我還關心嗎？」

卓教授所提這些，我全知道，包括她輕巧帶過與日本老師同居的一段，我都知道，但從卓教授口中娓娓道來，我聽出了一種全新的況味，只是不明白，卓教授為什麼向我談及舊事？都說人之將死特別懷念往昔，我感到有些心酸。

卓教授繼續說：「其實，要說那時候我知道會在現代舞闖出一片天地，也是假的，我闖得很辛苦，處處碰壁，可以說是頭破血流，但就是死也不認輸，妳知道為什麼嗎？阿芳？」

「您說。教授。」

「路走得遠了，又左拐右彎，當初要的東西早就忘了，忘得越多，一路上就有越多意外的收穫，阿芳，從來沒認輸，是因為心裡面那個聲音，燕子就在我的心裡面，不管轉了多少彎，燕子記得路，什麼都忘了不要緊，跟著心裡面的燕子，就不會迷路。這樣子說，妳明白了嗎？」

見卓教授跳舞至今十二年，我第二次掉了淚，「明白，一切都是為了心裡那隻燕子。」

「只有妳能了解我啊，阿芳。」卓教授說，她輕輕拍了拍我的額頭。

許祕書給我們送上了點心，她俯身調整卓教授的被單，給卓教授撥光鮮她臉頰上的髮絲，臨走時，又技巧性地順手帶走了菸灰缸。

卓教授喝了些熱咖啡，她說：「所以阿芳，問一問自己的內心，為什麼妳要跳舞？只是為了做一個藝術家嗎？還是為了純粹的美？」

「只為了純粹的美，對這個世界有什麼貢獻？」

「貢獻太大了，阿芳，難道妳還不懂嗎？讓這個世界多一點美，世界就多一點自尊，自尊的來源就是美，我要妳永遠記得這句話。」

離開了卓教授的宅子，站在陽明山的雨夜裡，我找不出下山的方式，沿路上不見任何計程車，走了許久，也未見公車站牌，直到一輛轎車在面前停下，駕駛是個三十來歲的男人。

這個月的小雨，好像從沒真正停過。生平首度搭上了便車，只因為我看見後座的一個華納卡通金絲雀玩偶，有那樣一只玩偶的男人，該有著一顆溫柔的心吧？打開車門時我想到了近日轟動的社會新聞，割腿之狼，割喉之狼，中山之狼，計程車之狼，這簡直成了一個步步殺機的城市，而我是一隻練舞的小羔羊，但天雨不斷，我上了車。

男人問清了我的去向，提議送我到敦化南路底，他就啟動了車子，又戛然停車，在我的緊張戒備中，男人解開安全帶探身到腿下，取出一個紙袋。

紙袋中是兩杯飲料，男人解釋說：「本來想喝咖啡，又想喝奶昔，沒辦法決定，就兩杯都買了。正好妳來挑一杯吧。」

兩種都是我不常喝的東西，因為怕甜。為著禮貌，我挑了咖啡。

男人果然是溫柔的，只是多語得驚人，開著車，他就有始無終地說起話來，現在他將自己細說從頭。

男人大學時從生物系轉念了國貿系，畢業之後，順利地考取了公務員，從此在一棟四季吹送冷氣的宮殿裡上班，屬於行政院裡某個掌管統計的單位，說到此處，他自動插播說今天上山是朋友聚會，然後繼續原話題，男人在年少時夢想著的非洲人猿、紅毛猩猩和剛果金剛，抽象化成了數字、數字、數字，說到這裡他就笑了，「有時候看著看著，覺得阿拉伯數字2還真像抱著幼仔的狒狒呢。」他說。

男人負責統計，統計各種物價指數、失業率、進出口成長率、外銷訂單統計、工業生產指數、民間投資成長率……再加上物價波動預估、國際局勢展望、重大政策效應研究，總體的目標是經濟成長率統計，然後將所有數據昇華成景氣燈號，偶爾也換個角度，算出某種叫作國民痛苦指數的東西。

爬在數字間，是純理性非感性的工作，男人這麼解釋說，但是只要事關統計，一定牽涉條件前提設定，那才是數字遊戲奧妙之所在。數據來自民間，前提來自層峰，而層峰感性得奧妙之至，所以男人的工作漸漸地偏離數學，傾向美學，他與同僚們按照指示處理數字，才在上個星期，做出了本季景氣黃藍燈的報告。

「但是有時候不管我看什麼都像泡沫，越看越像，妳看這杯奶昔根本就是泡沫嘛，妳那杯也像。」

這終結了我應酬的興致，男人於是又自轉了話題，等待紅燈時他掏出皮夾，抽出其中一張護貝照片，半帶著靦腆說：「這張照片一直隨身帶著，沒事就看一眼，妳要不要看？」

我看了，藍得要滴出顏料的天，貧瘠的黃地，一條泥路蜿蜒向前隱沒在地平線，路的遠方有些純白色但似乎見不到窗子的建築。攝影技巧並不算好，基本上這是一幅意境薄弱的作品。

「土耳其。」男人接回照片，放回皮夾前深情地又瞥了它一眼。

「你拍的嗎？」

「對啊，是我拍的。」男人說：「上次跟團去旅行，拍了不少照片，回來沖洗出來以後，我就注意到這一張，是在一個銀器市場外面不遠拍的，那時候人站在那裡沒什麼感覺，後來我一直看著照片，一直看，開始就想了，這條路再往前走下去，會到哪裡？那裡的人都在做什麼？有人就說我無聊了，只是很奇怪，這張照片我看得越久，就越像中邪一樣，很想走進那一條路，走下去，就這麼一趟，只要讓我走到盡頭，讓我知道盡頭有些什麼，我就滿足了，有時連作夢都夢到我走在那條泥路上，就算無聊吧，但是我真的就是這麼想。」

「那你就去啊。」

「也許喔。」男人喝了口泡沫狀的奶昔，說：「也許走完就發現，沒什麼意思也說不定。」

男人至此終於沉默了下來。

我望著窗外的雨景，我們已進入市區，在轉劇的雨勢中塞車相當嚴重。

我想起了卓教授枯槁的病容。

連續幾次病倒，都是虛驚一場，像是再三謝幕一樣。我好像看見她俯身答禮時，嘴角促狹的笑意。我又想到了林教授與那些官方單位。

一個非常非常糟糕的念頭揮之不去，我想著，他們等候著卓教授的死訊。卓教授命在旦夕是事實，但他們期待著，卓教授要死就最好死得是時候，不早不遲，正好在登台之前，從頭到尾串成一場完整的表演，而他們負責票房。

車子經過了一座綠意盎然的圓環，我注意到花圃裡有幾具彩色風車，迎著風雨活潑轉動，花圃中的豔色花卉拼出了中國雲彩的圖樣，從沒發現這圓環如此可愛，從沒發現我所熟悉的這個城市正在悄悄轉變中。

他們說，這是一個快樂與希望的城市。

大雨在車窗外融和了霓虹光彩，景色隨著變形模糊誇張魔幻，在扭曲的畫面中，我又看到路旁一個新添的藝術展覽區，其中一具人物雕塑引我注目，那是寫實的塑像，呈坐姿，他的面容略顯憂懷，一手撫胸，一手遙指遠方，雨水從那手尖滴滴晶瑩墜落。

我回想到今天卓教授的一席話，美的本身就是貢獻，不管是一個人還是群體，自尊都是來自於美，性靈的藝術的情操的美。

車子已經遠離，我還不停想著，那個塑像是誰？這已不是唯尊政治人物的時代了，所以我猜那塑像該是臨摹一個崇高的人，一個偉大的哲學家、藝術家或是民族英雄吧？那又會是誰？完全沒有頭緒，莫非我的見識太過淺薄？想了良久，結論卻是我們並沒有那樣偉大的哲學家，藝術家，民族英雄。

所以我微微自責著，問題一定出在我的層次。但我的層次不就是來自於我的環境？我的環境又造成了身邊這個男人，在他眼中一切都是泡沫。我想要振作，但為什麼又隱隱只覺得浮世若夢？在夢著時看見理想，醒著時卻看見幻象。

右手臂一陣涼意，原來雨水已經滲進窗縫。我們在敦化南路停了車，這溫柔的男人下車撐傘送我至騎樓，橫掃的大雨還是潑灑了我們一身。

揮手目送車子遠走時，我的心裡想著，台北怎麼會這麼溼？

※

卓教授回到教室那天傍晚，二哥翩然來臨。

卓教授正在辦公室裡休息，我們則忙於排練，銅風鈴清脆響起時，榮恩第一個見到了來人。

「哥！」她幾乎是驚聲尖喊，榮恩奔向門口，撲起身，將來人抱個滿懷。

二哥提著一只輕行囊，二哥非常修長俊秀，二哥穿著一身紐約雅痞風的吊帶褲裝，靈氣迫人的眉目間含著一股銳芒。

二哥是個年輕女人。

幾個認識二哥的團員紛紛圍住她，崇拜之色溢於言表，我終於弄清了，這人是卓教授出名的門生之一，名字叫李風恆，只是不知道原來她就是二哥。印象中的李風恆非常模糊，她方才在台灣舞蹈圈走紅，就彗星一現地乍然遠去美國，只記得這該是朵優雅的水蓮花一般的女舞者，沒想到今天所見全然不同，百分之百的中性氣質，用英風俊爽來形容她，再恰當不過。

辦公室房門開啟，許祕書扶著卓教授現身。

見到卓教授，二哥霍然換了一副神情，她與卓教授眼神凜冽相觸，像是風暴一樣的往事呼嘯穿過兩人之中。

二哥先展露了俊俏的笑容。她將行囊扔在地上，快步來到卓教授面前，兩個人都非常激動，但她們的握手看起來又那麼生疏、牽強。

全部的人圍繞著她們，只有我看見了，兩道淚水滑落許祕書的臉龐。她又迅速拭淚，擦乾臉頰後，許祕書笑靨燦爛。

二哥與卓教授關在辦公室裡，密談直到深夜，當她們出來時，大半的團員都下課了，只剩下幾人繼續練習，許祕書提著二哥的行李上樓，二哥將要住教室的閣樓。

然後許祕書撐著卓教授離開教室。

榮恩緊緊牽著二哥的手，像是再也不肯放開一樣。

見到單獨練舞的龍仔，二哥顯出略微詫異的神情。現在的龍仔只能在我們下課之後使用舞坪。

「他叫龍仔。」榮恩說：「他不是團員，他只是見習生。」

「因為他聽不見，他是聾子。」榮恩又加了一句。

「哦？」二哥靜靜望著龍仔，視線意味深長。

還沒走的團員多半是留戀著二哥，因為時差問題，二哥還不想休息，這一來大家開懷了，都嚷著要打麻將。

榮恩連忙領著幾人上倉庫搬桌椅，我從不曉得在教室裡還有麻將這項娛樂，二哥就在辦公室裡等著，她直接坐卓教授的寶座，她取過卓教授的菸盒就點了一根，她頗為張揚地擱腿上桌，紀梵希的中性皮鞋，不知道我穿起來能否有她的三分帥氣。

現在教室裡連我與龍仔共有八人，正好湊兩桌，但是團員英華說她不會打，阿新說他不能打。還在讀書的阿新經濟向來就非常侷促，大家還是撮弄阿新下場了，此時只剩七家。

「二哥打兩岸，二哥打兩岸。」大家起鬨說。

二哥只是含笑，我並不知道打兩岸是什麼意思。

「好嘛好嘛，哥。」榮恩也央求著她。

眾人擺好了器材，二哥才來到兩張牌桌之間坐下，原來她一人要同時打兩桌。

我專心地砌好牌，發現二哥已經單手砌完了我這桌的牌，正在和另一桌人分籌碼，那一桌打的是十三張，賭注也高，二哥正與他們高聲討論檯底。

龍仔在我這一桌，打法比較特別，喊碰要五指伸展拍向海內，真的是碰一聲，胡牌則要兩手齊眉搖一搖。

因為坐在二哥對家，我看得見二哥另一桌的牌面，她總是湊複雜的大牌。野心真大。見到我正若有所思地端詳她的牌，二哥捻上香菸，笑嘻嘻幾下將她另一桌的牌調亂，我再也看不懂了，二哥又索性將她在我這一桌的牌也都撥亂，然後繼續行雲流水地打兩手亂牌，二哥兩桌左右開弓，還要抽菸，再加上不停地說笑話，逗得兩桌十分喧鬧。

我這桌打得比較慢，另外一桌已經是北風底了，但是二哥在那邊卻一直連莊。

二哥最後站起身來，將牌子給了另一桌的阿新，「青發給你，說謝謝，嗯，乖。」然後她一迴身，握住我要擲牌的手，說：「九筒拿來。」

我手上正是九筒沒錯，二哥胡了我的牌。

二哥也同時結束了兩桌的北風圈。

「膩了，不打了。」二哥宣布說。

大家慘叫連連，除了阿新大賺了一筆，其餘的人全給二哥贏得一乾二淨。

二哥將彩金給了榮恩，遣她出去買宵夜。

現在幾個人隨著二哥上了閣樓，從那邊傳來了陣陣笑語，龍仔繼續練舞，我去換回了便服，猶豫著，要不要跟上閣樓，最後我在樓梯坐了下來。

我的心裡清楚，方才打麻將時，兩桌同時結束北風圈，並不是巧合，二哥控制著全場的節奏。狀況非常明白，二哥，這個雌雄莫辨的陌生人，會是舞團的新主宰。

※

二哥正在暖身，望著她我們全忘了自己的早晨功課。

二哥連做了幾十個伏地挺身，我們都咋舌夠了，她又劈腿壓身快速完成左右拉背肌動作，然後是爆發式的鬆緊肌力練習，一派瑪莎葛蘭姆風格的霸氣，這是一個猛烈運動型的女舞者。

二哥的短髮不需挽髻，二哥穿著卓教授封舞以後不再動用的那件黑舞衣。

二哥記憶力驚人，才一個早晨，她已分清了每個人的姓名及舞劇角色，連看幾次我們的舞劇練習錄影帶，二哥大致就進入了狀況，對著帶子，她練習克里夫的藍衣天使，又呼我向前，幫助她合練舞步。

二哥的身體比克里夫輕多了，觸手柔膩，但伸展堅韌，修長的她只比克里夫略矮了一些，力道卻絲毫不遜我所習慣的藍衣天使，降低了我在試應新舞伴上的生澀感，我們邊練舞邊修正她與克里夫的體型差異，她非常老練機伶。但我的身體只深深記得克里夫。

一個翻身，我和二哥撞擊式擁抱又雙雙後挺，二哥繼續練舞，喃喃念誦著她的舞步口訣，前一左二轉停仰停……我則向後跌倒，倒而不動，側望地板上的舞影繽紛。

她不只不是克里夫，她多了一對柔軟的胸脯。

龍仔下午才進入教室，從沒見他遲到過，龍仔如常暖身拉筋，之後就坐在牆角看我們排練，禁舞的他，今天看起來不再愁悵萬分，龍仔目光炯炯神色清爽，他注視全場，不停地低頭筆記。

像一隻亞洲虎遭遇了一隻美洲豹，二哥到黃昏時，連頸毛都直豎起來似的，她搖搖頭停舞直走向牆角的龍仔，只見她與龍仔四手齊用，混亂地手談片刻，然後兩人並坐了下來，接著是長久的筆談。

卓教授從她辦公室裡探頭望進教室，她已經逃避了一整天，不願意出現在我們之間。

從今天開始，卓教授坐上了輪椅，一只點滴瓶高高掛在椅背上，她拒絕以手撥輪所以許祕書整天跟在輪椅後，躊躇中只能安慰性地給卓教授按摩雙肩，有時候蹲下身來，幫她點上一根煙。

當我們紛紛結束晚餐時，二哥和龍仔開始了非常奇怪的舉動，二哥就地示範起極度困難的動作，龍仔看清楚了，跟著做一次，分毫不差，二哥於是匆匆揮筆寫了一些東西，龍仔看了先鬆絡雙肩，他以兩隻手掌撐地，全身懸空筆直水平，二哥猛烈點頭，然後龍仔放開一手，單手撐扶之下他還是全身水平凌虛。

二哥看著他直到龍仔挺身翻起，二哥揚起嘴角笑了，非常開懷。

許祕書終於推著卓教授來到了舞坪，坐在輪椅裡，卓教授顯得不勝氣結，在她的暴躁中我們進行夜間排練，為了新報到的二哥，現在我們的練舞延長到一天十四個鐘頭。

「不對！不對！」卓教授喊著，腔調是憤怒的，音量是微弱的。

我們都站住，許祕書則彎下身拍撫卓教授劇咳的背脊，卓教授這次咳了許久，一口氣怎麼也提不順暢，大家都坐了下來，二哥卻去取來了背包開始抽菸，以往從沒人膽敢在卓教授上課時點菸。

卓教授垂首調息，幾分鐘後才抬起頭，她的怒氣還在，只是體力不容許她發飆。

「一群蠢才……」她半喘著說，二哥卻笑了，卓教授吐口痰在許祕書準備好的手帕上，說：「天堂給你們跳成這副模樣，要是有上帝也要氣厥過去，到底懂不懂你們？什麼是天堂？一個一個，給我說。」

二哥也含笑瞧著大家，原來她有不用答題的特權，二哥的身分在學員之上。

各種答案出籠，圓滿，完美，快樂，安詳，每多一個答案卓教授臉上就多添了一分暴戾之色，最後每個人望向我，一絲僥倖的期盼都落在我身上，大家都希望我像應付穆先生一樣取悅卓教授。

這次我傾向黔驢技窮，顯然卓教授不欣賞那樣溫暖的想像，但天堂若非如此，怎麼又能叫作天堂？

「缺陷，怎麼沒半個蠢才敢提缺陷？」見我不語，卓教授更激動了，「風恆，妳說。」擎著香菸，二哥笑盈盈答道：「要一點缺陷也沒有，那才叫畸型。」

一句話瞬間安撫了卓教授，她將挺繃的身體頹倒回輪椅，像是用光了力氣，她音容虛弱地說：「你們好好給我想清楚，要先認識缺陷，才能認識天堂，你們每一個……」

現在她陡然望向我，面目接近凶狠。「尤其是阿芳妳，給妳跳白衣天使，不要讓我後悔，要再弄不懂，乾脆刪掉白衣天使算了，我限妳在登台以前想清楚，天堂和缺陷的關係。」

※

一進入迪斯可舞場，龍仔就咧嘴笑開了。

這家迪斯可有個很帥的名字叫「藍領工廠」，音樂超猛得連桌面上水杯都要跳動起來，經過一整天練舞的深夜，再來到這種狂歡之地，年紀殘酷地浮出了檯面，榮恩與一些年輕的團員即刻就下場活動，而我和另幾個較高齡的團員只有先找檯子歇腿，二哥比我大了兩歲，身體上還背負著時差折磨，她卻顯得興致高昂。今晚大家約了來這裡「喝飲料」，紓解近日的壓力，很令我意外的是，林教授竟也在場等候著我們。

飲料點得頗費周章，那個穿著直排溜冰鞋的小弟連連搖頭，告訴我沒有汽水，不，也沒有可樂，果汁？沒有，那麼茶呢？小弟露出了很經過世面的笑容說：「小姐，我們這邊只有對有喝醉的客人，才供應烏龍茶。什麼？怎麼知道他醉了？看他吐了沒有啊。」

最後我得到一杯充滿冰塊的曼哈頓。

藍領工廠有一副可以將人震出肺腑的音響設備，在偏向重打擊的曲風中，穿插五十年代的經典搖滾，像The Platters、Bill Haley、Ray Charles之類的作品，人人捧一杯沁著霜花的烈酒，復古到比我們更古老的情調裡，倒也感到奇異的輕鬆。

原來今晚是林教授作東，慰勞我們的辛苦，看林教授頻頻招呼大家用酒的模樣，比他平日在課堂上豪邁了許多，原本以為林教授會發表什麼，或者刺探什麼，近日以來我總感覺他與卓教授之間有些互相扞格的氣味，但林教授只是不停勸酒，給大家添點心。

舞場中歡聲雷動，我的同儕們已經領起風騷，只需要一點點韻律，我們是天生的視線獨裁者，我見到近千個舞客中的喝采中心點，是龍仔。

榮恩連跳了幾支舞，趕緊又跑回座，挽著二哥的臂膀喝螺絲起子，自從二哥出現這兩天，榮恩都夜宿在她的閣樓裡。

摟著嬌小的榮恩，二哥懶洋洋抽菸，我就坐在榮恩與林教授之間，當林教授談起他這兩年的文評寫作時，輕撫著榮恩長髮的二哥瞇起長睫毛，吐出了一串長長的煙。

「還是紐約好啊，」林教授這樣朝著二哥說，林教授也曾留學紐約，這時他源遠流長地和二哥攀起關係，「那時候省出了錢，就上百老匯看Musical，對窮學生來說，真沒有更大的享受呀。」

「您客氣了林教授，」二哥說：「不是聽說您拿的是中山獎學金嗎？怎麼窮得出來呢？我們羨慕都還來不及哪。」

才兩句話我就聽出了一些刀光劍影，榮恩悄悄靠近耳畔，解釋二哥的反應：「她覺得林教授對姥姥不好，她今天要修理林教授。」

榮恩噗嗤而笑，耳語說：「林教授完了，我哥會活活激死他，妳等著看好戲。」

「二哥就是妳哥？」我悄聲問，想到以往榮恩念念不忘的那個哥哥。

「對啊。」

不對，首先姓氏不同，再說二哥決計不是男生，但深知榮恩信口開河的本領，我也懶得追究。

林教授給二哥點菸，二哥哼著歌啜飲她的琴酒。

林教授，專攻比較人類學，憑著文評跨行藝術圈，他同時也是國內快速竄紅的西洋棋士，常年學院派的薰陶下，他練就出一種固定的態度面對人生，這種功夫又分為深層與表面，深層來講，林教授傾畢生的鑽研，在文學評論上，創造出一種文化人類學角度的特別路線，獨門生意讓他暢所欲言無往不利，表面而言，文學將他滋潤得非常深沉，得意的場合，輕輕抿起謙虛的雙唇，盛怒的時候，卻又綻放出寬和的笑容，林教授是個鋒芒適度，忍耐力超強的人，整體上修養成了文藝圈的一股煦煦春風。

我們都知道，文評之餘林教授也開始寫小說，他的悲劇是，對於文學評析得越鞭辟入裡，創作起來越有招式上的牽制，從他的作品中就看得出這種尷尬，我想對世事看得太剔透，是對於自己心靈的刻薄。辛苦的林教授這時候又涉足舞蹈圈，加倍謙沖的他，此刻面對著我所不能了解的二哥。

「欲語無人哪，創作是一種非常孤寂的修行，妳說是不是？風恆小姐？」現在林教授與二哥聊起了藝術創作。

「可不是麼？」二哥說。

「像卓教授這種潛心修練的創作者真不多見了，這是個速食的年代，就像在文壇上，花三年寫的力作，比不上花幾個月的輕鬆小品暢銷，這是讓人憂心的，一個社會的素質，就反映在藝術素養上。」

「是嘛，林教授。」二哥又說。

林教授搓了搓他的膝蓋，若有似無，同時撫過了我的腿側。

「長期觀察下來，寫作時常常感受到那種悲愴感，真是欲語無人啊，」林教授又重複說了這句話。「還是風恆小姐妳好，在百老匯闖出了名號，我是沒有榮幸親眼見到，聽人家說，妳在『西貢小姐』裡面領銜，當真是顛倒眾生，什麼時候我們才能有這種藝術啊？」

「林教授要說的是藝術中的色情，」二哥很輕鬆地說，她慢條斯理地將榮恩推開，「怎麼說得這麼含蓄呢？

「我只是個跳舞的人，要是說了什麼謬誤的話，還請林教授您指正。」二哥半帶著慵懶說：「我拜讀了您的兩本大作，很欽佩您是欲蓋彌彰的高手，您的小說裡面什麼都談，就是不談性，該談的時候更不願意談，乍看之下人物寫得非常奔放，但是要怎麼解釋您筆下那種感情上的潔癖？那種將肉慾轉化成精神上的自命清高？是不是隱藏了更強烈的、不可告人的慾望？難道是我沒讀通？怎麼越讀越覺得，您其實很害怕暴露您的性別認同，我不懂的只有一件事，既然您那麼害怕，那為什麼還要繼續寫？等著後人來戳穿，再來回味您那種……那種什麼來著？『欲語無人的悲愴感』？」

林教授展現了寬和的笑容，他說：「非常有趣的評語，風恆小姐，這就是藝術，表現出來是一回事，別人怎麼看待又是一回事。我不知道還有人這樣詮釋我的作品。」

「只怕您真的有所不知。」

榮恩笑意盎然插嘴了：「二哥怎麼這麼說？人家是美國回來的教授耶。」

二哥也春風滿面地回答道：「依我看，美國的教授，比台灣的狗還要多。」

這果然超越了林教授忍耐力的極限，正好臨近有人認出了林教授，他於是優雅告退拿起酒杯移向旁桌。

二哥又隨著音響哼起歌，這個舞台上的親密伴侶，辭鋒原來還要勝過我數籌。

「二哥妳怎麼能這麼刻薄？」我不禁問她。

「這樣有助於我的消化。」

二哥拿起整籃炸起司條，傳遞給大家一圈，我不能吃油炸品，只有剝食毛豆，二哥的香菸薰得我昏然欲嘔，眼前一整杯曼哈頓都已化了冰，渴極了，我掏出其中僅剩的冰塊吮吸。

趁大家輪番下場跳舞的時候，我深深吸了幾口小藥瓶，興味索然中開始尋思理由準備告辭，二哥跳出了一身的汗，她在身邊坐下，甩甩短髮上的汗珠，又作主給大家再開了一瓶烈酒，見我搖頭，她饒過了我，逐一給大家添杯，大家的杯子裡都已是混酒。

二哥邊抽菸邊端詳著我，滿臉淨是藏不住的趣味。

「二哥為什麼一直看著我？」我最後說。

「妳是我的舞伴，當然我要了解妳，妳也要了解我。」

「光是看著就能了解嗎？」

「妳對。」二哥拿起我的手，往她的胸口貼下去，還沒能抽開手，她的力氣真不小，已經箍住我的手指，整個托住了她的美麗的乳房。「先讓妳習慣我的胸部。」她說。

「妳要了解我的身體，我也要了解妳的身體。」在大家酒意盎然的笑容中，二哥帶著調侃說。

不甘示弱，我抓起她的手也貼向我的乳房。

「嗯，很可愛。」二哥點頭稱讚。我覺得她的手指逗留得久了一些。這不公平。

「這種互相了解，不嫌太粗魯了嗎？」我微帶著惱怒說。

「才剛開始，剛開始，」二哥拍了拍我的頭以示安撫，她說：「人家怎麼說妳，我都不在乎，我要親自認識妳。」

「誰說我？」

「就是卓教授囉，榮恩囉，龍仔囉。」

「他們怎麼說？」

「為什麼要管他們怎麼說？妳比他們說的還要有趣多了。妳矛盾。」

「這是什麼意思？」

「什麼意思妳懂，只是不知道妳到底分不分得明白，什麼是純潔，什麼又是自我隔離？」

「二哥妳喝醉了。」

「喝這幾杯就醉，我還像話嗎？」在樂聲轟隆中二哥這麼回答，我也知道她沒醉，只是不能消受她的狂妄，二哥推了推我整杯未動的酒，說：「什麼也不能吃，什麼也不能喝，妳怎麼把自己搞得這麼乏味？這個世界上還有跳舞跳到二十八歲的處女，我不會聽錯吧？」

我不禁軒起雙眉，二哥一見更加煥發出了一絲捉弄的神采，她的嘴角慢慢地上揚了，盯緊著我的雙瞳，她說：「——原來妳真的是，稀奇稀奇，怪不得卓教授寶貝妳，跟妳跳舞，一定很有意思。這樣吧，妳要讓我來猜還是自己說？妳在恨什麼？逃避什麼？誰侵犯過妳？妳愛過誰又沒有結果？阿芳，就我們兩個說悄悄話，來，小聲告訴二哥。」

「錯了，全都猜錯了。沒有人侵犯過我，我也沒恨過誰，二哥妳歌舞劇看太多了，不要以為人生就是那樣，我有我的標準和堅持，要說那是自我隔離隨便妳，我過得非常好，也很努力，人就不能有自己的選擇，自己的個性嗎？」

二哥笑嘻嘻俯向前，直到我面前幾寸，她先別過臉吐出一口長煙，才耳語說：「阿芳啊，就算要自圓其說，技巧也不用這麼拙劣嘛，聽說妳口才很厲害的不是嗎？」

「我哪有自圓其說？」

「最重要的部分妳沒提。」

「妳指的是什麼？」

「舞蹈是最誠實的，妳藏一點點，人家看得出來，至少卓教授和龍仔就沒被妳唬住。阿芳，看妳跳幾步就夠了，妳根本不喜歡跳舞。」

回望著她光亮懾人的眸子，我幾乎是憤慨地回答：「每個人都有自己的世界，二哥妳並不明白我，我不需要這樣粗糙的心理分析。」

「經不起麼？」她說。

經不起麼？她說。卓教授給我思索天堂與缺陷的時限，越來越緊迫了。

在全黑的套房裡點上一根蠟燭，深夜中我獨對火苗，榮恩已經放棄了這個巢穴，此刻她高棲在二哥的閣樓。

燭台旁一莖髮絲微微發亮，那是我的第一根白頭髮，夜裡洗浴前發現的，拔下了它，我有點想念室友榮恩，要是她在套房裡，我會請求她幫我檢查整頭長髮。

缺陷，我要想像真正的缺陷。

※

所以我想像著龍仔的世界，失去了聲音的人生，關上燈火，注視蠟燭，我要排除聽覺，才發現聽力完全不可抗拒，寧靜的深夜裡，原來充滿了聲響，街上的車聲，隔鄰的電視聲，不知什麼地方傳來漏氣一般的嘶嘶聲，誰在黑夜裡隱隱啜泣，更遠的地方，彷彿有人在彈鋼琴。

不能關閉的知覺，是苦樂俱收的窗口，世界從這扇窗刺進我的生活，從沒停止放送音波，台北充滿了非自然的聲音，越惱人的越長久，透過電力魔音穿腦，問我是否賣報紙？賣破銅舊錫？接著殷殷詢問是否買芋粿？買土窯雞？或是來一杯豆花？要不要修紗門玻璃窗？我是一隻多觸鬚的水母，在二十到二萬赫茲的波浪之間憤怒，在波浪混濁中想像缺陷，想及到音色同源的遠端，又到了音色俱滅的更遠端，我是個功能簡陋的收納器，和龍仔相去不遠，憑著粗淺的知覺，和一縷夢想，加入了卓教授的舞團，只希望探觸到一些永恆的東西。

凝視著這根無淚的蠟燭，我發現了微風，微風不能消滅火苗，但它是燄光的主宰。從什麼時候開始，卓教授成了我的主宰？她永遠不會知道，在那麼多年以前，穿越了千萬人群，她就擺弄了遙遠的我的命運。

那一年，我也有一只皮箱。皮箱就藏在我的床底下，從來沒有人知悉，皮箱裡儲藏了一個夢想遠走高飛的少女全部所需，但它一直就躺在床底。

憑著超高的英文與國文分數，雖然數學不及格，我還是考上了頂尖高中，那麼熱的那個夏天，我心澎湃數度就要決堤，要不要現在就走？只是想從這個世界逃脫，但我能逃向哪裡？

火車上一路的景色歷歷又在眼前，往北走，往北走，彷彿鐵軌的最遠方有著一顆北極星，在新落成的戲劇院裡，我終於親眼見到了卓教授舞起，一場少女之淚滌清了我的視力，人還是要受教育，人要更強壯、更世故、更洗練，才能像她一樣，自由飛行。

擠在隊伍中，脹紅了臉，直排到了卓教授的檯子前，她在舞蹈結束的那一夜開恩，就在戲劇院的舞台前給大家簽名。

遞上最珍愛的筆記本，我那麼羞澀地開口，「……卓教授，您一直是我的偶像……」

「嗯……嗯。」卓教授一揮筆就簽完了名，探手向我後面那人的簿本，從頭至尾，她連看也不曾看我一眼。

不曾看我一眼，但接回筆記時我沾觸到她的手指，就在那個碰觸中，某些東西電光石火地穿透我心，我作了一個抉擇，要回到家再繼續練舞。

回到家，我將皮箱中物掏出一一歸位，只差了那麼一點點，我就步向了完全不同的一條路途，沒有人知道，連爸爸也毫不知情。

他怎麼會知道？除了照顧店面以外，他總是在廚房裡，永遠在廚房裡，難道人的養分就只來自於食物嗎？爸爸什麼都不知道。

他並不知道，就在我將皮箱清理完那夜，小韋來敲我的玻璃窗，他那麼溫暖地抱住我，要求我跟他走，只要我願意，只要我願意。

我不願意。拒絕小韋的時候我非常憤怒，他早知道我想逃家，他知道了那麼多年，但又為什麼遲到那時才開口？少女的我是愛小韋的，從童年開始，我就構想著與小韋的未來。小韋永遠也沒明白，我們的緣分只差一點就足以永恆，只是他終於開口的時間錯了，地點錯了，人，變了。

那一年我十六歲，重新取出了芭蕾舞鞋，發現它們已經不能合腳。

爸爸收藏著滿櫃我的芭蕾舞鞋，練得最勤的時候，每隔幾週我就跳壞一雙，爸爸將它們洗淨，曬乾，就曬在他精心醃製的香腸旁邊，然後再以同等的愛意收藏。

那時我已跳了七年的芭蕾。九歲那一年，爸爸不知從何處聽來，練舞對氣喘有益，他帶著我報名舞蹈班。

舞蹈中我的身軀綻放如同一朵蓓蕾，十二歲那一年，我的舞藝已經不再能屈就那個班級，爸爸又帶著我另尋名師。

那個全嘉義最負聲望的名師只是端詳著我，站在他面前，我第一次發現，原來我的白舞衣薄得接近半透明，半透明中任他檢查，我的骨架，我的比例，我的關節，我的腳踝腳弓腳趾，都是天生的芭蕾材料。

他捧住了我的臉蛋，一手撩開我的髮絲，「小仙子，真正的小仙子……」他嘆氣說。

十二歲的小女孩已有足夠的心思，我完全知道我美，知道我可愛，知道我已經找到一種方法，讓我的人生不同，這個想法優先於一切，跟我喜不喜歡跳舞毫無關聯。

我跳得那麼好，忍盡痛楚的手足受過各種傷，從沒喊過苦，直到右腳蹠骨裂傷那一次，我以為再也不能跳了，對於一個少女來說，那種打擊如同從天庭墮入凡塵，我再也做不成小仙子，我正在長大，我得重新挑一條路，在那條路途中慢慢變老，但是不管是什麼人生我都不感興趣，人間漫漫，只是找不到我的方向感，徬徨中卻沒有什麼人能夠指導，沒有什麼事能夠引導，我是一顆手榴彈被封死了插梢。

唯一能想到的只有逃脫，連皮箱都準備好了，若非見到卓教授舞蹈，我不可能克服疼痛，不可能重拾舞衣，指導著我、引導著我的卓教授始終卻毫不知情，漫不在乎。

直到這一天，我已長出了第一根白頭髮，還是在徘徊，還是在半路邊緣游移，我知道我就要老了，白衣天使會是我生命中的巔峰，我的巔峰，微微點綴在卓教授的人生起伏。

二哥並沒看錯，我一點也不喜歡跳舞。

不知道該去愛誰，不知道該去愛什麼，算不算是巨大的缺陷？那跟天堂有什麼關聯？

微風裡燭火突然熄了，大約十分之一秒的時間裡，整間套房一片漆黑，火苗一閃突然又在暗中怒跳而出，然後燄光又長了幾寸。

我的內心深處知道，如果有能力，我想寫作，但問題在於什麼也寫不出來，活在這樣沒有故事、沒有衝突、沒有英雄、沒有信仰、沒有敵人、沒有立場的世紀末，提起筆只覺得一片枯竭，我只會讀書，讀書之外我不知道要以什麼來滋養，以什麼來成長。

而現在我就要攀過生命中的巔峰，接著面對漸漸老去的年華。卓教授不算是借鏡，我達不到她那種成績。

疲乏地吹熄蠟燭，我直接上床，彷彿已經躺在泥塵裡，無助仰望枝頭，我沒辦法接受，就要變成一朵無果的落花。

※

輪番站上教室的小講台，服裝師一一登註我們的身材，胸圍、臀圍、頸圍、身高、肩寬、腿長、臂長，腳的尺寸，一些在定裝上有帽飾的團員還要測量頭圍。

穆先生忙碌指揮不休，所有的服裝設計都出自他的手筆，一幅幅定裝圖就陳列在我們的舞台設計圖旁邊，雙幕舞台，一幕是濃烈的七彩混沌，另一幕天地純白，遠景閃著北極光。

穆先生設計的手繪舞劇海報也出爐了，這張海報將是第一波的宣傳，之後還有我們的寫真劇照海報。

一個非常出名的攝影師登門而入，這是我們的劇照師，在定裝完成之前，他先來勘場。

劇照師擎起鏡頭，頻頻打量我們，但是他一開始就追蹤錯了人，透過景窗，他瞄準了龍仔，嘖嘖讚賞，直到有人告訴他，龍仔並不上場，這劇照師還是側拍了龍仔整捲底片。

登台的氣氛就這樣一夕之間滿溢了教室。喧囂中又有一組媒體到訪。

卓教授坐在輪椅上，在我們的排練中，她與穆先生就著設計圖討論頻繁，劇照師這時不忙了，他倚在講台前看我們舞蹈。

第二幕的支援舞群都坐在地板上，十幾個舞蹈系研究生，這週就要展開和我們的合演。

二哥以驚人的速度熟練了藍衣天使的舞步，現在我們的群體合舞漸漸流暢。唯一未就緒的是音樂，到此刻還是半完成的樂章。

排練中途，旁觀的研究生都嘩一聲驚叫了出來，榮恩高高登上一座人梯，滾躍而下，本來該落在一群諸神的懷抱中，但每到這一段她總跳不好，這次榮恩又偏差跌落，重摔在地板上，我們都中止了排練，都知道，榮恩必須原姿勢靜臥十分鐘才能動彈，這是休息的珍貴時機。

劇照師於是和我們聊了起來。長期處在觀景窗背後，這劇照師有相當不同的視野，他覺得榮恩跌得很美，對他來說，再糟的事物，也有啟發人的一面。

「只要給我足夠的光線，就算是一坨屎我也能把它拍成天堂。」劇照師這麼誇誇其談。

相當奧妙，根本無法斷定他是否在暗諷我們的舞劇。而我則思索著這句話，自從卓教授限令我找出天堂與缺陷的關係，不論是誰提到了天堂我都要回味再三。

榮恩方才搖搖晃晃站起身，卓教授和穆先生就一起宣布，用完午餐後我們全體下課，這天下午停止排練，空出教室，讓穆先生和他的工作班底在舞坪上仿置出舞台景象。

榮恩啪一聲又倒了回去，如釋重負，我們也都趴在地板上，全身上下只剩指甲沒累透了，懶散了沒多久，卻見到二哥已罩好外衫，提著背包問我們，要不要跟她去游泳。

一時之間哀鴻遍野，但每個人都爬了起來。「我去。」我也喊著說。

任誰都看得出來，精力過人的二哥，給累壞的舞團重新帶回了活力。這天下午的冬陽異常暖和，直接穿著舞衣下水的我們是游泳池裡一把黯色落花，仰望灰色雲層裡透露的一點藍天，放鬆四肢隨波漂浮，輕輕地滑過了龍仔的身畔，我覺得這是天堂。

游到了傍晚，二哥又請大家晚餐，在財大氣粗這方面，她果真繼承了克里夫的角色，我們都知道，在百老匯正當紅的二哥非常富有，這時我才想到了，登台之後的巡迴演出期並不算短，二哥這次回來給卓教授救急，不知她放棄了美國多少演出機會？

飯後大家各自僱車回家，龍仔邀我與他同行，坐上他的重機車，我知道他沒駕照，他知道我沒戴安全帽，一路違規，機車經過了臥龍街卻直接穿入辛亥隧道，抱緊他的腰，我將臉枕在他的肩胛，去哪裡都好，都好。

我們在黑夜裡來到了新光路底，這是動物園的後門，此時四望闃無一人，黑幽幽的山谷裡，聽得見起落的獸鳴。

龍仔借了我的髮夾，片刻就開啟了鐵柵門鎖，我們一路在獸影幢幢中漫遊，直到了非洲動物區。

「帶妳去看一個朋友。」龍仔用手語說。

我們就看見了那隻土狼。

在狹小的獸欄中，那隻苦悶的四腳動物繞著人工鋪設的水泥小徑，和唯一的一棵枯瘦的尤加利樹來回踱步，我和龍仔坐在牠的前方不遠，花了整整一個鐘頭，見牠以相同的巡迴路線，永無止境地繞圈不停，牠拖著粉紅色的長舌，牠在每次相同的細微處仔細聞嗅，牠是在尋找出口。

靜靜並坐在在獸欄前，龍仔打亮了隨身的小手電筒，他的那只舊書包裡儲藏著對我來說十分出奇的東西，大量的紙筆，隨地練舞用的滑石粉，一捲用處可疑的細鋼索，兩面鏡子，寬膠帶，還有幾把光度不同的手電筒，所以當他背著書包行走時，總不免要發出吧噹的噪音。

龍仔隨時需要光源，他將手電筒朝向我擺設，我是漆黑動物園中熒熒發光的仙子，和深海夜光魚同屬，我將上半身保持在光圈中，好讓龍仔看得分明。

我已清楚龍仔的驚悚來自於突然的碰觸，像是不意在我們耳畔炸響的一聲爆竹，文明的方式是保持在他的視線之內，進入他的寧靜的動畫世界。

但是光圈又阻絕了我以外的景象，現在龍仔的世界裡只有我一人，我的一顰一笑無限量誇大，所以我羞澀了，靜默中我揣想著龍仔的知覺。

聲音於他是波浪，龍仔曾經這麼說，那就是柔軟的深海潛航了？無銳角的海潮一波波湧來，海底火山爆發，鯨魚靠近又遠離，都解讀以平面的雷達屏幕。

沒有聲音的晚風，是髮膚上的一陣騷動。

沒有聲音的說話的臉孔，是聚散飄幻的一片雲朵。

單以視覺捕捉的世界多麼奇怪，奇怪之最，必定是高聲咒罵時的卓教授，她用聲帶製造出了那麼巨大的精神壓迫，沒有聲音的疾言厲色，應該是逗趣多過於恐怖吧？

這一切都映象在眼底，龍仔的雙眼出奇的專注，對談時絕不迴避視線接觸，這和我所熟悉的世界不同，太過度倚賴言語，讓我們其餘的部分不動聲色、不可捉摸、不露痕跡，這是文明也是損失，我開始喜歡龍仔的溝通風格，他的用上感情的凝視，他的毫不遮掩的好奇。

「妳很冷嗎？」龍仔非常認真地望著我，用一個抱緊胸口的手勢這麼問。

「不，不冷。」我說，但是寒風中我沒法禁止眉尾的一絲挑動。

龍仔脫下他的外套遞給了我，他看出了我的冷，這是一個動態圖像化的世界，所以他看得非常細微，細微而且真切。我將手電筒轉個方向，我們一起望向土狼。

「總有一天，我要放了牠。」龍仔寫在紙簿上。

「那你就放嘛。」我寫。雖然這種願望的格局太狹小，我想我能了解龍仔的心情。

「總有一天。」龍仔用手語說。

「最近你都到哪裡去了？」我書寫問他，這幾天的龍仔，總是近午才進教室。

「哪裡也沒去。」龍仔寫，「我最近常常想一些事情。」

「什麼事情？」

「教授要我寫筆記，要我在你們排練時想出來，什麼是天堂。」

原來卓教授給了我們相同的考題。漆黑的動物園裡面有什麼猛獸正躁動不安，肉食動物的悶吼聲，草食動物的踢踏聲，聲聲牽引著我的思緒。

「我永遠聽不見聲音，」他寫，「太陽永遠看不見黑暗。」

「對蝙蝠來說我是聾的，」我寫，「對蜜蜂來說我是盲的。」

這樣寫完全是為了呼應龍仔的思索離奇。從小以來，對男人的審美觀都著眼在學識上，我太重視飽學之美、健談之美，孤絕於言談的龍仔發展了另一種美，他讓我格外體會到了，人文上的聰敏是另一種隔閡，在沒能開發、沒能開啟的知覺層面，我比他更接近一片荒原。

龍仔站起來，攀過獸欄，土狼停止繞圈，戒備地低下身軀，龍仔伸出手掌，凌空輕輕壓制土狼的情緒，然後龍仔一揚手，土狼仰天嗚嗚而鳴，不久之後群獸呼應雷動，驚心動魄中我摀住了雙耳，龍仔回望見我的困擾，他的臉上顯現了一些同情的模樣。

一絲真情就像閃電一樣穿透我心，對於龍仔的缺憾世界，我生出了一點朦朧相識的感覺。

龍仔一個縱躍跳回鐵欄，星光依稀中我們向鳥園漫遊而去。如今的我已經漸漸習慣了他的聽覺障礙，和他的信手奇蹟。

※

二哥託運的行李陸續抵達，已經是隆冬時節，她將幾件非常粗獷的皮衣曝曬在梧桐枯樹枝頭，我們站在樹下，不論男女團員，都望而覬覦不已。

不分晨昏，都有團員跟著二哥進出她的閣樓留戀不去，榮恩則乾脆落居在那裡，那一間窄窄的隔層屋越來越擁擠，原來二哥當初遠去美國前，就寄放了不少行李在閣樓中，現在加上新到的物件，她的房間已經近乎倉庫。

二哥笑嘻嘻組裝一架新抵達的手提電腦，每到下課時間她就上閣樓，自從回到舞團以後，她始終沒動用克里夫留下的鐵櫃。克里夫物在人去，我猜想二哥見了，也和我們一樣感傷吧？

整間教室都被三層板布置成舞台雛型，只是為了讓我們習慣方位，所以裝潢是粗糙的，色彩也單調，倒是地板貼滿了各色地標。

教室的上空也十分喧譁，許祕書陪著卓教授遷住進了最大那間閣樓，卓教授的體力每下愈況，她已經禁不起車程奔波，最後一個房間，搬進了龍仔。

這天深夜，雖然還留著一群團員起鬨，等著要和二哥打牌，但二哥選擇和我繼續練舞，她驅走了大家。獨享著空曠的舞坪，現在我和二哥已培養出了共舞的默契，熟悉了對方的身體，排練正順暢，二哥和我同時停下舞步。

龍仔背著卓教授下了樓，許祕書推著輪椅等在樓梯口，將卓教授抱上輪椅以後，龍仔就展開暖身功課。

卓教授終於接受了坐輪椅的事實，她使輪向前，指示我和二哥退到舞坪的另一側，將半邊教室留給龍仔。

龍仔那邊的燈光都撳熄了，卓教授利用探照燈光指揮龍仔的節奏，他的舞影凌厲，卓教授的光束幻動，都讓我和二哥飽受干擾，亂了陣腳，最後我們只有息舞，趴在地板上，二哥躺在身邊靜靜抽起菸，我看著龍仔在布置粗劣的天堂中兼跳藍白天使，從沒感到教室裡同時這樣繽紛，這樣死寂。

正要起身換裝回家，二哥叫住我：「等等阿芳。」

她側趴過身子，神乎其技地將菸蒂平飛彈進茶杯，再爬起來說：「給妳看一樣東西。」

隨著她進了閣樓，我就問她：「榮恩呢？怎麼不見人影？」

「訇走她了，」二哥先是遍地找菸灰缸，找到之後又忙著開啟電腦，直到進入網路，她才神態悠閒地說：「那隻蟑螂，黏住我了，我這裡又不是蟑螂屋。」

我一聽不喜，說：「二哥對榮恩的評價好像不太高？」

二哥露齒笑了，她連按鍵進入幾個螢幕，才回答我：「那是妳低估了蟑螂，我對蟑螂的評價才高了。蟑螂要比我們強得多。」

還沒分清二哥的語意，她又加了一句：「妳跟榮恩住，應該懂得我的意思。」

「不懂。」

「也沒什麼意思，只是好心提醒妳，榮恩弄錯了一件事，她以為住在一起的人，就是她的親人。」二哥的房間真擁擠，她直接從電腦前迴身，單手在床頭几上沖咖啡，她沖了兩杯。

我已經漸漸明白，二哥這人說起話來越含蓄，其背後的隱喻就越加大搖大擺，這次我沒答腔，因為完全領受了她的暗示。

二哥點了菸，一手端咖啡一手挾著香菸，她開心了起來，興味盎然地瞧著我，她問：「聽說教授趕妳出去過一次？」

端過甜得膩人的咖啡，我據實以答：「沒錯。」

「那妳還回得來？」

「回得來。」

二哥更開懷了，她不勝暢快地說：「教授人都要死了，又再碰上這種學生，也算是她的報應。」

「教授人還沒死，我也不是故意氣她的。」我說：「二哥妳怎麼能說這種風涼話？」

「阿芳，」二哥懶洋洋地將長腿擱上床鋪，說：「做教授的學生，就要先懂得她這個人。她這個人並不介意學生造反，越有反骨的人，她越愛，所以我說她報應沒錯，妳要不相信，明天我當著她的面再說一次給妳聽。」

「不要不要。」我趕緊說，「教授病成了這樣……」

「病成這樣，都要怪妳呀。」說到這裡，二哥已經完全無法忍俊了。

「怪我？」非常吃驚，我差點打翻了咖啡。

「對呀，怪妳，」二哥連酒窩都燦然而現，她說：「也怪龍仔，教授要是真死了，也是被你們兩個寶貝活活氣死的。等她掛了，妳再和龍仔一起去給她上香，那才叫風涼。」

我急了起來，顧不得和二哥口舌較勁，我問她：「這是什麼意思？我不懂二哥。」

二哥連抽了幾口菸，才終於笑完了，伸個懶腰，她說：「教授這個門派妳還不懂嗎？她編的舞為什麼都不分男女？她有沒有警告過你們，登台以前不准跟人上床？」

「有。」

「這就對了啊，阿芳，你們怎麼都這麼鈍？對教授來說，性慾就是一切的原動力，她要你們保持最大的動力，尤其是跳雙人舞，兩個舞伴要是上過床，對她來說就是破壞了張力，那就不必上台表演了，我講得夠清楚了吧？」

「可是我們沒上過床啊。」雖然這樣分辯，其實我已經了解二哥想說什麼。

「那是兩回事。妳沒那麼笨。」二哥揚起眉睫，眼前的她總算正經了起來。「禁止你們上床就是要你們在忍耐中凝聚爆發力，可是妳跟龍仔根本不忍耐，妳沒有一點情慾，龍仔不要別人碰他，那要教授拿你們兩個怎麼辦？傷透腦筋了她。」

「……」沉默良久，我說：「二哥不是說要給我看一樣東西嗎？」

二哥叼起香菸，雙手齊敲電腦鍵盤，不久她將螢幕推送向我，說：「不要說我不幫妳，教授給妳出的題目，妳自己看看，在這裡能不能找到答案。」

二哥就逕自下樓淋浴去了。

二哥是左撇子，我先將滑鼠連墊板整個搬移到電腦右方，再操作螢幕。

這是中文的網站，一個藝文性質的沙龍，二哥已經給我登註進入發言區。

略一瀏覽，我就明白了這是時髦的故事接龍遊戲，網站已寫好了開頭，之後由網友發揮，看起來這網站標準頗高，每隔一週，才在數百篇作品中甄選一篇續文，預訂四段式的故事，目前已進入第二段落。

對這種全民寫作意興闌珊，我耐住性子閱讀開頭。

篇名是刻意製造的異國風味，叫作「沙巴女王」，乏味中我操作滑鼠，看第一段。

「沙巴女王」是一個奇異的統治者，女王無比美麗，永遠年輕，她無上富貴榮華，女王擁有一個在空間上無邊無緣，在時間上無始無終的國度，在這個國度裡，住著永生不死的子民，陽光普照大地，富庶與安詳不足以形容這裡的生活，這裡的子民，從來都不哭泣，沒有人知道缺憾的滋味……連著幾千字，都側寫了所謂幸福的最高想像。

有點意思了，我敲鍵進入第二段，匆匆看過數十篇競爭文章後，直接選讀唯一入選接龍的作品。

這篇作品裡寫著，在無邊無緣的空間，無始無終的時間裡，永生不死的子民們徜徉在無盡的幸福之中，以最純潔的愛意臣服於沙巴女王，這是一個圓滿的世界，直到一個裂隙出現，裂隙出在於子民之中一個人，這個子民某一天偶然想到了，什麼是「不是幸福」？這個問題是個開端，因為無人能解何謂「不是幸福」，所以大家第一次嘗到了茫然，茫然改變了國度的空氣，震動宮廷，沙巴女王怫然不悅，召喚子民前來，詢問子民為什麼不滿足？子民思考良久，回答，永恆的天晴日麗，沒有人見過雨雪，不知雨雪，算不算幸福？沙巴女王於是一揮衣袍，雨雪降臨國度。

所以子民再度快樂了，快樂並且茫然，既然能夠呼風喚雨，願望無缺，那麼「不是幸福」還是無解。

正看上了興味，二哥就回了閣樓。一見手錶已是凌晨兩點多，我關上電腦。

二哥已換上浴袍，見我要走，她說：「電腦妳先拿去玩吧，我暫時不用。」

「不必了，我下週再來看續文。」

「拿去吧。說不定妳也來寫寫看，不是一直想寫作的嗎？」二哥擦著溼髮說。

「誰說的？」

二哥又開始遍地尋找菸灰缸，她說：「龍仔說的。」

還是拒絕了電腦，我下樓經過教室，看到龍仔正在卓教授指揮下舞蹈不停，深夜苦練至此，難怪龍仔上午不進教室，但是卓教授這病體，怎麼堪得起日夜無休？見我流連不走，卓教授瞪我一眼，那十足氣魄，我感到有些迴光返照的嫌疑。

回到套房，打開燈，榮恩雙眼亮晶晶正坐在我的床上，罩著我的喀什米爾羊毛衣，她甜蜜的臉孔上淨是怒氣。

「妳整晚都去哪裡了？」榮恩嘟起嘴這麼問我。

「都在教室裡啊。」

「妳騙人，我剛剛去看了，教室裡只有姥姥和龍仔，妳在二哥的閣樓裡。」

「對啊，先在教室裡，後來才去閣樓。」

「妳們在做什麼？」

「上電腦。」

「真的上電腦嗎？」

「做什麼不需要告訴妳，妳非常無聊。」我將榮恩推下床，至於我的毛衣，只有算了。

「……」榮恩不再說話，我很清楚她是這種遇強則弱的典型。

榮恩楚楚可憐地坐上自己的床頭，懷裡緊緊抱著我送給她的小說。

一整天的練舞，此時我身心俱疲，疲憊地在榮恩身邊坐下，她也知道我是這種遇弱則無計可施的人。

「妳送我的書，我今天讀完了。」榮恩的音調哀傷。

「有什麼心得沒有？」我從她手中接過《麥田捕手》，果然添了一些鉛筆眉批。

「有啊……有啊，我讀出了很多東西。」

「比方說什麼？」

「比方說這個世界沒有人妳可以相信，妳看那個男主角，那麼倒楣，只要是他相信的人，都是要占他的便宜，男的也是，女的也是，年紀越大的人越噁心，連做老師的人都是色魔，相信別人不如去相信一隻狗，我覺得這本書寫得超級天才。」

榮恩再一次令我目瞪口呆，呆了半晌，原本送她這本書有個美麗的用意，只是想告訴她，如果在這個世界上，還有一個人為她所愛，為她所愛，就算這個人遠在天涯，那麼她就不是在流浪……但現在我的一片深意全軍覆沒。

榮恩得意非凡，她開始了冗長的訴說：「我犀利吧？告訴妳我其實很會讀書的，而且我還可以讀出別人看不見的東西。我以前看過一本書，書上說，在非洲有一座最高的山，山的名字我忘了，那座山上永遠都是一片冰雪，在山的最頂端有一隻花豹的屍體，躺在雪堆裡，牠死了多久？沒有人知道，問題是一隻花豹根本不應該出現在這麼高的山上，牠怎麼會死在那裡？也沒有人知道，牠就這樣悲哀地躺在那裡，像是一個悲哀的謎，讀到那裡我就哭了，因為只有我知道花豹死在山上的原因，牠是被帶上去的，誰帶去的呢？那是一個悲哀的宿命，這花豹天生就要追任何會反光的東西，越亮的牠越愛，山上的雪，在月光下閃閃發光，亮成那樣，花豹看了就越爬越高，爬到了一隻花豹根本不應該到達的高度，可是爬到雪山上的結果是什麼呢？結果就是，牠自己站在雪中，就不可能再看見反光了，牠一不小心就穿透過去，和光源在一起，就回不了頭了，所以花豹就在反光中活活地凍死了……」

「我的天，」我暴躁了起來，「明明是海明威的小說，被妳篡改成這樣！」

「妳都不跟人家說話，人家才講故事的嘛。」

「妳的故事乏善可陳。」

「什麼？」

「乏善可陳，就是很糟的意思。」

「隨妳，」榮恩微帶著嬌嗔說：「附帶再告訴妳一個故事，因為我這個人大方，從前從前，有一個人叫二哥，她叫二哥的原因，是因為舞團裡面還有一個雲從大哥，二哥和雲從大哥跳雙人舞，跳上了床，被姥姥抓到了，就趕走了雲從大哥，二哥那時候和榮恩住——」

「等等，妳以前和二哥住過？」我的好奇心陡然而生。

「對，我哥就是我的室友，全世界只有我了解她，我哥不會喜歡妳這種人的，妳不要打斷我，雲從大哥走了以後，哥就變了，變得很多，我受不了她天天寫信給雲從大哥，一直寫一直寫，沒有見過寫信寫得這麼狠命的人，像是把她自己撕成一頁又一頁的信紙，一點一點寄出去，她寫得越多話就講得越少，我只覺得，如果她是一支筆，她就快要寫乾了，雲從大哥，妳相信嗎？一直沒回信，一封也沒有。

「我天天早上起床，看我哥一眼，就覺得她又變了，那真的很可怕，先是穿得越來越像雲從大哥，然後是髮型，然後是說話的樣子，她本來就帥，結果又更帥了好多，她變得好強壯，到最後她連笑起來都不是我哥了，她還長高了七八公分，妳不知道有多恐怖，我好像在看變蠅人，她最後變成一半像她一半像雲從大哥，然後她就不再寫信了，她很氣姥姥，可是她跳得比以前更好，從來沒那麼好過，跳得太好了，她就出國去了。」

「榮恩，妳又在胡扯了對不對？」我放低了音量。

「對。」天真爛漫的笑意湧上榮恩的眼眉。「我是在胡扯。」

黎明，榮恩睡得正甜，我卻一夜不得安枕，冒著寒冷的晨風來到教室，放膽從氣窗爬了進去，已被虛構成天堂的教室裡面一片幽暗，一片寧靜，寧靜中我做了一個更大的冒險，推開卓教授的辦公室門扇，花了片刻，我就找到了那捲錄影帶。

當初卓教授曾經給我和克里夫共賞過的錄影帶，我開啟放影機，迴帶，螢幕中又出現了往昔的教室光景，我又見到了教室窗外，枝繁葉翠的梧桐樹，二哥和那個男舞者的雙人舞令人深深動容，張力豈止萬千，情意豈止纏綿。

雙人舞者之間的關係，大概只有雙飛的燕子才能了解吧？

錄影帶已經長了霉，後段幾不見影像，音軌也消失了，只剩下片片雨雪中的朦朧舞影，我退出帶子，見到影帶側面上以細筆寫了「雲從．風恆．一九九四」，是卓教授的字跡。

如今已雲流風散，兩相忘了吧？什麼是動力？什麼是張力？在創作中，卓教授錯以為她自己就是上帝，一個作品的背後，狂妄得毀滅了多少東西？現在她又逼迫著我仰望天堂，但是為什麼我只越來越感受到，她的天堂卻是個下坡路？

※

定裝的日期來臨，我們都穿上了劇裝，卓教授嚴禁我們顯出嬉戲之色，七彩斑爛的諸神，相遇在粗糙的天庭裡，手裡端著熱咖啡，幾個扮演神祇的團員不小心背倚住布景，一觸傾城，喧鬧中穆先生帶著工作人員搶修起夾板。

穿上純白色的新舞鞋，我腳上的舊傷開始產生抗拒，二哥的藍衣造型俊爽出色極了，現在劇照師又鎖定了她，透過鏡頭追蹤觀賞，其樂無窮。

劇照師調來了滿坑滿谷的燈光設備，為了趕著在下午拍好劇照，我們都列隊讓服裝師做最後修改。

腰間別著兩排大頭針，我也等候服裝師為我補綴。

龍仔以輪椅推著卓教授梭巡教室，連支援舞群都穿上了鮮豔的新舞衣，只有龍仔，在這麼寒冷的天裡，他還是如常光裸著上半身。

卓教授吸上最後一口菸，將菸蒂凌空拋進垃圾筒。

「我們以前，能跳的就能縫紉。」她皺著眉喃喃自語說。

黃昏時終於拍完了劇照，用了晚餐，我們又開始排練，這天卓教授的心情顯然不佳，我們跳對時她冷嘲，跳錯時她熱諷，嘲諷中大家忍辱求生，練舞至深夜十點多，我們的編曲老師大駕光臨，他帶來了所有的配樂。

精神為之一振，大家都以為這天必定要練過午夜，但是卓教授倦了，她宣布下課。才和一群女團員排隊換回了便服，許祕書出現在淋浴間。

「阿芳。」她朝著我輕聲叫喚。

許祕書牽著我的手上閣樓，卓教授就在她的房間裡等候我。

「阿芳，」卓教授坐在床上，叫了我的名字她又思索良久，最後她搖搖頭，輕聲問我：「妳是怎麼了？怎麼到現在還跳不出來？」

我已經盡力了，但是我知道這不會是讓卓教授滿意的答覆。

「怎麼辦？」第一次見到卓教授垂首洩氣，「我沒時間了，怎麼辦？……」

差一點滾落了淚水，我滿懷的歉疚，我捏緊了自己的拳頭，同時聽見隔壁傳來二哥愉快的哼歌聲。

有人敲門，龍仔扛著卓教授的輪椅進入，他鞠個躬，正要離去，卓教授以一個疲乏的手勢要他留下。

「你也怎麼辦？」卓教授說話同時手語，她的聲音微微顫抖，「上天給你這麼好的材料，怎麼能跳得那麼空洞？你跟阿芳，兩顆石頭。」

沒想到卓教授對我和龍仔的評價如此糟糕，臨登台只有一個月了，我沮喪得幾乎抬不起頭，而龍仔只是十分坦然地對望著卓教授。

卓教授揮手示意，讓龍仔將她抱上輪椅，我們隨著她出了房間，卻來到龍仔的房門口。

卓教授指示我和龍仔進入房間，她在我們背後關上了門。

和龍仔相顧愕然，我朝門外喊：「教授？」

「安靜。」她說。

然後我聽見了許祕書的聲音，二哥的聲音，龍仔擰著眉頭緊盯我的神情，我對他搖了搖頭，耳貼門扇卻什麼也聽不見了，直到巨大的噪音砰然響起，將我震跌在地上。

門外是篤篤的敲釘聲，釘棺材一樣，龍仔以手憑門，他也明白了卓教授正在做什麼，木板房間裡共振轟動，我摀住耳朵，還是算清了，十四根釘子，封實了房門。

「教授。」敲釘音一停我就喊了起來，並且和龍仔一起劇烈拍門。「教授！」

「叫妳安靜不是嗎？」卓教授在門外柔聲說。

我聽見許祕書非常為難的聲音響起：「……教授。」

「妳也安靜。」卓教授又說。

「藥瓶。」我的手心開始沁汗，我拍門求她：「至少請給我氣喘藥瓶。」

「……不給。」

我和龍仔背倚著門扇坐了下來，並坐一會，燈光全熄。龍仔這間房是居中的夾層屋，除了一支抽風扇，完全沒有窗。

卓教授關掉了教室總電源，現在她貼著門扇，說：「你們兩個，明天早上才許出來。」

卓教授的輪椅聲轆轆而去，什麼也看不見，什麼也聽不見了。

這太過分了，我的震驚現在全轉化成了憤怒，有生以來最大的憤怒，我並不害怕幽閉，不害怕與龍仔同囚，但是卓教授自以為她是什麼？她想拙劣地開啟什麼？我喊了起來，越喊越響，顯然卓教授驅走了所有的人，我喊到喉嚨撕疼，才突然發現，黑暗中，不知道龍仔在哪裡，他完全沒有聲音。

以雙手摸索，他就挺立在我的身邊不遠，他緊握著雙拳。

聽不見的人，格外害怕黑暗，龍仔現在同時失去了聽覺與視覺，他只是捏緊了雙拳。

他又握緊我的手。從他的手掌我明白他，龍仔並不想要我，他誰也不要，他要的不在人間，那又會是什麼？能不能讓我親自看一眼，看一眼？

抱緊龍仔結實的身體，我發現我的呼吸完全順暢，而他卻越來越喘。

這是一匹無人足以縛韁的烈馬，牠飛奔起來，四隻蹄子都要擦出了火花。

我們用全副身軀貼緊擁抱，我知道他勃起，而他清楚我知道，我們只是緊緊抱著，直到他的情慾平息，但願我有一種方法，可以像穿刺放血一樣，洩掉他渾身衝突的力量。

擁抱中我想起了家，非常想要回家。

「那個沒血沒眼淚的女人噢。」老俺公這麼說。

「是妳自己來得不是時候。」姑姑這麼說。

姑姑又說：「不是我們不疼妳，那時候妳根本就碰不得，一碰就哭得要吐出肝腸，生眼睛沒有看過這麼帶孽的嬰兒，只能把妳放在床上，不理妳，又變成一個啞巴，餓了也不叫，病了也不哭，真是個討命鬼啊妳。」

「啞巴。」別的孩子都這麼說。

叫我去相信誰？相信什麼？明明記得我從沒哭過。

都說媽媽懷我之後沒再說過話，我怎麼卻彷彿記得，她總是不停地在喃喃低語？她似乎對我說了那麼多的話，沒能聽得懂，沒來及聽懂，嬰兒的我那麼忿怒，那麼忿怒，只是需要一個懷抱，花上一輩子的語言卻也沒辦法說清。

記憶是河流上的片片浮冰，聚散混沌，互相扞格，互相湮滅，完全的黑暗中，只剩下龍仔的僵硬擁抱，這是一個和我同樣寂寞的人。

今生的畫面旋風一般穿過腦海，我回想起每個人，每件事，唯獨媽媽的容顏，完全沒有概念，從小我就想像著她，想出了千萬種容顏，千萬種影像此刻在我腦海裡明滅閃爍，又漸漸淡出，言語不能形容我心中的孤獨。

※

混亂地將衣物塞入皮箱，榮恩跪在身旁，幫我傳遞一些東西，她哭腫了眼睛。

「不要走，阿芳妳不要走，好不好？」榮恩使力握住我的睡衣，連扯兩次，她也不放手，我放棄了睡衣。

「哪。」我將一只密封的信箴交代給榮恩，「幫我交給教授，裡面是這五個月的薪水，如果她還要毀約賠償，幫我跟她說，我會再匯給她。」

「不說，我不說，要說妳自己去跟姥姥說。」榮恩向後逃開，在套房裡苦惱地跑來跑去，像一隻抵抗獵殺的蟑螂。

這時候敲門聲響起，榮恩抹去淚水開了房門。

許祕書撐著卓教授站在房門口，兩個人都無言望著我，回望她們一瞥，我繼續收拾皮箱。

許祕書一進門端椅子，卓教授就跌坐了下去，吃了一驚，我趕緊起身扶住她，和許祕書一起將卓教授移到我的床上，自始至終，榮恩都雙手抱著胸，佇立在她的書桌旁。

為卓教授疊好枕頭，讓她勉強坐正，許祕書顯得欲語還休，卓教授一擰眉，揮手要她出去。

榮恩也低頭隨著許祕書走出套房，走到門口，榮恩突然轉回了頭，整張臉綳得都扭曲了似的。

「教授，」榮恩激動地說：「趕走每一個人，妳好開心嗎？妳就是這樣，就是這樣！老頑固！老糊塗！現在連阿芳也要走了，妳高興了吧？跳完〈天堂之路〉我也會走，每個人都會走，到時候，沒有一個人給妳送終！」

一鼓作氣說完這樣狠毒的話，榮恩一溜煙跑離開去。

卓教授卻沒發怒，她只是艱難地掏出菸盒，連連打火，我雙手接過她那只名貴的打火機，幫她點上了菸，又取來我的荻燒茶杯，給她充當菸灰缸。

吐出煙霧，卓教授將頭顱深枕在床頭，望著煙絲神色迷離，她咳了起來，我給她拍背，竟拍出了幾口血，都濺在我的床單上。

「阿芳啊，記不記得我教過妳怎麼跳好舞？」抿著唇讓我為她擦乾臉頰上的血跡，她這麼問我。

「教授，我已經不想跳舞了。一直跳不出來，是我辜負了您，是我沒出息，請您原諒我。」我說。

「跳不跳舞都一樣，做什麼都一樣，要認清楚妳自己。阿芳。」她說：「我知道妳要走，要走也好，但是妳要走去哪裡？」

「我不知道。」說完，一咬牙我跪了下去。「請教授知道，我不是在生您的氣，我沒資格生氣，什麼都做不好，是我的錯，請您答應我，給龍仔跳白衣天使，請答應我。」

「不給他跳，這時候我能找誰跳？」卓教授嘆了口氣，我將臉埋進她的膝頭，卓教授輕輕撫著我的長髮，她又說：「見到妳第一眼，我就知道了，妳跟風恆一樣，會是我的災星，給妳們逼得……真是災星啊。」

「請原諒我。」

「原諒什麼？又沒說我怪妳們，」卓教授緩緩地說，「以前，我也是這樣氣我的老師，氣得他們都吐血了，現在是報在我的身上。阿芳，這很正常，我們是創作的人，一代一代，甲向乙造反，乙向丙造反……造反、再造反，像是把一隻袋子翻來覆去，等著再脫胎生出下一代，創作的路，只有越走越難，妳們都是我的刺激，刺激很好，我還要感激妳們才對。」

因為哽咽，我沒能回答，卓教授又撫摸起我的長髮。她邊喘氣，邊說：「再過不久，就要登台了，登台算什麼？不過是幾陣掌聲，阿芳，重要的是妳自己的舞台，妳懂不懂？看妳收拾皮箱，是要回家去吧？阿芳？回家好，回家也好，好好去弄清楚妳自己，記不記得我告訴過你們，你們的生長過程，本身就是一個宇宙？記下這句話，記下這句話，阿芳，沒有什麼創作，精采得過自己的生長過程，妳去好好弄清楚自己，不要再迴避自己，弄清楚了，妳想做什麼，就不會糊塗了，懂嗎？」

「懂。」

「那妳就走吧。」

從她膝上抬起頭，卓教授正氣力疲乏地望著我，我覺得非常迷惘，緣分已盡，才終於看出了她的慈祥。

我知道我的離去正是時候，根本不喜歡跳舞，我沒有上台的資格，讓出位置給龍仔登場，算是彌補了我的遺憾，只是隱隱約約又覺得，一切都還是在遺憾中，我沒能想出天堂與缺陷的關係，沒能知道我該往何處去，沒能解決卓教授禁止龍仔上台的原因。我又把局面推到了半路邊緣。想到此處，我根本爬不起身。

「教授，請您保重。」

「我當然保重，我也請妳，不忘了妳心裡的燕子，好不好阿芳？」她輕聲說。

※

冬天的細雨下個不停，我站在雨簷前逗弄那隻白鸚鵡，白鸚鵡吐出嘴裡的葵花子，一振翅卻跌下木架，牠的右腳爪上繫著一根鐵鍊子，倒吊著，牠以嘴喙咬木樁，一點一點將自己挪回架頂，這是我從小和牠玩慣的把戲，仔細想起來，這隻鸚鵡，該有二十歲了吧？

記憶中嘉義不應該這樣下冬雨，我望著天色攏緊衣衫，我已經回到了家。

一輛計程車從街前緩緩駛入，又被一些雨棚遮住了車影。小時候從街前看過去，淨是一望無際的稻田和香蕉園，現在視線中填滿了建築，一點也不美的鴿籠式建築。計程車駛來到面前，我看著姊姊提滿了雙手的禮盒下車，她的肚子真大，她已懷了七個多月的身孕。

雖然農曆年假還沒到，聽說我回來了，姊姊竟然奇蹟似地請了假回家。

幫著姊姊提禮物，我們繞過店面，從側門進大屋，在第二進屋的迴廊裡，老俺公正躺在竹榻上，看雨。堂哥百無聊賴地坐在俺公身旁，讀一本陳舊的武俠小說。

姊姊將手上剩餘的禮盒都交給我，她捧住肚子艱難地彎下身，喊：「俺公。」

「啊？」

「俺公，是我。」姊姊提高了音量，一百零七歲的俺公不只半盲，也近乎全聾。

「阿芳啊？」俺公端詳著她的臉孔。

「不是阿芳，是阿蕙。」姊姊大喊著說。

「喔，阿蕙啊……回來了阿蕙？」

「對。」

「回來了……」俺公又半閉上眼睛，他帶著睏意說：「中秋節，就妳跟阿蕙沒回來，有家也不回來……」

他還是把我和姊姊弄混了。跟姊姊互瞄上一眼，我們都知道他的下一句會是什麼。

「……妳跟阿蕙，都親像那個女人。」老俺公對著姊姊說。這是奚落的意思，但我聽了開心。全世界只有俺公說過我像媽媽。

姑姑與叔叔嬸嬸都跑了出來，姊姊和我一樣，都已近一年沒回過家，這時見到她的身孕，幾個長輩都開心了，簇擁著她進入正廳。

我記得正廳裡的牆上，以往掛滿了先祖列宗的遺像，和一些古老得都泛著棕色的字畫，如今都改成了鮮紅豔金的額匾，都是一些「松柏長青」、「壽並山河」、「懿德延年」、「天賜遐齡」之類的吉祥話，熱熱鬧鬧環掛了整圈。

自從老俺公晉了一百歲以後，每年重陽節，嘉義縣長和大林鎮長就要輪番登門，各自送上一幅這樣的賀匾，像是褒揚他的堅絕不死一般。

俺公從來就注重健康，他練書法，說是養氣，他打拳腳，說是活筋，他施糧造橋，說是種福添壽，他養一池錦鯉，說是看了明睛，後來四肢不能使喚了，連眼睛也看不見了，俺公困居在大屋裡韜光養晦，以食物自保，早餐吃一塊爸爸精心料理的油潤豬皮，中午吃整副清燉虱目魚肚，不停地喝茶，日落以後忍住不食，說是清腸腹。

但是有時候連靜靜坐在老俺公身邊，我都不免吃驚起來，把自己保養得那麼老，那麼老，究竟是為什麼？究竟在做什麼？連他最愛的電台節目也聽不見了，躺在竹榻上，裹著紙尿布，連要回房間都要靠人搬移，我不相信他看得見雨，他此刻瞇眼瞧著天光，利用上一次打盹和下一次打盹之間的清醒時分，喝茶，指使我給他搥背，零零碎碎地向我數落著兩對叔嬸的不孝順。

他是一個非常不快樂的一百零七歲人瑞，漫長的人生在俺公腦海中分成兩個階段，前半段大約是在民國二十年以前，那時候快樂，之後都屬於後半段，不快樂，不快樂的人生中，有一個逃脫的媳婦，兩對不孝的兒媳，一群成了年又不結婚，結了婚又不生的孫輩，最不快樂的是眼前，不論是誰都惹他厭，不論是什麼時候他都不舒服，給他蓋上被子他喊熱，熱壞了，掀起被角他又嫌冷，凍極了，水深火熱，但就是堅持活著，不停地向我苛責我的叔嬸。

我覺得他的批評完全不公道，兩個叔叔為了俺公，都近了六十歲幾乎沒離開過嘉義一步，整個家族住在一起，人事自然複雜，兩個嬸嬸都修練成精，從小就見慣了我的堂兄弟之間打架，嬸嬸們搶著護衛姪子責備兒子的場面，關起門，幾房人家永遠輕聲細語，人前又是一番局面，我的家族經營著虎尾溪南域最有名的茶葉行，爸爸領著兩個弟弟看店，不論掌櫃或是算帳，嬸嬸們也都親自上陣，唯恐表現得不夠幹練，讓人說話，也唯恐一個不小心，讓另兩房多占了便宜，但不管再努力，在俺公眼中，他們就是一群不成器的子媳。

俺公唯獨不敢數落的，就是我的爸爸，和我的姑姑。

我的爸爸是個養子。

當年俺公都將半百了，膝下猶虛，按照民間的習俗，他領養了爸爸，希望螟蛉子招來弟妹，果然爸爸進了張家以後，我的叔叔和姑姑就陸續產出，爸爸算是長子，俺公照顧爸爸不遺餘力，栽培到了大學畢業，聽說念生物系的爸爸在校園裡曾是個才子。

人家又說，我的媽媽當年在嘉義女中是朵校花，也是個出名的才女。

這對我來說完全不可考查，自從媽媽走了以後，整個家族不可思議地將她消滅無跡可循，連一張照片也沒留下。

人家都說，爸爸跟媽媽當年的合婚轟動鄉里，美極了的新娘，與才氣縱橫的新郎珠連璧合，任誰見了都要嘆氣，爸爸那三個拜把兄弟原本準備鬧一夜的洞房，見上媽媽一眼，他們都心疼了，那一夜，喝醉的他們在我家池塘邊奇石上刻了甘拜下風四個字，到現在還清晰可見。

甘拜下風在哪裡？爸爸這三個拜把兄弟，從小在我眼中，就是令人不勝敬佩的長輩，他們都是爸爸的大學同學，每回上我家找爸爸，聽他們談的，淨是我所不能明白的慷慨氣概，上小學以後就少見到他們了，聽說一個遠赴日本，兩個上了台北，都發展得很可觀。

只有爸爸一個人留了下來，永遠坐在櫃檯後面，或是站在廚房裡，都說爸爸才氣縱橫，我怎麼看不出來？要說他在廚藝上有點才氣，這我還算能明白。

沒有男人會像爸爸那樣鍾情於庖廚，他讀遍經典食譜，他買遍數十種刀斧鼎鑊，他每炮製出一道美食，還要花上更多的工夫妝點盤面，他剛用完午飯就開始構想晚餐，明明有家傭負責伙食，爸爸不讓任何人搶奪他主廚的身分。小時候只要見到他在廚房裡精切細調，我也開始怒火中燒，說不上為什麼，就是覺得他站在砧板之前十分不對勁，覺得他享用美食的臉容看起來那麼不滿足。

我的姑姑始終未嫁，在鄰里間她也算是個傳奇，二十歲前出過家，還俗，後來又做了修女，再還俗，天上地下她暫時找不出下一個歸宿，只有永恆地待在家裡，媽媽走得突然，她也就順便做了我和姊姊的保母，姑姑很不愛說話，和爸爸及兩個叔叔一樣，她也不愛走出家門，連房門也不太出去，隨時等候著，等候俺公的隨時召喚。

我是到了讀中學時，才猛然想清了一件事，原來我和姑姑並沒有血源關係。

小雨漸漸停了，老俺公蓋上兩床被還是畏寒，我起身去廳裡給他找暖爐，先找到二嬸，要她去陪坐在俺公身旁，俺公不要傭人，無時無刻，一定要有子孫隨伺在側。我經過了中庭爸爸的蘭花園時，見到棚架上又新添了幾籠觀賞鳥。

這天晚餐時俺公十分高興，整個家族十幾口團圓吃飯，俺公最歡心的是姊姊的孕事，活到一百零七歲，他終於要親眼見到自己的第四代子孫。雖然日落不食，老俺公還是捧著茶杯，全程端坐在首席上。

「吃吃看這是什麼？」爸爸眉開眼笑地指著一盤豆腐狀的食物說，豆腐盤邊是一圈紅蘿蔔刻成的喜鵲。

瞧一眼我就知道，那不是豆腐，是雞腦，幾十副雞腦鑲上蝦泥，唇火慢煨出來的恐怖混合物，整桌十二道大菜，都是爸爸從中午開始調理的盛宴。

久羈在台北，我和姊姊成了飯桌上群起攻之的對象，數不清的筷子為我們挾食，疊聲催促我們品嘗，我看著細瓷飯碗裡面治療氣喘的百合清炒鱺魚片，非常猶豫，二嬸又給我舀上一盅冬蟲夏草燉雞，排排整齊半插進雞腿中的蟲體，在水湯裡百足齊動一般，我放下筷子，堅決抵抗，倒是姑姑從我手上端過了碗，無言幫我全吃了。

晚餐後兩個嬸嬸清場，我奉命去給俺公泡茶，到了廚房裡，見到爸爸，戴上了老花眼鏡，他在一只小陶甕中滴上一些麻油，開始耐心十足地以鑷子挑除羽毛，那是一甕燕窩。

清瘦的爸爸也老了，他的心裡，想著什麼？今天的宵夜還是明天的早餐？他可曾想起過我的媽媽？還是他的到了美麗的遠方的拜把兄弟們？

這一夜的月光分外明亮，再過半個多月，就是農曆年了。

我在樓下的房間已成了堂弟的臥房，所以這些天我都住在二樓另一間大房裡，姊姊正在榻榻米上仔細地鋪棉被，懷胎後期的她，需要幾只軟枕的墊襯，才能安眠，我趴在窗口邊看月光，還有月光下爸爸的蘭花園。

這一夜的我，特別想要問姊姊，媽媽到底長得什麼模樣？

「她跟妳長得完全不同。」跪在榻榻米上的姊姊這麼乾脆地說。

「妳跟爸爸也不像。」她又加了一句。

姊姊的手機又響起，她鑽入被窩中，開始不斷地指揮一些公務。

一整天她的手機似乎都沒停過。

這麼多年了，總是這樣敷衍我，我始終懷疑，長我才四歲的姊姊，根本已全忘了媽媽。

所以我常常懷想著，沒有給我餵過一天奶，就離開了的媽媽。只知道她跟我長得完全不同，這是一個重大的線索，那必定是一張看起來非常絕決的容顏吧？月子都沒坐，就棄家而去，那不是逃命，又是什麼？

當時沒有求助任何人，她獨力產下了我，就在二樓的這個房間裡。她在對抗誰？對抗什麼？

「我想她是產前憂鬱症吧，」姊姊有一次這麼告訴我：「姑姑說她恨每個人，說不定連我都恨。」

那時候她天天掉淚……原來我是一個分秒等待卸下的包袱，我是一個在恨裡面滋生的嬰孩，她也恨我嗎？我妨礙了她的自由吧？

我在姊姊攤好的被褥中躺下，靜靜地望著窗口邊冰冷的月光。

爸爸悄聲推開了我們的房門，他端著盤子耐心地等到姊姊打完電話。

「阿蕙阿芳，來吃一碗冰糖燕窩吧，補氣管。」他說。

他身旁。

※

放晴的午後，爸爸的蘭花園裡陽光溫暖，將俺公連著竹榻移到了花棚底下，我和姊姊並坐在他身旁。

姊姊正朝著手機洽公，我給俺公按摩雙腿，久久之後，懷疑他又睡著了，我放開雙手等著，俺公並沒出聲抱怨，所以我就歇了手，掏出隨身的梳子梳理長髮。

蘭花棚下的幾籠鳥啁啾而鳴，其中一對金絲雀叫得婉轉，為了牠們的歌喉之美，每隻小鳥都單獨囚禁，我起身將兩籠金絲雀移靠一起，牠們於是靜了下來，隔著細木欄互相啄理羽毛。

姊姊邊打電話，邊不停瞧著我。

兩個堂弟互搭著肩膀從迴廊嬉笑穿過，他們之中，比較小的那一個還在念研究所，學校遠在高雄，他還是住在家裡通車不辭勞苦，叔叔給他買了一輛拉風的小跑車。大的那一個，因為不願意看管茶葉店，一直待業中，俺公給他作了主，在茶葉店門口隔出一小個空間，讓他籌備電腦零件買賣。

我的大堂哥已經開始掌櫃，因為生性沉穩，很有接手家族生意的氣候，不過我看這個堂哥比較鍾情文藝世界，他總是在讀小說。

我覺得這幾個堂兄弟都沒什麼個性。

後繼有人，爸爸已經比較不忙於店面了，但是茶葉進貨業務一直還是由他掌握。

我們的茶葉來源多半分布在阿里山區，每隔一個季節，爸爸就要出門遠訪茶農，以前他常常帶著我同往，生意由他做，對我來說，那是純粹的旅行。那時候爸爸總是帶著我出遊。

爸爸很喜歡搭車，不論是公車、火車，還是阿里山上那種蒸氣小火車，爸爸坐起來總是興高采烈，很少見他那麼高興過，記憶中的爸爸多半都是帶著慎重嚴謹之色，最不同的一次，就是爸爸帶著我去台中註冊讀女校那一晚，那一晚的爸爸，綻放出了一道非生物的奇異的光，不知是夢是真，還是我的想像，那是我印象中最寫實的爸爸。

兩個嬸嬸淨生男胎，像是擂台競賽一樣，只有我們這一房生了一對姊妹。

堂兄弟們都守住了家，只有我和姊姊遠去了台北，隨著讀書、工作、結婚漸行漸遠，我和姊姊都不太回家。

爸爸並不要我們回家。

姊姊關上手機，很奇怪地望著我，她說：「怪不得我越看越不順眼，妳的瀏海，怎麼全撥光了？還是以前好看。」

我不理會她，繼續梳長髮。

爸爸給我和姊姊端來了黃耆紅棗熱茶和甘草瓜子，他看了一會滿園的蘭花，離開前，給俺公攏了攏被窩。

這瓜子是爸爸自己抓中藥焙製的，連仁都帶著花香味，我和姊姊從小就吃慣了。

又一通電話響起，終於是我的姊夫來電，姊姊捧著肚子站起接手機，看起來是不勝欣喜的神情，但在她的對話中，又完全聽不出任何內容，都是單音的嗯啊聲。

姊姊當年結婚的回門禮，就是在我們中庭辦的，爸爸親自掌廚，那時候，剛念完醫學院，服完軍醫役的姊夫贏得了全家族的讚賞，連他開診所是由我們家出錢一事，都沒人多說話，那是一個青蛙王子，從窮學生到小診所大夫，到大診所名醫，他一路越攀越高，越來越出人頭地，到現在還是我們家族的榮耀之一，只是除了我之外，沒人能知道，這個青蛙王子在婚後，每經過一吻就漸漸還原，一點一滴退化成了癩蛤蟆的過程。姊夫的外遇只有我知道，姊姊不准我向任何人提起。

姊姊再掛了電話，她的眼眶微紅。

「姊，妳沒事吧？」

「沒什麼，昨晚一夜沒睡好，」姊姊坐了回去，責備我說：「都是妳害的，又滾又喊，妳的睡相怎麼那麼糟？」

分明是藉口，但經她這一提，我倒是想起來了，昨夜斷續的惡夢。

「芳，妳笑什麼？」姊姊問我。

「跟妳說一件事，妳不要太過驚嚇喔。」

「什麼事？這麼神祕？」

「妳知道我很會作夢吧？」

「誰都知道妳淺眠，淺眠的人多夢。」姊姊說。

「告訴妳，我這兩天突然想起了一件事，想了很久……」我嗑了一粒瓜子，遞給姊姊，她嫌髒不要，我於是自己吃了。「從小，我作過各式各樣的惡夢，惡夢都不同，但是都有同樣的特徵，惡夢裡面一定有一個惡魔，要不就是殺人狂啦，瘋子啦，鬼啦，或是豺狼虎豹啦，對不對？一直到前天，我才突然想通了一件事。」

「快說吧，受不了。」姊姊抹了抹眼角。

我望著姊姊的臉孔，說：「這樣對妳的胎教可能不好，可是今天我很想作一個告解，姊，我跟妳說，我突然想到，從小到大，惡夢中每個惡魔的臉，都是妳。」

兩道淚水從姊姊的臉頰滑落，源源不絕，我後悔起來，手足無措中差一點要抱住姊姊，姊姊搖頭揮開我的手，我看見她的淚光中，卻是一抹隱忍不住的笑容。

姊姊淚中帶笑，就這樣笑得彎腰，但不太彎得下去，她的身孕不宜俯仰，姊姊於是抱起腹部，神情是略微痛苦的，但笑意仍在，她喘著氣說：「既然妳這麼誠實，那我就告訴妳吧，本來以為這件事我永遠不會提了，芳，從小到大，只要是作惡夢，惡夢的主角都是妳。」

花棚的陽光下，我呆若木雞，太過震驚，沒辦法說話，沒辦法思考。

自從想通了我的惡夢的根源之後，這兩天我已經作了長程的追溯，心中明白，自小姊姊對我就是一個壓迫，她不止乖巧健康，功課好得令人咋舌，所有兒童該犯的錯她天生具備免疫力，她是家裡的驕傲。同樣由姑姑撫養的我卻是個敗類，我的功課不好，脾氣不好，健康不好，總是令人操煩。除了爸爸以外，整個家族好像不太察覺到我的存在，因為帶著氣喘病，堂兄弟們完全不敢招惹我，自言自語，自己玩耍就是我的童年，好像我從來不屬於這個地方。

「這不公平！」在姊姊的笑淚交織中我喊了起來，「妳樣樣比我好，我又從沒壓迫過妳。」

「爸爸對妳的期望比較高。」

「是嗎？」

「不是嗎？」

「爸爸是對妳放心。」

「當然放心，我拚了命讀書，什麼都拿第一名，結果呢？就是一個放心。」

意在言外，那是姊姊的一個很不熟練的抱怨。我回想起了念書時代，她永遠坐在書桌前的背影，那令人恨不能模仿的老成機伶，我始終感覺那種少年毅力過於堅強，不太天然，她是為了沒拿下一個滿分可以懊惱半個學期的姊姊，是我的存在永遠改造了她。

「……我怎麼知道？妳從來都不說。」我茫然地說。

將手貼在姊姊的腹前，感覺微微的胎動，我們都知道那是一個男嬰，七個多月大，頭下腳上漂在羊水中，正悄悄聆聽著我們對話。

「姊，答應我，生下來以後要很愛他，要一直抱著他。」

「那還用妳來說？現在我已經很愛他了。」姊姊萬分憐愛地輕搓自己的腹部，她又嘆了一口氣，語焉不詳地說：「人，就是這樣長大的呀……」

今天的姊姊比往常都陌生，都可愛。

兩隻金絲雀放聲開始清脆合鳴。俺公的錦鯉池塘中，一隻巨大的黑鯉躍入空中，扭腰，又噗通入水，沉潛不見蹤影。

這裡就是我的家，讓我眷戀又痛恨的地方，我在這裡長大，一路上從沒拿定過主張，一會說要念文學，又要念舞蹈，後來又說要出國深造，結果在台北成了上班族，沒有一天愛過我的工作，從來就沒愛過跳舞，只會不停地逃，逃命一樣。

爸爸用他那種溫和的冷漠，驅動著我越離越遠，終於成功地遠離了這個家，但我還是在半路上，必須找出一個方法，讓我的人生不同。原來我的前半生就只學會了逃亡，不管放眼何處還是茫無方向感，我無法像姊姊那麼出色，無法像爸爸那麼忍耐，我沒辦法，像卓教授那樣強悍。

俺公悠然轉醒，他連聲喊熱，姊姊起身給他調弄被子。

「俺公我來陪就好，妳出去走走吧。」姊姊說。

「我又不想出去。」

「妳還要躲多久？」姊姊瞥了我一眼說：「小韋就在隔壁等妳，他知道妳回來了。」

我一直低著頭。

韋媽媽給我們端上點心，她喋喋說話不停，她陪坐在一旁沙發上，見我和小韋都無語，韋媽媽終於離開了她的客廳。

我還是低著頭，沒辦法望向小韋。

輻射和外科手術傷害，在小韋的臉孔上留下可怕的痕跡，傷口之外的每個部位，也都比我所記憶的小韋老了多歲，我永遠只記得十七歲的小韋。

小韋已沒辦法口齒清晰，他用書寫代言。連他的筆跡都全變了。

「妳過得好嗎？阿芳？」他寫。

「很好。」我說。違心之言。

「聽說妳過了新年，就要上台表演了，我也上台北去看妳跳舞。」小韋寫。

「好。」我說。我知道他去不了。

「妳是最棒的，阿芳，不會有人跳得比妳好。」他寫。

我於是抬起頭看了他，那麼快樂的神情，一些半透明的液體正沿著他的下頦滴落。

「小韋，」我說：「你需要什麼？我能為你做什麼？」

「來看我，來看我就很好，我就很高興了啊。」他匆匆而寫，又將寫好的這排字粗暴劃掉，重新寫：「不對，記得我，記得我就好了，妳在台北那麼忙，不要回來。」

「我這次會多待幾天，我會天天來看你。」我說。

到這時我們都還是在不著邊際，小韋緊捏著鉛筆，猶豫著，終於他深喘了一口氣，這麼寫：

「阿芳，我要謝謝妳，那時候沒和我一起走。」

我以手掩住了嘴，無法言語。

小韋著急了，他又匆匆寫：「真的，我感謝妳，要是真的離家出走，就不會有今天了，是妳救了我。」

這莫非是一個反諷？我非常懷疑他此刻的神智狀況。

小韋寫上了興致，他不停振筆：「那時候，我真的喜歡妳，阿芳，妳那麼美麗，妳非常純潔。但是妳又不純潔。妳很厲害，阿芳，妳知道自己要什麼，如果能再重來一次，我希望能夠有妳那麼堅強。」

又是一段語意模糊的話，我問他：「我怎麼會堅強？」

「堅強，相信我，妳是我這輩子見過最不怕拒絕的人。」

我從小韋手中抽掉了筆，好握住他，浪潮般的溫柔填滿我的胸懷，只希望能夠給他一點點溫暖，一點點陪伴，如果能再重來一次，我不知道我會變成什麼模樣，我想找回很多很多的感情，填補很多很多的空洞，也許我真的就會愛上他，少年時代唯一的溫暖玩伴，小韋，我所拒絕過的這個男人。

※

陰沉的下午，方才送走了姊姊，我獨留在房間裡，準備晚些時候前去探望小韋。姊姊回台北之後，這間房就只剩我一人了，寂寥中我感到了一些徬徨。

有人登樓而上，是店裡我不太熟悉的新店員，很年輕的女孩。

「二小姐，妳有朋友來找妳，在正廳裡。」

這非常稀奇。此趟返鄉並沒有多作張揚，我懶於解釋退出舞團一事。而且，我也實在沒什麼朋友。

「男生還是女生？」我問她。

「……男生吧？很帥。」

換了外衣下樓進正廳，我很意外地看見了二哥。

二哥，連一件行李也沒帶，她正觀賞著滿廳的匾額，她的雙手很輕鬆地插在短夾克口袋裡。見到我，二哥還是那麼俊爽的笑容。

「二哥，妳怎麼來了？」

「來找妳啊，」二哥說：「專程來給妳報訊，教授昨天死了。」

心裡一沉，連原本要跟二哥握手都潦草作結，我的眼淚撲簌而下。

二哥一見哀叫連天，「真要命，才一句話就哭成這樣，阿芳妳怎麼這麼能哭？唬妳的，唬妳的，不要哭了。」

「妳是說教授沒死嗎？」我擦去眼淚，不敢置信，嗓子也瞬間沙啞了。

「怎麼死得了？她那種禍害，只會活得比我們都久。」二哥含笑戳了戳我的額頭。

「這種事也拿來玩笑！二哥妳就不能正經一點嗎？」我不勝憤恨地說。

「不知道，我也很想正經起來，就是沒辦法啊。」

二哥說完就整個捉我入懷，狠狠一摟。她就是這樣，不管是什麼狀況都當作遊戲一般，也許停止了促狹，人生對她來說就太沉悶了吧？二哥的智力比我所知任何人都高。

二哥要求我陪她出去談談。「妳家還不是普通的悶。」她說。

在店門口，我見到了那輛漂亮的敞篷吉普車。

「租的，」二哥跳上去以後解釋說：「妳們嘉義真難租車。」

二哥一拉我就躍上了側座，兩個人都開心了，現在她詢問我去處，二哥建議我們往優美的地方開去。

「蘭潭？」我思量著，「蘭潭太遠了，這樣吧，我們去一個很幽靜的河邊。」

「什麼河？」

「三疊溪。」

「怪名字。」二哥啟動了車。

但是記憶中那個美麗的河彎杳不可尋，一切都變了，到處都是嶄新但是形貌相仿的新社區，將我們的去路遮蔽成了迷宮一般，最後找到了河，沿河行駛，終於在一個緊靠山丘的靜僻處停了車。

二哥在河谷邊活潑地攀爬，她兜來了滿把的碎石，仔細地挑出一片石屑，甩手拋出，石頭彈打了七八個水漂。

打水漂這事我始終做不好，只有坐在石灘上，看二哥表演得精采，大風凍寒了我的臉頰，這天寒流降臨。

二哥直玩到雙頰泛紅，才來到我身邊坐下，我知道她來訪的原因，但是我不怕拒絕。所以我問她：「二哥，和龍仔跳得還習慣嗎？」

「廢話，他跳得比妳好多了。」

「教授滿意嗎？」

「不太滿意，天天發飆。」

「二哥是要來找我回去嗎？」

「不是，來找妳聊天。」

「不要再唬我了，這時候妳哪有時間離開台北？」

「怎麼沒時間？教授哪管得了我？」二哥笑著說：「妳也不要忙著自我抬舉了。」

「好吧，那我們聊什麼？」

「就聊妳跟我的關係囉。」二哥半帶著挑逗摸了摸我的臉蛋。

「我們已經沒有關係了，現在妳的舞伴是龍仔。」

「所以說我們有關係，」二哥掏出菸，先遞給我一根，見我拒絕，她就自點了菸。「龍仔是我的舞伴，他只記得妳，妳也想著他，他惹教授生氣，教授被榮恩恨上了，榮恩天天黏得我發毛，我只有離開台北，來找妳，妳看我們關係多密切。」

這樣瞎扯的功夫，就算是榮恩也要自嘆弗如，我忍不住笑開了。

「教授身體還好嗎？」我問她。

「老樣子。」二哥說了以後搖搖頭，「這麼說也不對，她的老樣子，你們沒有人領教過，除了榮恩，教授以前的脾氣，比現在還要壞多了，你們這一批，真不知道有多幸運哪。」

「我知道，我以前旁聽過教授的課。」

「那哪算？教授在大學裡沒用上三成功力，妳還不了解她嗎？要是許人旁聽的課，她就不會露出真面目，只有在舞團裡，她才會真的發火，她要發起火來，就算是上帝在場也沒得救，妳以為見過她的真性情了？」

「還不算見過嗎？」

「真天真哪，妳。」二哥親膩地拍拍我的手，說：「第一次進教授舞團的時候，我還在念書，大概是十年前了，那時候教授拉傷了背，治不好了，她宣布封舞，那一兩年她的脾氣最糟……真糟，本來ＥＱ就低的人，不能跳以後，她更急躁，我們沒跳對，她急起來偏偏又不能示範，凶得像魔王一樣。

「有一次，她又朝著我們大發脾氣，那時候我也是年輕氣盛，忍不過，當著大家的面，我頂撞她說，不要淨把氣出在我們身上，妳老了！妳氣自己老得跳不動了，只好找背傷作藉口，來承認妳老得不能跳舞！」

「結果呢？」

「結果她甩了我好大十一個巴掌。」

「好凶。」

「我說吧？至少妳沒挨過教授的揍。」

「是沒挨過。那妳跑了沒？」

「沒跑，我是再過兩年，出國念書才離開舞團的，回國後我又回去舞團了。」

二哥所回憶這些，榮恩倒沒向我提過，不過認真一算，那也是發生在榮恩進舞團之前。

「我回舞團時，榮恩也來了，」二哥又說：「那時候都是新人，教授那邊，沒什麼人留得長久，我就成了大家的學長，也只有我不怕教授，因為最糟的我已經見識過了。」

我聽得仔細，她用的是學長的字眼，想來二哥本來就是個男孩子氣的女生。

二哥將菸蒂拋進河流裡，河面上倒映著天際快速飄移的雲塊，她靜靜看了片刻，又說：「教授不再能跳舞了，只能透過學生的身體，展現她的意志，那時候我總覺得，她對我們有一種強烈的操縱慾，占有慾……」

這我領教過。二哥只是看著河中雲朵，我知道那是多麼象徵性的倒影。

「二哥，」我輕聲說，「妳跟那個男舞者的事，榮恩都跟我說過了。」

「妳是說雲從？」二哥很爽朗地回問我，微笑了半晌，她才說：「我跟雲從的事，就是榮恩跑去跟教授告的密。」

「什麼？」非常吃驚，我偏頭望向二哥。

「告訴過妳了啊，榮恩以為住在一起的人，就是她的親人，那時候我們是室友，榮恩見不得我和別人在一起，她年紀小小，心計不少。」

「榮恩怎麼做得出來？」

「當然做得出來，榮恩為了保住她自以為的親人，什麼事都做得出來。」二哥懶洋洋說：「榮恩是孤兒院長大的，妳不知道嗎？所以教授才特別疼她，教授這個人其實心腸軟。」

「……我不知道，榮恩沒說過。」

「不談榮恩。」二哥遠遠擲出一串漂亮的水漂，天色轉黑了，夜風非常刺骨，二哥敞著夾克，她顯然不怕冷。見我受凍，她去河谷邊拖來了一根枯樹幹，從吉普車油箱裡抽出一些汽油澆上，在夜色中，她先點了一根菸，抽上幾口，將菸拋進樹幹，火球轟一聲炸開，山丘裡傳來了一些細碎的騷動。

「這樣不冷了吧？」二哥問我。

「嗯。」在火堆前我漸漸溫暖了起來。「二哥，再說一些舞團以前的事。」

「不是對舞團沒興趣了嗎？」

「我只想聽，聽卓教授的事。」其實，我更想聽她跟那個舞伴的事。

「教授啊……她師承好幾個奇怪的門派，自己又添進了不少東西，到最後，搞得不東不西，不陰不陽，她自己倒是深信不疑，這點我服她，她全心全意信仰美，她把自己弄成了一個堅貞的異教徒，因為完全相信自己的方向，所以她強硬，要了解這些，就不難和她相處，只要對得準她的羅盤，做她的學生還挺有些意思。」

「我不是因為有意思，才做她的學生。」

「說得好，我想妳不是。」

「知道卓教授這個人很多年了，從小就知道她，這種感覺很奇特，去認識一個準備了一輩子見面的人，結果眼中的她變得太複雜，我沒辦法看清她，又希望從她那裡會找到一些方向。」

「結果呢？」

「……」

「這不就對了？要找出一種方向不難，要培養出什麼樣的態度走下去，那才是難題。教授又不是交通指揮，不要以為別人大手一揮，就能給妳方向，那頂多是直線，人會轉彎。」二哥用樹枝撥弄火燄，燄光中她說：「在創作當中，教授自己就是上帝，妳有沒有想過，這種上帝也有走火入魔的時候？妳記下來，越崇拜哪一個人物，就越不要忘記，千萬多保留一點自己的視野，我們在舞蹈上拿教授當楷模，這沒錯，不要忘了，藝術之外她是一個缺點比我們還多的人。」

「真正完美的人，我還沒有見過，二哥，我並不是那種盲目崇拜的人，早已經不是那種年紀了，有時想想，有個遙遠的崇拜對象也是幸福的，至少保留一點想像，寄託一點真情。」

「糊塗話，這是軟弱的唯美，妳要希望能長大就要放棄這種想法，戳穿偶像，就是長大的開始，跟著教授是要向她學舞，又不是要學她這個人。」

二哥的爽朗的笑容，在我看來有些複雜，整個舞團裡面，我感覺就她最像卓教授。我說：「那不談這些，再說一些以前的事吧。」

「我和雲從的事，不說清楚，我看妳是不會甘心的。」二哥又笑了，「教授這個人相信壓迫，她認為沒有足夠的壓迫，就逼不出藝術家的潛質，這跟善惡沒關係，跟對錯沒關係，只跟演出的美有關係，教授對我的期望相當高，自從我和雲從一起練雙人舞以後，她把全副的精神放在我們身上，雲從跳得比我好。

「那時候我沒辦法接受教授的邏輯，她要我和雲從一起練舞，要我與他攜手同行，信任他，愛他，但是又不准我得到他，她要我狂奔又不要我抵達⋯⋯

「我和雲從的感情，教授知道了，她逼迫我和雲從之間一個人離開，雲從就走了，其實，他本來就想走，教授只是推了他一把，我想就算沒有榮恩，到最後還是會變成這樣，只是當時我想不到這麼多，只是覺得教授根本是在嫉妒，她只想占有我們。」

「二哥，實話實說，我一直以為妳心裡面怨恨教授。」

「我是不喜歡她。」二哥直率地答道：「但是我這一生，還沒恨過人，這也是實話。」

「那妳為什麼回舞團？」

「我欠她情。」二哥說：「要不是教授做得那麼絕，我也不可能跳得更好，是她從我裡面逼出了另一個舞者。」

她又說：「雲從走了以後，我想了很久，想通了很多事，我在想，人尋找的，大致上是相同之處略遜於自己，欠缺之處又遠遠強過自己的人，最難忍受的，是遠遠遜過自己，或是稍稍贏過自己的人。說得太遠了，我和雲從很相像，但是又不全像，我們互相擁有對方欠缺的東西，所以教授指定我們跳雙人舞，她是要我們想辦法找出自己的遺缺，她的用心太高，只是手法太糟，我已經不怪她了。

「不怪她，我只是一直想著，我還欠缺了什麼？想得越多，我就越思念雲從，只有在他身邊我才感覺完整，我一直寫信給他，因為他那一走，把我也扯裂了一半，我得想辦法補回來。那一整年熬得很辛苦，連吃飯都不知道滋味。」

「後來呢？」

二哥用細木枝在火燄中挑出了一些火星，她的面容在燄光跳動中看起來如此多變。「……我一直思考，天天寫信，直到有一天，翻出信紙，我下筆才寫了兩行，突然發現，寫完了。」

「寫完了？就這樣？」

「寫完了。就這樣。」

二哥轉過來，英風盎然的雙眼瞧著我。

雖然說得乾脆，我已經不再需要細節，遺缺的人生，二哥轉而朝向自己補填，填得結實，她是我所見過最接近完美的舞者，只是完美成這樣，她不再需要任何人。

這是一隻極樂鳥的誕生過程，她雌雄同體，她什麼人也不需要；她非男非女，她跟誰都不相容。

我想我沒辦法欣賞這種寂寞的自由飛行。

「妳走了以後，還想天堂的問題嗎？」二哥問我。

「不想了。」

「告訴妳我的意見，」二哥在夜風中摟住我的肩頭，我們齊迎向火光，她說：「在我的想像裡面，天堂是一個很冷的地方，都是狂風。」

「為什麼？」

「因為冷，因為風，人才會靠近，又靠攏。」

二哥的溫暖摟抱中，我的一顆心激動了起來，我懂得她的意思，人需要彼此澆灌。但她明明誰也不需要。二哥讓我非常地思念起了龍仔，回想起了舞團歲月，舞團中每一個夥伴，還有卓教授，我們都是帶著缺陷的人，我們相遇在不同的迷惘裡，又在那麼驚聲喧譁中互補遺缺，只是為了完整，完整我們的路途……我跳了一場未完成的舞，這時候只感到冷與孤獨，並且意亂情迷，迷惘中我抱住了二哥，只覺得她的身體真好，真好。

「聊完了，我也該走了，先送妳回家吧。」二哥推開了我，站起來說。

「對了，」二哥從夾克口袋中掏出一只白信封，都已經摺得歪扭不堪，「怕妳在嘉義悶死了，帶個東西給妳。」

二哥開始用靴子踩熄火燄，整整一番話，她果真沒提過要我回舞團，她的任務非常明白，完全是來搗亂我的心緒，二哥做得成功，現在我欲言又止，心亂如麻，我所欠缺的還在舞團裡，我不敢面對又不想逃避。

二哥一把將我拉起，當我忙著拍卻滿腿的枯葉時，她才說：「我知道妳不喜歡跳舞，這跟上台是兩回事，妳先是逃避自己，現在又逃避舞台，這樣逃下去，妳只會一無是處。」

我領受得她的教訓，默默無言。

「要不要回來隨便妳，」二哥又說：「順便告訴妳，教授已經把舞團交給我了，一切事務現在都由我管理，妳能不能回來，還要先過我這一關。我的建議是要不妳永遠不要回來，繼續混帳下去，要不妳把喜不喜歡跳舞拋開，把妳的矛盾拋開，跳最好的舞，跳出來才算結束，然後再決定妳的去路。」

「二哥我怎麼有辦法？」

二哥在火爐前來回踱了幾步，站住了，她的臉上是和藹的表情。「妳自然有辦法。」

※

從店面裡取來了最好的白毫烏龍，我泡上一壺熱茶，在二樓的房間裡，憑窗展讀二哥給我的那封信。

寧靜的深夜，只聽見錦鯉池裡傳來不斷的泵水聲。

一打開信紙我就笑了，謄打整齊的電腦稿，是二哥給我列印下來的，最新的〈沙巴女王〉續文。

在卓教授和我之間，二哥勉強握著，兩邊也不肯放手。

就解悶來說，二哥這個小禮物惠我良多，喝一些熱茶，我開始閱讀。

〈沙巴女王〉第三段，經歷雨雪之後的奇異王國。

奇異王國，不死的子民，現在見識了雨雪，開啟了新的眼界，原來美麗的晴朗不算完美，全部都是陽光，只會造成沙漠，雨水造成新的河流，新的河流湍急凶悍，望著暴躁的河水，子民們非常不了解，永恆的祥和之中，無人目睹過這樣的凶險，一個好奇的子民撩起了袍子，涉入這道惡水。

急流洶湧帶走了這人，旁觀的民眾都驚聲齊喊，他們從來不知驚慌，這時候都瞬間狼狽了，一道利刃齊齊割過每個人的心口，淚流又成新河。

因為國度無邊無緣，凶險的河水反方向捲回了落水的人，將他撈上岸，這人睜開眼睛就笑了，他已經周遊而過最遠的地方。

這人並沒有淹死，因為國度中人永生不死，這人就成了一個智者。

智者說，順向而去逆向而回，他領悟了一件事，每件事都有它的相反面。醜相反於美，惡相反於善，死相反於生，缺陷相反於圓滿。

智者率先發現了一件事，原來他們這個時間無始無終，空間無邊無緣的國度就叫天堂。只是智者開始發問，如果天堂應該完美，缺少了缺陷，怎麼能叫完美？

一個問題將智者變成了造反者。

造反者的問題震撼了奇異國度，原本困於「不是幸福」無解的子民們開始懷疑了，不經缺陷，他們無法再相信天堂。子民一懷疑，奇異國度瞬間崩裂，邊緣始終俱現，子民們同時都老了，他們一老沙巴女王就病了，她的奇異國度終於陷入了解體邊緣。

幾千字的文章嘎然而止，我拿起這一小疊皺摺處處的電腦紙，緊緊貼在胸前，從窗口邊望出去，今晚的月亮全圓了。

電腦紙的最末處，是一排手寫字，字字震動我的心弦。我望著月光燦爛。

「阿芳，我只幫妳跳到彩排，請妳早點回來。」

那是龍仔漂亮的筆跡。

※

站在枯死的梧桐樹下，我看見它全禿的枝椏，正好用來掛曬不少新漆的布景片，片片豔彩逼人，迎風輕輕擺盪互相撞擊。台北真冷。

領著人在小院子裡漆景片的穆先生第一個看見了我，他含笑對我揮揮手。

朝穆先生招完手，我就見到了龍仔，就站在教室門口，他用微幅的手語喊我，阿芳。

阿是五瓣花蕊綻放，芳是一道柔軟的波浪，差點遠離了，我這一個如此美麗的手語代號，龍仔推門而出，我不禁敞開了懷抱，在寒風中和龍仔結實抱個滿懷。

有人扯弄我的衣袖，從龍仔胸膛前望過去，我見到榮恩的俏臉。

「抱完龍仔，也要抱榮恩喔，」榮恩笑意燦然說：「我哥說過妳今天一定會回來，我還說她騙人呢。」

榮恩牽著我進了教室。昨夜決定回舞團，今天就一路趕來，我的行李潦草，只帶齊了舞蹈用物。

「教授呢？」我問榮恩。

「在醫院，她現在都是晚上才進來。」榮恩說。

見到我，舞團的夥伴們都喧鬧了起來，輪流和我說話不休，我從人群望出去，見到了穿著舞衣的二哥，正坐在卓教授的辦公位置上，隔著玻璃窗，她笑吟吟望著我，抽了口菸。

更衣前我先去辦公室，二哥擱下手上文件，她果真接手了卓教授的工作。

「二哥，我回來了。」我說。

「知道妳會回來。」

「請批准我回舞團。」我正色說。

二哥也正色，但沒能持久，嘻笑就湧然浮現。「這不就准了嗎？」

「教授這邊只有我回鍋兩次，阿芳妳算是打平我的紀錄了。」她摟住我說。

暖身中我看著大家練舞，我聽見完整版本的音樂，和我們的舞步融合絲絲入扣。

卓教授不在，二哥不下場，她站場邊掌控全局。

龍仔同時占藍白天使的舞位，切換靈動，他是在幫助大家合演。

站在場邊，二哥一手端咖啡一手挾香菸，有人跳錯了，她喊停直直走到跟前，用執菸的手指輕敲團員額頭，再狠狠一摟。

不久之後我就下場，龍仔讓過白衣天使給我跳，第一次和龍仔合跳主位，在完整的音樂中，我們跳得痛快淋漓，我不停地想著，要跳出來，跳出來。這一天，是彩排的前夕。

黃昏時又來了一個意外人物，銅風鈴響起，我們都一起見到，半天的霞光中，克里夫正艱難地擺開鋼杖，雙手齊推木門。

比任何人都激動，我緊緊抱住了克里夫，他將臉埋進我的髮鬢，我也將臉枕在他的胸前，我最熟悉的一具軀體，這時候瘦了不少，瘦得精悍，我見到他的短髮都漂洗回了原來的金褐色，在晚霞的陪襯下，閃閃生輝。

「阿芳，妳好嗎？」那麼可愛的台灣腔調。

「好。好。」我抱緊他，沒辦法放手。

二哥含笑站在眼前，她搓了搓克里夫的短髮。

「二哥。」克里夫喊她。他們兩人是舊識。

榮恩終於從人群中鑽出，羞怯萬分的神情，克里夫牽起了她的手，另一手還是攬著我。

被大家圍在中心，克里夫的中文招架不住潮水般的問題，他於是來回示範走了一圈，他的右腿還上著鋼架，右手也拄著一根鋼杖，嚴格說起來，瘸得很厲害，但來去相當靈活。

因為明天的彩排，本來今天已經提前下課，為了克里夫，我們從頭再跳一次，這次二哥下場親自跳藍衣天使，最初屬於克里夫的角色。我知道二哥是特意為克里夫獻舞。

克里夫自告奮勇操作音響，龍仔也坐在他的身旁，排演中克里夫興奮得不安於座，頻頻站起來用枴杖指揮全場。當舞劇排練到榮恩從人梯上滾躍而下那一景時，我見到榮恩歇了一秒，奮力一躍，凌空兩圈半，準確滾進一片臂膀的擁抱中，大家在舞蹈中都喝一聲采，榮恩終於第一次跳準了。

天色轉黑，雖然已下課，這一晚沒有人離開，穆先生領著一群舞台工作人員，將趕工中的景片移進教室，繼續彩繪工作，油漆味氤氳不散。

龍仔帶著克里夫瀏覽滿地的布景，刷完最後的景片，穆先生就要帶人連夜上歌劇院安排後台事項，只見龍仔與克里夫兩人穿梭在繽紛天庭布景中，兩人一起以手指向同一個道具，一起咧嘴開懷。他們之間不需要語言。

油漆味中加上了菸味，現在半數以上的團員都抽起香菸，我們在道具中橫陳了一地，享受克里夫帶來的音碟服務。

嬌小的榮恩整個蜷在克里夫的胸懷裡，音樂中她不時仰起頭，輕聲在克里夫耳畔說些什麼，克里夫於是又摟緊了她，榮恩的臉上是那麼純真得接近肉慾的笑靨。

她和克里夫之間的關係，我始終弄不清。

一首輕搖滾單曲結束，克里夫不辭本性，辛苦地爬起身換音碟，他興致勃勃地向大家介紹那張羅德麥昆的〈海洋〉，這我也有一片，大概全台灣學過法文的人都收藏有這張唱片，十八歲時聽了第一次，結果全身汗毛直立，顫慄不停，之後再也沒動過它。

此時克里夫將音碟放入音響，加大了音量，浪潮聲傾刻如雷襲捲了教室，團員們都嘆了口氣。我的驚悚又起，數位化處理又再還原的海濤聲，聽起來多麼逼真、美麗，多麼……可憐。

可憐的是，我們竟然渴望在這盆地擁擠裡聆聽浪濤。

這一晚，我們就這樣躺在地板上，聽了一片又一片克里夫帶來的音碟。穆先生與他的工作人員都綁上了頭巾，音樂繚繞中奮力工作不停，克里夫最後集中火力，強烈推薦Freddie Mercury的專輯，他死於愛滋病之前的那張遺作。

什麼樣的瀕死力量，可以爆發出這樣一隻聲音上的魔鳥？麗馨調整了她的大腿，讓我枕躺得安穩。我捧著音碟封殼，凝視封面上這個男歌手，他怵目驚心地穿著一件康康舞衣，他濃豔得近乎可笑的彩妝之下，是華麗得憂鬱的臉容。

二哥叼著菸，斜倚在我身邊敲電腦不停，她拍了拍我的肩頭，將膝上電腦移到我的面前，我坐起身一看，是〈沙巴女王〉的最後一段結局。

在Freddie Murcury高亢的歌聲中，我一路閱讀，沉病不起的沙巴女王，向她的昔日的不死子民頒布遺詔。

Sometimes I feel I'm gonna break down and cry, nowhere to go, nothing to do with my time, I get lonely, so lonely, living on my own. Freddy這麼唱。

「……因為完美，所以你們必須離開了。被我放逐的諸神們……」沙巴女王如此說。

Sometimes I feel nobody gives me no warning, find my head is always up in the clouds, in a dream world, it's not easy——living on my own. Freddy這麼唱。

「……對於那些渴望流放的，我開釋你們；那些沒辦法和別人一樣的，我豁免你們；對於那些不再相信的，我特赦你們，你們全走吧，離開天堂，千萬請帶著點缺陷，讓你們懷念起天堂歲月的，珍希的祝福……」沙巴女王如此說。

不知是誰寫下了這些句子，狂妄如二哥，詩意像龍仔。

最末的段落，已經不需要親眼目睹，我知道這個故事想說什麼，完全的完美是完全的頹廢，豐盛的人間，滿溢了磨難之必要，意外之必要，缺憾之必要。

二哥傳遞給我一根已點燃的菸。

※

許祕書推著卓教授進教室時，我正被生平第一口菸嗆得淚流滿面，懊悔無比，榮恩緊捏著我的小藥瓶，龍仔正奮力拍撫我的背脊，兵荒馬亂之中，卓教授的輪椅就駛來到了面前。

擦去滿頰的淚水，我爬起肅立，握住卓教授遞出的手。

「阿芳，這一次，妳跳得出來嗎？」她問我。

「我只有十分力氣，但是現在我會用上一百八十分，教授。」雖然答得取巧，完全是我的由衷之言。

「好……好……妳有的是時間。」卓教授顯然滿懷思緒，她駛輪而去，朝向克里夫。

克里夫拋下鋼杖，雙手齊握住卓教授的臂膀，有人去放輕了音樂。

穆先生和他的手下正在運貨上車，夜深了，團員們輪番前去淋浴換裝，輕柔的音樂中，克里夫和卓教授還細語對話不停，他始終站著，換好服裝的團員們也都陪站在一旁，非常惆悵，克里夫和卓教授用的是英文。

我也來到他們之中，見到克里夫滿臉的情怯，他從背包中掏出了一張音碟送給卓教授，迷幻歌手傑瑞賈西亞的專輯，我瞥見了專輯的主題曲，就叫「香煙與咖啡」。

當我隨著榮恩回套房時，二哥已換好外衣，跟上穆先生的車，去進行今夜的後台籌備。

〈天堂之路〉彩排時刻來臨。

音響不對，燈光不對，布景倒塌連連，戲劇院的現場，比我們所習慣的教室還要扁了一些，寬了許多，因為是占用另一個上演期節目的舞台，我們的道具錯雜在他們的屏景中，而且還必須趕著在下午前清場，所以一片慌亂，慌亂中林教授正在台下應對採訪，頻頻要我們停舞配合攝影，穆先生與二哥插科打諢不斷，緩和了大家的心情。

龍仔歸化成了舞台工作人員，身手矯健的他發揮了宏大的效果，各種攀爬、綁縛、扛運事項龍仔輕快上手，穆先生站在舞台上，仰望高高跨坐在劇院頂端欄架上忙碌的龍仔，大有喜見可造之材的神色。

龍仔調整好燈具，沿著粗索一路滴溜而下舞台，見到大家鼓掌，他顯出了一些羞怯的模樣。龍仔的牛仔褲上有一抹血跡，他的額上，臉頰上旋即也出現絲絲血跡，我翻過他的一雙手掌，原來都磨傷了。

「我不上台，這點傷不要緊。」龍仔揩抹滿額的汗水，他取紙簿這麼寫。

方才經過中午，卓教授出現了，許祕書陪著她坐在台下，看我們彩排，斷斷續續，終於從頭至尾再排練完一次，舞罷我們都望向台下的卓教授，無法猜度她的評價，那是既不快樂，也不生氣的神情。

龍仔將卓教授連輪椅扛上了舞台，卓教授要大家席地坐了一圈，卓教授一揚手抽去了腕上的點滴針管，她開口同時手語。

「你們都盡力了，」她說：「跳得還可以。」

啪一聲，劇院的另一端，控制台上的穆先生關上了聚光燈。

「不要關上！」卓教授疾轉過去，朝著穆先生厲聲喊：「燈光開著，不要關上！」聲浪澎湃在空曠的劇院中，我們都嚇了一跳，都沒料到卓教授此時還有這等音量。

幾秒鐘的安靜之後，幾大排鉅型探照燈齊打亮，連空氣都撼動了似的，灼目的光芒刺來，我們都瞇起了眼睛。

卓教授的手在半空中停駐，她思索著，繼續說話並且手語：「……跳得還可以，慢慢來，只要夠努力，你們還會跳得更好，我要你們記得，肢體的尺度是一定的，筋肉的使用也有限，只有加上美，你們之中，也許就有人創造得出經典、永恆。」

「這些天，我要你們想像天堂，」她緩緩地說，她的手勢已經有些衰敗了。「上了台，我要你們什麼也不想，天堂就在你們和觀眾之間，就在舞台的最邊緣，那裡是一個天堂介面，你們跳多久就存在多久，懂不懂？天堂在你們和觀眾中間……那麼多的觀眾，他們激動，他們嘆息，他們掉淚，在舞台的燈光裡，你們看不見他們，所以只要跳出美，什麼都不要管……」

我們一起發現卓教授已陷入了自言自語，她恍惚地說：「那麼亮，那麼亮，什麼也看不見……」

「那還能看見什麼？」榮恩響亮地打斷了卓教授。

「……煙，老是看見光裡面一絲一絲的煙……」卓教授輕聲說。

多年的上台經驗，我能了解，那是強烈光束中，來自人群的滾滾薰氣。穆先生又以低音量試播起我們的舞劇音樂，逆著探照燈光，我們一整群彩衣神祇，都隨著卓教授迷離了，都恍惚想像著，瀰漫的人煙裡，存在於演出者與注視者之間的，那片刻的天堂介面。

※

經過連續三天的彩排，現在我們又回到舞蹈教室，等著農曆年一過，戲劇院就要正式撤換上我們的舞台布景，屆時只剩短暫的一天彩排，之後就是登台。

這天是星期六，舞團破例在中午就停了課，我們的登台檔期緊挨在過年後，所以幾乎無年假可言，二哥施恩給了大家一些零碎的假期。

空曠的舞蹈教室，連閣樓裡也闃無一人，不知大家都去了哪裡，我裹著厚外套，站在小院中望著梧桐樹，它的枝椏乾得發脆，一經麻雀翩翩棲落，樹枝連柄折裂，小鳥展翅又去，枯枝跌落在我的腳前。

撿起樹枝，我覺得它的粗糙線條很美。

自從回舞團以後，卓教授已不再苛求我的舞藝，我明白她不是滿意，我希望她不是放棄，但現在她片刻也離不開病床，每回來舞團都是從醫院告假之身，想來她也沒有餘力磨難我了吧？我思念起她的容顏，最思念的都是憤怒的臉。

卓教授約了我在她辦公室見面，說是有事商量，獨坐在她無人的辦公室中，我正滿懷的揣測，林教授推門而入，見到我他顯得略微意外。

「卓教授還沒來？」他問我。

「還沒有，我正在等她。」

「唔？妳也找她？我們待會要開會。」林教授說。

林教授撥了電話，得知卓教授還沒出門。

所以我們一起等候著，不同於我的無聊，越來越愉快的神色上了林教授的眉梢。

「告訴我，妳家有沒有荷蘭人的血統？」

怪問題，我回答他：「應該沒有吧？沒聽說過，為什麼這麼問？」

「妳的眼珠，顏色淡了一點。」林教授說著摘下眼鏡，捧住我的臉頰，細細端詳我的眼珠，他的手掌非常暖和。

我的一雙眼珠子，顏色是比別人都淡，連我的髮色也淡，經他這一提，我也想著，這的確蹊蹺，從小就常被誤認是混血娃娃，仔細一探究，我根本不知道自己根源何處，爸爸是個無祖上可考的抱養子，媽媽那邊更是個謎團。

現在林教授的一雙手摸索著我的頭顱骨相，他不勝稀奇地喃喃說著：「顴骨也窄，有歐羅巴人種地中海型的特徵，雙眼皮那麼深，一點點馬來族血統，又一點點像蒙古種南方類型，……還有妳的膚色，真白，白得那麼可愛……」

林教授是在賣弄他的學問了，我想撥開他的雙手，我了解這個人，滿嘴的學術，坐穩了人類學跨文學的灘頭，自成一家以後，從此再見任何文字形式的作品，眼底只看得進三種東西：有趣的，人人都在談的，切合或者反對他的理論的，儘管門下桃李漸多，論文不斷產出，他早已經不再讀書了。

而他的一雙手掌，已經隨著他的專業性評析侵向了我的胸部。

「阿芳，整個舞團就妳最可愛，不過分男孩氣，也不嬌弱，不知道有多可愛。」

現在他整個抱住了我，我使盡全力也沒能推開，一個吻湊向前來，他的舌尖迅速探進我的雙唇，我的抵抗的姿勢對他來說狐魅無法擋，他的生殖器部位重重頂上我的裙底，我叫了起來，極端憤怒忙亂中，我瞞不過自己，從他緊貼著的我的私處傳來的，明明白白，快感銷魂。我終於推開了他，我看見他的下唇有些溼潤，旋即湧出一道鮮血，直滴到他的馬球衫前。

我們氣喘吁吁對視著，又都一起回頭，穆先生砰然推開門進了辦公室，愉快地哼著歌。

「咦，卓教授還沒到？不是說要開會嗎？」

傍晚，坐在卓教授面前，許祕書剛給她送進了一壺紅茶，卓教授無言抽完了整根菸，她將菸蒂拋進小碟中。當著我的面，她打了電話給林教授。

電話中，卓教授的雙眼始終銳利瞧著我。

「喂……小林，阿芳就在我這裡……省省吧，給你一個面子，這件事我不追究，你也不用再來了……我怎麼不能？你聽著，你被開除了。」

卓教授喀擦掛掉電話，又暴躁地點起一根菸。

我低下頭，一點也不敢開口，直到卓教授的聲音再響起。

「阿芳啊……」我抬起頭，卻見到卓教授滿臉的柔和，接近一片溫柔，她說：「我今夜就要離開台北了。」

「您要去哪裡？」

「回家。」

「等登台再回來嗎？」

卓教授搖頭。「不回來，這次不回來了，阿芳，我的身體，我自己清楚，捱不下去了。」

「教授……」

「妳不要給我掉淚，」卓教授揚起雙眉，高聲恐嚇我說：「不要那麼軟弱，你們有風恆帶著，有什麼好怕的？弄走了林教授這個禍害，現在我都放心了。」

緊握著自己的雙手，我啞口無言，卓教授竟不願等到我們上台，她就要走了，她在臨走之前，還要大大地利用我一次。

「阿芳，」卓教授又開了口，但這之後她緩緩地吸了半根菸，才說：「怕沒有下次了，告訴妳一些事情，龍仔的事，妳一定以為我跟龍仔怎麼了，也難怪妳，我花了那麼多心思，還是沒辦法開啟他的世界……阿芳，就直接告訴妳吧，龍仔他還是個童男。」

我吃驚於她的直接，也不明白她為什麼要向我提這些。

而且，我不願意和卓教授談這件事。

「妳聽不懂是不是？」卓教授面露慍色，「我再說一次，他還是。」

因為扯開了嗓子，她接著就咳嗽不停，我繞過桌子為她拍背，卓教授弓著身體，嘶喘劇烈，俯著的她又再開口：「阿芳，這一次我不回台北了，唉……全世界我只愛兩個城市，紐約和台北，它們真像，真像，我愛台北，和愛紐約一樣多。」

她嘆著氣說，我始終沒再說話。

卓教授終於坐直了回去，連聲清喉嚨，我還雙手搭在她的肩上躊躇著。

卓教授不耐煩了，她一手取菸，一手朝我頻頻揮舞，「走吧走吧，我還有很多事忙。」

那是一個粗暴的告別，告別中她連看也不再看我一眼。

走出辦公室，我見到許祕書正在打理卓教授的行囊。

教室外面的黑夜，又飄起了小雨，氣溫非常低，原本該回套房，不知不覺，我已朝著墳山下的長巷漫遊而去。

沒辦法了解卓教授的意思，紐約和台北，像在哪裡？一邊是藝術的聖殿，一邊是荒原。

沒辦法明白卓教授為什麼突然提起了龍仔，她想傳達一些什麼？自從來到舞團以後，她給了我那麼多猛烈的灌輸，卻在臨走前，交代得這麼含糊。我突然停了步，只感到一陣困惑，不禁仰望四周。

站在墳山下的長巷裡，長巷裡灌滿了斜風細雨，風帶之上是無語的夜空。

以往多次，在這附近的靜夜裡，聽見的蕭邦琴音，怎麼消失了？空氣中的淡淡花香依稀猶在，但溫柔的鋼琴音消失了，不知道從什麼時候開始，早就消失了。我久久張望著天上的雲層，不能明白，為什麼風中的這個發現，令我非常難以忍受。

看了手錶，方才晚上七點，這夜有個飯局。

我的老東家「縱橫」公司竟然找我回去參加尾牙宴，雖然我的老闆生性念舊，但我知道，這是公司的人情攻勢，資深的輔選文宣人員養成不易，公司向來就需要我的文案。不去顯得不識大體，原本準備拖延晚一點再露臉，這時又無處可去，我揮手招了計程車。

年前的縣市長選舉已落幕，公司照例放了一個月的長假，所以遲到除夕前才辦尾牙，舉辦的地點也怪極了，並不是一般的知名餐廳，計程車司機和我一再比對地址，終於找到了這樣一家奇異的古早台式酒館。

一推開兩片式的木門，裡面正歡聲雷動，我的公司包下了整個場子，又僱來了現場小樂團助興，只見條條方桌板椅，四處擺飾了早期台灣的傢私骨董，入目皆是二三十年代的格調，甚至牆角邊還有一幢老祖母式的木雕眠床，整體上是走復古風情，但這喧譁再加上這些早年閨閣用品，讓人恍如走進了五十年前的妓院。

拜見了老闆，又回到我的老部門寒暄，隨即就領到了一碗豬油拌飯，和一杯很濁的酒。米蟲在小樂團的伴奏下，舉起麥克風，感情豐沛地唱起台語悲歌。

「西卡達呢？」我邊吃飯邊問同事。

「哪，那一坨不就是？」同事遙指那幢木雕眠床。

我放下碗箸過去一看，西卡達已經放倒在眠床上，呈半昏厥狀，他的酒量之糟眾所皆知，但酒宴才開始不久，未免醉得太早了，我搖了搖他。

「唔？」不知道是誰給西卡達蓋上了被子，我覺得在酒館裡放上這樣一張床，不失是體貼的裝潢。

「西卡達，是我。」在喧鬧聲中我扯開喉嚨喊。

「喔，阿芳啊。」西卡達半夢半醒，半笑著。

「你怎麼醉得這麼快？」

「沒醉，沒醉。」

「沒醉的話，你爬起來給我看。」

西卡達果然應聲坐起。我悄悄瞥一眼四周，迅速從背包中掏出一個信封交給西卡達，裡面是我們舞劇首演的門票，每個舞者都分到了六張，雖然也想惠及我的老闆，但顧念著我還有部門重重主管，六張票顯然左支右絀，所以獨留了一張給西卡達，其餘都寄了回家。

西卡達拆開信封，見到舞劇門票，又笑了。他摟住我就是一吻，我想他真醉了。

「阿芳，恭喜妳。」他一說完就頹倒了回去，我連著棉被撐住了他。

「阿芳，」所以他又開口：「這一上台要跳多久？」

「巡迴演出前後要半年。」

「那跳完以後呢？妳夏天會不會回公司？」

經西卡達一提，我想起了我的留職停薪身分，離開公司快半年了，歸隊日期也預定在半年之後，我在一片歌聲划酒拳聲中認真思考，搖了搖頭。「不一定，我有點想寫作。」

吐出真言，我當下羞怯了，於是絮絮不休起來：「不知道能寫出什麼，我很想寫一本有關自由的小說，已經讀了不少相關理論，故事呢？問題就在這裡了，什麼情節也編不出來，沒什麼對象，沒什麼衝突，沒什麼悲劇，連白色恐怖都是笑料的年代，你明白我的意思嗎？西卡達？我說的是我們的生活，沉悶、雷同，像是只有五個音階的琴鍵，要怎麼激盪出旋律？我吃速食泡麵，我喝即溶咖啡，我進電影院看血淋淋的暴力美學，但那多半虛假，我讀後設立場意識流小說，但那多半做作，原來我們是沒有故事的一代，我們是沒有美的一代，要說我無病呻吟，那我沒辦法上訴，你懂不懂我在說什麼？西卡達？」

沒有回應，我偏頭一看，西卡達已沉睡在我的肩膀。

回到我的部門席位，酒酣耳熱的同事們對我採用起圍剿攻勢，從來就是不喝酒的人，但今天我喝得豪放，自忖頂多是氣喘一場，我乾了許多杯，發現這種泡了酸梅的紹興酒相當可口，小樂團歌手的嗓音洋溢著濃厚的風塵味，格外挑逗了我今夜的愁緒迷離，微醺中我史無前例地捧起酒杯，逐桌敬酒而去。

沿著長條飯桌，我一路收聽新聞，每當選舉落幕，領了當選後謝禮金以後，就是同事們蠢蠢欲動的跳槽時分，這於我們公司也算是傳統，在非選舉年度裡，公司總要大量流失人事，多半的人往廣告公司靠攏，帶著一支銳筆，逐高薪而居，台北是一座山，我們是生而只能往上爬的白領階級，這時一聽，接近半數的同事都將要離開。

到了企劃組老同事那一桌，我被攔了下來，老闆正好也在，幾個同事起鬨問我夏天歸隊一事，我據實回答，弄丟了留職停薪證明，竟然有人當場就重新起草了一張，多半是為著討老闆開心，在大家的鬧劇式脅迫中，我重新畫了押。

那麼多雙臂膀旋即抱住了我，雖然這些同事之中，有半數的人已不再戀棧公司。我的酒灑了滿桌，有人給我新添了一杯，舉杯再喝，我與大家應和著小樂團，都唱起歌了。這是我所曾經深深厭倦的公司，我願意付出一切代價更換承載在打卡單上的人生，讓我迷惘的是在同事的胡鬧中我再度感覺到了溫暖，同命相依的趣味，我懷念起了那些群體作息中的虛情假意，虛情假意中的一絲真心，我並沒有與他們不同，都是在平淡中求生，追尋生活中點滴動人的細微處，等待著沉悶中小小的悲喜。

擱下酒杯，只因為突然感覺餓壞了，巨大的飢餓，同事傳遞給我一碗新盛的豬油拌飯，滿桌的台式大菜，竟然樣樣順口，我舉箸不停，以酒送飯，漸漸狼吞虎嚥起來。

「真是稀奇啊，沒看過阿芳喝酒。」一個同事喊著說。

「還喝酒咧，連阿芳吃飯我都沒看過。」另一個同事這麼回答。

這一夜每個人都失之濫情，我知道最後一定是這種場面，縱橫公司常年經營輔選，在酒肆間就是以凶悍著稱，連公司自己人聚餐，也要陣線混亂地互相猛灌，當老闆上台開始主持抽獎時我們都已跳起了舞，彷彿記得我被推舉到了台前，噪鬧歡聲中大舞一場，怎麼下台我已經不復記憶了，只知道再睜開眼時，我就在那幢老祖母眠床上，四周非常窘迫，整張床上荒唐地擠滿了六個爛醉的同事。

什麼人懶洋洋地唱著「愛你一萬年」，我一轉頭，見到西卡達就並躺在身邊，他正看著我，雙眼中精光燦然，他的酒已經全醒了，而我正滿腔的嘔吐感。

「寫出來，」西卡達在棉被中緊緊握住我的手，他說：「誰說我們這一代沒有故事？阿芳拜託妳寫出來，我們這個城市還有我們這一代。」

「嗯。」我虛弱地說，他還是把我握得那麼疼。

西卡達載著我回家，沿路的寒風驅走了我的酒意，第一次喝酒，就醉得這麼不堪，雖已漸漸清醒，我的雙頰還是一片燒燙。

回到套房樓下，一轉念，我又要求西卡達載我去舞蹈教室，只是想著，也許還能再見上卓教授一面。

但是卓教授的房間已經人去樓空，坐在機車後座，和西卡達一起望向全無燈火的閣樓，冰冷的夜風又襲來，仗著最後的酒意，我伏在西卡達肩上哭了起來。

「那是誰？」西卡達問我。

以為教室中無人，原來龍仔就在一片漆黑中，我們都已放假，唯獨他一人練舞不休。我和西卡達都下了車，站在梧桐枯樹下，我們看龍仔的舞。

卓教授已經離去，龍仔失去了探照光源指揮，他不再跳我們的舞，在全黑的舞坪邊緣，放影機正放送著剪輯過的經典現代舞精華，憑著螢幕的微光，龍仔邊看影帶邊模仿，有時流利得更勝螢幕中人，他做了一個經典阿提久姿勢，凝止不動長達十幾秒鐘，連時光都凍結了似的，但是他又不跳了，龍仔在螢幕前靜趴而下，光影灑落幻動在他的裸背上，龍仔的背脊微微起伏。

「美。真美。」西卡達說。在審美上，西卡達對於男性的敏感度本來就高過於我，現在他問我：「那個男孩是誰？」

「他不是團員，他只是見習生。」我輕聲說。

若非酒醉已到了盡頭，只差了一點點，我就要放膽說，那是一個非常美麗的舞者，要說那是一個跳得比誰都好但始終沒被承認的學生，要說我完全弄不懂卓教授和龍仔的曖昧關係也不了解她為什麼會說他還是個童男，要說，但是我愛卓教授，和愛龍仔一樣多。

※

早晨，帶著強烈的宿醉頭疼，我和榮恩進了教室。這天是除夕。

二哥先和我們一起暖身，之後連聲指揮眾人分頭工作，幾個人檢查地板，有人煮咖啡管音樂，有人監督清潔工作，有人前去收發信件傳真，許祕書已隨著卓教授離開，原來她一早就做了這麼多工作。

例行的練舞前講解，二哥先連串公布了今天排練到下午六點，明天休假一天，大年初二復課，初五進場正式彩排等等，雜事談完，二哥點起菸，接過團員遞上的熱咖啡，她才宣布，卓教授已經離開台北了。

「教授回宜蘭靜養去了，不會回來。」她說。

全體譁然，我卻困惑極了，明明記得，卓教授的老家在彰化。完整版的舞劇配樂瀰漫教室，天氣冷得驚人，大家都罩上了外衣排練，龍仔既不練舞也不再旁觀我們跳舞，他只是在教室邊緣閒蹓不停，像個外人。

自從音樂配齊了以後，就消失了的錄影人又再度出現，他擎著攝影機，記錄我們的排練細節，甚至吃喝瑣事，準備剪輯之後送去給卓教授。

下午，在難得的暖陽天氣中，大家都甩脫了外衣，正勤練不已，二哥又將藍衣天使交給龍仔代跳，她就進了辦公室，首演之後的巡迴演出枝節繁雜，她忙得無法分身。錄影人捕捉了一些我們的練舞狀況，開始鎖定二哥拍攝。

溫柔的管弦樂中，那一群面色不善的陌生人就這樣猛扯開了木簾門，銅鈴劇響，大家都站住，只有龍仔又多舞了幾步。

來人大約是十幾個彪形大漢，其中夾雜了一個中年女人。十幾個男人一進門就略微散開，很嫻熟地擺出了陣勢，來勢洶洶，雖然我們人數較多，但顧忌著將要上台，沒有人願意惹禍，團員們退擠成群。

「哪一個姓朱？朱榮恩？」男人之一粗聲問大家。

一片錯愕，榮恩正悄悄地將她嬌小的身影縮進團員之間。

中年女人在男人的簇擁中，環視了大家一匝。她的濃淡合宜的彩妝，她的華而不俗的首飾，還有她威風凜凜的睨視，都貴氣得無懈可擊，看來是個身分非凡的女人。女人筆直走到榮恩面前，榮恩整張臉脹得通紅。

中年女人和榮恩低語交換了幾句，場面突然就變得非常混亂，女人很凶狠地抓住榮恩的髮髻，幾個男人也一擁向前助陣，女人左右摑榮恩巴掌，榮恩的一雙纖細的臂膀於是悽涼地在空中揮舞著。

女人同時高聲咒罵榮恩，措辭從蕩婦、野雞、北港香爐、到公共廁所雅俗兼具，龍仔向前，一手就提起了女人，另一手推倒了她的兩個隨從，他從人群中強力扯出了榮恩，將榮恩護在背後，一瞬間卻變成人人揮拳的更混亂狀況，男團員們和那些男人扭打了起來，我見到榮恩趁亂狠狠揍回幾個巴掌給那女人，女人的髮絲，從華髻上飄零了下來。

女團員們都擠到了教室的最角落，有人尖聲並且毫無意義地喊著不要打了，有人匆忙地逃向淋浴間，我走上前想要拉開扭打的人群，卻在右眼窩上挨了一記重拳，我掩住半邊臉孔，非常震驚，同時發怒了。

「停，我說停！」我喊著，「我們要叫警察了。」

「妳叫叫看。」中年女人又抓住了榮恩的臂膀，厲聲回答。

「有什麼事，請用說的，這樣鬧非常難看。」我也高聲說。

「舞團出得了這種偷人丈夫的野雞，還要什麼面子？」女人用顫抖的手緩緩撫回飄落的髮束，她的彩妝零亂的臉孔上，卻漸漸綻放出華麗得令人難忘的笑容。她說：「鬧得越大，我越開心！」

「既然這樣，不如我們自動把帶子送到電視台，當新聞播放。」有人這麼朗聲說。

全部的人都回頭，是二哥開的口，二哥的身旁站著錄影人，鏡頭正對準了那中年女人，團員們紛紛湧到二哥身邊。

幾個男人見狀，想要上前搶過攝影機，但是大家一起護住了二哥。中年女人以一個手勢召回了這些隨從，她順便再撥了一回頭髮，看起來她相當忌憚上了鏡頭。

「這種醜事傳出去，也不怕舞團丟臉？」女人的聲勢頓時弱了一些。

「舞團都出了野雞，還要什麼面子？」二哥從容答道：「鬧得越大，我越開心！」

「叫你們團長出來。」女人又說。

「她就是團長。」大家一齊回答，並且都笑了。

榮恩就在這個時候，一語不發地跑出了教室。

我們有半數的人都掛了彩，登台在即，這不只是極度悲慘的兆頭，現在連上妝都成了問題，傷兵處處，女團員們奔來奔去幫忙裹傷上藥，我的右眼腫得無法睜視，罩上了一片紗布，我是唯一受傷的女團員。

所以我們提前下了課，各自回家過年。

摀著右眼回到住處，榮恩就在套房裡，雙頰紅腫，狼狽不下於我。

但是榮恩卻哼著歌，她正用電湯匙煮泡麵，她欲蓋彌張地畫了一臉的粉妝。

「妳要不要也吃一碗？我還加了蛋喲。」榮恩問我。

這讓我完全無法接口。

「噯，除夕夜，哪裡也買不到東西，只能吃泡麵。」榮恩自言自語。

我去自己的鋪位上躺了來，閉上眼睛。

「那個賤女人，就這樣放她走了，我哥的風度太好了。」榮恩又這麼出人意表地說，她不停地在套房內走來走去，不知道忙著什麼。

「妳怎樣惹上人家老公的？」

「不知道。」

「怎麼會不知道？」

「那個賤女人從頭到尾沒說她老公是誰，真是無厘頭，害我要算帳也不知道要去找哪一個。」

我睜開左眼，偏頭望向榮恩。榮恩抱著那個舊得綻出綿絮的布娃娃，憑窗眺望著墳山。

「賤女人，算她運氣不錯，我哥今天心情好，不然當場用虧的也要虧死她。」她說。

「榮恩，妳到底有沒有羞恥心？」

榮恩於是親了親布娃娃，長久地眺望著窗外。她的鋼杯裡煮著的泡麵加蛋，冒出了汩汩泡沫滴落在桌面上，榮恩一直沒有關上火，我靜靜地瞧著她。榮恩在窗口的風中，終於顯出了一絲蕭瑟之色，她關上窗，走向書桌時，順手摸了摸牆頭上的大草原海報。

「奧勒岡，應該不會這麼冷吧？」她輕聲獨語。

「應該更冷。」我說，我的右眼疼進了顱骨。

「會嗎？那裡不是都很暖和的嗎？」

「奧勒岡在很北邊，妳知不知道？」

「不知道。」

「榮恩，」我坐了起來，試探性地問她：「奧勒岡靠不靠海？」

「不知道。誰知道？」

「受不了，那不是妳的目標嗎？怎麼連在哪裡妳也弄不清楚？真糊塗。」滿腔怒火，我跳下床，找來了英文字典，翻出美國地圖，指清地點給榮恩。「就在這裡，妳看清楚，記下來，緯度這麼高，靠山也靠海。」

「隨它去靠山靠海，我已經不想去奧勒岡了。」榮恩跺著腳說。

「那現在妳想去哪裡？」

「我要跟妳，妳去哪裡，我就跟著去。」

望著她秀麗的面容，和滿臉凝眼的濃粉，我心中的災難感又油然而生。

「我不要妳跟，妳只會惹麻煩，還有妳的臉，是怎麼搞的？怎麼把自己弄成像個檳榔西施？」我抽出面紙開始狠力擦拭她的彩妝，「有什麼比十七歲更美的？」

「十八歲，」她抗辯說，「痛，好痛。」

我在榮恩的左腮上擦出了絲絲紅跡。她的蒼白的素顏上，卻漸漸生出了一朵笑意，如花綻放在她的大草原海報前，她又開始不勝嚮往地看著我的鄧肯海報。

「她樣子好美，告訴我，她是一個什麼樣的人？」榮恩問我。

「她是一個奇怪的人。」

「有多奇怪？」

「當所有的人都在路上辛苦地前行，她卻跑得更遠、更遠，在沒有路的遠方狂奔。」

「姊姊，」榮恩突然這樣脫口喊出，「我叫妳姊姊好不好？」

「那多肉麻？」

「那我以後只在心裡叫。」

聊作安慰地摟了摟她，榮恩卻將我緊緊地抱個滿懷。「姊姊，姊姊。」她這麼輕聲叫喚著我，她的眼淚頃刻溼透了我的肩頭。

※

榮恩，一個出奇喜愛說謊也愛編造故事的室友，我漸漸發現她的一切言語都荒誕，一切舉止都可疑，現在她央求著我，陪她回一趟家。家，她說，就在離我們套房不到三公里的地方。

大年初一，年味甚淡的台北街頭，人車稀少，百店不開，我和榮恩遍招不到車子，只有步行而向榮恩所描述的那個去處。

從馬路轉上了河堤，我在墨鏡遮掩之後的視野開闊了起來，半荒枯的河面上飄著某種死屍的氣味，滿天薄雲疾飛，我想著，不知道從什麼年代開始，那樣碧藍澄淨的天色再也不曾見了，只剩下這樣低彩度的，接近蒼白的長空，我們在漫天陰霾中又下了河堤。

再轉進馬路邊的小巷，陡見綠樹掩映，樹蔭最濃密處，果然見到了一座方式的門坊，在這一帶落居半年，從不知道左近有這樣一間天主教育幼院。

一進院門榮恩活潑了起來，攬住我的手，她路線錯綜地來回奔波不休，來到小噴水池前，她撩起池水細細聞嗅，穿過兩排互相面對的建築，我們拜訪的對象十分瑣碎，見了一座灰樸樸的小教堂上面那個灰色的十字架，大飯堂牆壁上那只圓型的巨大時鐘，大浴室裡面那具仍舊滴答不停的水龍頭，又來到女孩住宿的大通鋪，裡面瀰漫著露營帳蓬的氣味，這一切都令榮恩開心極了，一個中年男人最後攔下了我們，詢問我們是否辦理了會客。

這人榮恩並不認識，她沒多作理會，又拉著我回到育幼院中庭。

「好多年沒回來了。」她說。

團圓的時節，草坪上坐滿了訪客與院童，多半就地野餐中，榮恩解釋道，這裡只有很少數的孩子是真正的孤兒，其餘大多是因為父母離異，或是過度貧窮，或是家裡橫遭了意外之類的緣由，才住進了此地。

他們的父親或是母親，有時候會來育幼院裡，流著淚，摟著他們，給他們玩具，給他們零用錢。

「我們沒人來看的，沒人給錢的，都跟著院長姓朱，」榮恩說：「院長說我們是主的小孩。」

在榮恩的回憶中，這裡彷彿是個溫馨洋溢的地方，她的記憶力甚強，強及到了兒時的細微處，她開始從一週裡面的作息描述起，直達到美麗的星期天。

「星期天的午餐最棒了，因為這一餐都是大菜，而且說不準會有多少小孩缺席，缺席的要不就是和他們的家長進城去玩，要不就是在花園裡面野餐，我們主的小孩，就負責打掃工作，不知道為什麼，我每次都被分到拔草，對我來說，那些家長通通都來最好，把小孩子都帶出去了，這時候我們就可以分掉他們的午餐，有時候是雞腿，有時是排骨，有一次我記得是整卷的壽司，我們卯下去吃菜，根本沒有人要吃白飯。」她說。

「所以星期天的晚餐最要命，十次有九次都是攙了蝦米花生炒的鹹飯，鹹死人了，再配上一撮超級辣的酸菜。」她說。

她又說，有的時候，一些家長真的把他們的小孩帶回家去了，這種事每隔幾個星期總會發生一次，沒有任何人給這類事情做任何解釋，總是要等到某個床鋪空了，空了非常久，其餘的孩子才明白這個院童是永遠不會再回來了。而源源不絕新來的孩子填滿了這些鋪位，他們總是要哭上幾晚，年紀越大的小孩，哭聲越壓抑，但是哭得越長久。

「小時候我老以為這個世界分成兩半，一半是永遠不會消失的，一半是突然會消失的，一半的人姓朱，另一半不姓朱。」她又說。

並肩坐在噴水池的水泥矮牆垛上，庭院裡緩步經過了一個老婦人，榮恩一見興奮萬分。

「阿婆！阿婆！」她振臂高喊，極度快樂地告訴我：「這個阿婆最好了，她沒事就煮綠豆湯給我們喝。她以前對我最好了。」

老婦人提著一支竹耙子，被榮恩親熱地挽住了臂膀，非常迷惑的神色湧上她的眼眉。

「……榮字輩的啊，」老婦人努力思索，「那是好幾年前的了……」

「我走得比較早，我就是出去讀劇校的那一個。」榮恩繼續提示以興高采烈的神情。

「我想想看……有了，榮典，榮莘和榮華都常回來，沒看過妳。」

語不投機，榮恩換了話題：「朱院長呢？阿婆，怎麼都沒看到院長？」

「退休了，退休好幾年了。」

然後是更不搭軋的對談，榮恩接連興沖沖提起幾個人名，得到的答案是走了，走了，死了云云，最後老婦人又拖著竹耙離去，她始終沒能認出榮恩。

「拜拜，阿婆。」榮恩以飛吻甜蜜蜜地朝她揮別，老婦人侷促地回望了榮恩一眼。

一群孩子執著燄火棒，追鬧中穿過了我們之間。這裡就是榮恩的家，顯然沒有人記得她。

現在榮恩要求我陪她到庭院另一處，一個「夢裡面常常回去的地方」。

還沒抵達那棟建築的走廊，我們就聽見了響亮的嬰兒啼哭聲。

那是一間幼兒房，排列成隊的嬰兒床整齊地布滿了大廳，甚至有不及容納的嬰兒床陳列在走道上，都是一式一樣的高柵欄式小床鋪，放眼望去，大約二十幾個孩子，從紅通通的新生兒到幾達三歲的幼童均有，還裹在襁褓中的或是沉睡或是哭嚎，比較大的孩子，已經懂得在小床上站立，但攀不出柵欄，局限在一立方公尺的空間裡，無限好奇地張望著我和榮恩，我聽見了細碎的晃動聲，一個非常可愛的幼童正用力搖晃他的木柵床，其他幼童紛紛效仿，紡織機一般的搖擺聲此起彼落。

榮恩起了興致，她來到一個哭鬧不停的嬰兒身旁，俯身細細望著那個孩子。

我也看著嬰兒，是個長著兔唇的小女嬰，她的啼泣尖細而且斷續，像是小貓一樣的微弱咽嗚，也許是哭得力盡了，看她的小臉脹成了深紅色，明亮的雙眼來回探詢我和榮恩。

「妳看她是不是快要吐了？」榮恩問我。

「可能。」

榮恩於是抱起了小女嬰，幼兒房內不見任何工作人員，毫無阻攔之下，我們朝門口而去，幾個幼童又開始撼動柵欄，窸窣聲交織成片，我們一路抱著嬰兒，回到噴水池畔。

見了陽光，小女嬰的細弱哭聲突然奔放起來，我們左右換手，疲於笨拙的安撫。

「停，我說停，不要哭。」最後榮恩模仿我的口吻，強力威嚇女嬰。

小女嬰還是抽咽著，榮恩終於找出了要領，水平輕輕搖動她。

「以前就是睡那種木柵床，」滿臉的甜蜜中，榮恩說：「我的運氣不好，附近幾床的小嬰兒都愛哭，愛哭得要命，我沒被煩死真是奇蹟，也沒有無聊死，簡直偉大，小嬰兒太多了，誰有工夫管我們？沒有人抱我們就待在床上，無聊得抓狂的時候，就搖柵欄，每一個都會搖，有時候搖著搖著還會搖出韻律，要是有人搖錯了，我會很生氣，就想辦法爬出去，摑他們一巴掌，把大家都搞哭了，最慘的是我沒辦法爬回床上，只好待在地板上團團轉。」

「又在胡扯了，那麼小，妳怎麼爬得出去？」

「不小，我比其他小嬰兒都大。」

「怎麼說？」

「跟妳說過了啊，我不是十七歲，是十八歲，不知道為什麼，他們把我登記晚了一個年次，好像是正好沒有跟我同年的小嬰兒，大概是為了管理方便吧，我也不曉得，反正他們就把我和小一歲的放在同一個梯次，所以當我三歲的時候，其實是四歲了，幼兒房裡面沒有人比我大，我就是孩子王。」

昨日的孩子王，如今還是個超大的幼童，榮恩此時眉飛色舞，繼續訴說她的童年：「大部分的時候，還是乖乖待在床上啦，別的小嬰兒都笨，我都學會說話了，都會講故事給他們聽了，他們聽不懂，只有一個聽得懂，我從柵欄看出去，她就在隔壁床，她也在看我，我就整天整夜看著她，妳知道這個人是誰嗎？」

「不知道。」

「從柵欄看出去，我看見的是妳。」

「住嘴，太恐怖了。」

榮恩果然住了嘴，不久之後，她訕訕然說：「妳孤僻，可以拿下奧林匹克孤僻冠軍。」

「妳也孤僻。」

「我不是孤僻，我是鼠輩。」

「我是敗類。」

「那我混吃騙喝。」

「我朝生暮死。」

「我混到最高點。」

「我什麼都做錯。」

「我是蟑螂。用拖鞋踩扁我吧，用報紙砸爛我吧，用噴效噴死我吧。」

我們都清脆地笑了，笑了良久，兩人又都靜了下來。

「……妳的確是蟑螂。榮恩。」我說。

榮恩不以為忤，她懷裡的小女嬰已經停止了悲泣，帶著淚痕，正非常有興味地盯著榮恩的臉孔，榮恩以指尖輕輕逗弄她，小嬰兒快樂地搖頭擺尾了，從榮恩的懷抱中掙出小手，試圖揭開我右眼上的紗布。

摸摸小嬰兒滑膩的臉頰，我的心裡想著，我的確孤僻，不論在身體上或是精神上，我都厭惡碰觸旁人，這是我沒辦法喜歡舞蹈的原因。

心裡想著，我從來就沒有清楚看過榮恩，幼稚的她其實深思熟慮，只是在體內儲藏了太大量的嬰兒脂肪，結果熱壞了，再手足無措伸展開來，一再令我目瞪口呆的，是她的緊急的散溫。

心裡想著，我的身邊充滿了這樣平淡的人物，用細微的視力看進去，每一個人，原來都有他們一路的風景，榮恩就在我的身邊，朝夕相處但是我看不見她的無人擁抱的童年，懵昧的人是我，不甘平淡結果十分孤單，在孤單中困頓，尖聲抗拒細碎的折磨，我不懂得幸福，我欠缺了大量的苦難，忘記了我和別人所共同需要的，一點點小小的慰藉和溫暖。

這個兔唇的小女嬰，將有一個什麼樣的人生？什麼樣的路途等待著她？我想起了卓教授嚴峻的面孔，那麼憤怒地逼迫著我，去體會自己的人生，去將成長過程視為獨一無二的小宇宙，然後追求美，追求自尊，彷彿上蒼播種人間，為著就是收割美。

所以我告訴小女嬰，從心裡面發音，有一天，妳就要爬出柵欄，一點一滴，走上和全人類永不再相同的轉折，妳吃苦受罪，撕扯出瘢痂，產生出抗體，製造出唯獨屬於妳的風景，親愛的愛哭的小女嬰，或許到時候妳還是愛哭，那也無妨，在悲歡交織中去面對缺憾，去漸漸了解上蒼所特別賜與妳的，深奧的珍稀的祝福。

晚風中我們將小女嬰抱回了幼兒房，臨走之前，榮恩和我不約而同，逐一擁抱每床的嬰孩，睡著的親一下，哭著的使勁抱住，像是再也不要放手一般。所以他們漸漸都笑了。

從那麼多張甜蜜的小臉孔中，我發現小嬰兒笑起來都一樣，都一樣。

※

大年初二，我們回到教室練舞，趁著午休，我外出買了一本書。

初三，練舞，我斷續閱讀新書，眼傷漸漸消了腫，免除了紗布遮覆之苦，卻暴露了一眼瘀青的恐怖容顏，榮恩和我試盡方法，也不能消滅右眼圈上的森冷之色。

初四，練舞，排練至深夜，終於收課之後，二哥呼朋引伴一起出門宵夜，我因為眼傷有礙觀瞻，獨留了下來，散步來到飄著花香的長巷，一個人家蹲踞在公寓門口烤肉閒談，從他們的聊天中，我無意聽見了，半個月前這巷子裡曾發生過一樁跳樓事件，死者是個非常安靜的，喜歡彈鋼琴的加拿大人。我不能想像，什麼樣巨大的憂傷之下，一個人會將自己付諸墜落？巷子裡滿地落英，金盞花，薔薇花，三色菫，紫茉莉，馬櫻丹，爆竹紅，片片凋萎在柏油路面上，落花與灰塵同色，它們還是散發著芬芳，琴音不再，我仰天望去，沒有月色的夜，只有滿天和相思一樣淡薄的星光。

初五，登台前夕，我們進行最後彩排，二哥和穆先生指揮若定，一切漸漸就緒，在環場絕佳音效的戲劇院中起舞，連襯樂都比平日還要加倍動聽，我們全天候穿著正式舞衣，畫著輪廓鮮明的舞台妝，在天堂布景中燦爛地相遇，遁入陰暗的後台，猛一見面，迥異成了魍魎之屬，光與暗中我們排練，飲食，說話，興奮並且緊張，三合板天堂中的一群豔色天使，光圈搖曳追蹤著我們，迎燈望出去，煙絲迷茫，舞台下沒有卓教授，只有龍仔，他鎮日支援各種舞台工作。

夜裡，二哥與穆先生一起宣布綵排結束，除了穆先生的工作班底留下繼續處理後台事務，舞團全體下課，擎著攝影器材的錄影人竟然跟隨我們到了更衣室，沒有人驅趕他，我們袒身露體，換下一身汗溼的舞衣，今夜將統一由服裝師親自漿洗，待明天再正式穿上。

與大家揮別，我登上了龍仔的摩拖車，他以手語問我：「去哪裡？」

「不是回去嗎？」我以生澀的手語反問。

「不回去。」他說：「我們去動物園好不好？」

「這麼晚？」

「就是等到這麼晚。」

凍得要降霜的夜，從外蒙古直颳而來的寒風一路相隨，我們抵達了無人的動物園，龍仔開鎖，直接驅車來到土狼的柵欄前。

見到龍仔，土狼搖起尾巴，像一隻馴犬一樣的搖法。

「昨天半夜我來看過牠。」龍仔打手勢說。

我看得懂。

「我開了籠子，想放走牠。」

「不會吧？」我笑著問。

龍仔也笑了，他解下頸上的紙簿，開始書寫：「本來想放走牠，但是不知道牠能往哪裡去，外面不是牠的環境，牠自由了，永遠也找不到牠的同伴，我只能讓牠流浪，本來又想殺了牠，但是我沒辦法，籠子的門就這樣開著，牠看我，我也看牠，我讓牠自己決定。」

「結果呢？」我問，雖然見到了土狼安然無恙就在眼前。

「結果牠跑出去了，在小山丘下面繞了一大圈，我陪著牠走路，天亮的時候，牠又自己回到籠子裡，所以我又鎖上牠。」龍仔寫。

「你做得對。」我所強記的手語到此告罄，緊急從背袋中翻出新買的手語書，略翻幾頁又放棄，我取過紙筆書寫：「放了牠，牠也無處可去，狼天生是群居動物。」

「牠離群了。」

「龍仔，」我寫，「但你是牠的朋友。」

「我知道。群居動物可以感受孤單，但只有人才會寂寞。」

我沒接筆，原本想要說，生活在這時代，至高的修練不在排遣寂寞，還在培養幽默。龍仔拍拍機車座椅，示意我坐回去，回到了動物園後門，他又擱下了車，我們沿著捷運線漫行，這台北最擁擠的假日去處，只差了六個鐘頭的光陰，荒涼得如同鬼域，整條新光路上店家緊掩，黑暗中不見任何人煙，太冷了，我們找到了一台自動販賣機，投幣選取兩罐熱咖啡，握在掌心，只為了取暖。

「龍仔，」我將滾燙的咖啡罐攏進懷裡，騰出兩隻手，比劃出我練習了三天的辭句：「登台以後，你有什麼計畫？」

「離開舞團。」他說，寓意於形，我發現看懂手語並不難。

「你要去哪裡？」

「哪裡都好。」

「不再跳舞了嗎？」

「不一定。」

「我聽不懂。」

「我已經不想上台了，我欠的東西，不在台上。」

我於是不再走了，龍仔猶自前行了幾步，回頭才發現我的停足。向他要了紙簿，我寫：「龍仔，請不要完全相信卓教授，她逼你自己尋找出路，那是她的思維，你有你的人生，請自己作主。」

只是一排字，龍仔卻低頭閱讀半晌，讀完後他看著我，是那麼清朗的表情。

我們這時站在新光路的騎樓下，他向我要了髮夾，轉身就開啟了身邊這個店家的鐵捲門，又一彎身猛力托上門扇。

「龍仔，你在做什麼？」意外之下我脫口輕喊，旋即又掩住了嘴。

這是一家速食香雞城，全黑並且死寂，空氣中揚出一股濃濃的蟑螂味，陳列整齊的壓克力座椅間傳來一陣輕微的鼠嘰。「什麼人生？這種人生嗎？」龍仔用手語問我，舉止雖然離奇，他看起來興致非常好，雙眼亮晶晶地逼視著我。

龍仔繼續開啟了隔壁店家，一間土木工程行兼營抓漏處理，同樣無人，但從店內樓梯口透出微微的燈光，我聽得見來自二樓隱約的電視聲響，聞得見一些殘羹剩飯的氣息。

「這種人生嗎？」他問。

「龍仔，別鬧了。」我輕聲喊他，拉住他壯偉的臂膀，徒勞無功的程度，就如同一隻蜻蜓撼動樹幹。

「教授並沒有逼我，她只是沒有寵我，她要我獨立。」不知龍仔是否這麼說，在他快速的手語中，我寄予八分的想像。

現在龍仔繼續開啟下一家門扉，這是一家電信器材行，他碰到了複雜的鎖頭，就蹲下身盎然有味地細細觀察。

自行從他的頸上解出紙簿，我寫：「教授從來沒有要你放棄舞蹈的意思，她是對你的期望太高，你能明白她的用意嗎？龍仔？」

「當然明白，我們有過承諾。」龍仔看了我的字筆之後，以手語說，他繼續開鎖。

「什麼承諾？」

「祕密。」

一時氣結，我寫：「龍仔，你能不能保留一些自己的想法？不要全部以教授為主？」

「她是在教我跳舞。」

「教到床上去了嗎？」

龍仔望著我，他的神情坦白得空洞，他接過紙簿寫：「對。」

「教授說你還是個──」寫不下手，我喃喃自語：「她是在騙我。」

但是龍仔看得懂我的雙唇。「她說我是，我就是，那跟感情無關，只跟舞蹈有關。」他寫，筆跡漂亮，內容可憎。

啪一聲，門扇在我們面前推開，燈光如瀑布瀉出，電信行一家老中青三代持著各式護身武器出現在眼前，拖把鍋鏟菜刀啞鈴皆有之，見到我滿臉的舞台濃妝，倒是他們驚嚇在先，我抓起龍仔的手，飛奔而去。

龍仔是我生命中另一個災難來源，疾跑經過幾個紅綠燈，才甩脫了那一家人的十八般武器，平常人跑不過舞者的長力，我和龍仔繼續我們的午夜狂奔，而且都漸漸笑了，一笑不可收拾，逃回到動物園後門，熱壞了，我們都撐住膝蓋劇烈喘息，倚著龍仔的身軀我卻笑得那麼尷尬。我開始了哮喘。

匆忙失措，我打翻了背包，雜物滾出一地，但小藥瓶還在袋底，龍仔幫我拾起了背包，慌亂中伸出手想要探及它，龍仔卻將背包高高舉起，到了我不可及的高度。可惡的玩笑，我不再笑了，嘶喘如雷，猛烈搖撼龍仔的臂膀，來不及書寫，我喊著給我，給我小藥瓶。

「不要小藥瓶。」龍仔用無聲的口型說，極度缺氧中我暴躁震驚，我並不認識這個人，從來就不了解他，卻笨拙地將心情託付於他，現在龍仔用另一隻手緊緊地勒住了我的手臂，他那麼有力，那麼有力，瞬間我回想起了初見到龍仔那一天，當場驚異於他在舞蹈中的力度與高度，因為他舉手投足皆抵達了我所不可及，在那個盛夏的寧靜的午後，在那道清脆鈴聲的餘音不息中，我半途闖入了舞團，彷彿預感著一段豐盛的發現之旅，而現在憑著他的力度與高度，龍仔可以任意終結我的呼吸。

右手腕被他箍得瘀血了，我以左手胡亂攻擊，我是一個闖入者，從在母胎就深深不被歡迎，闖入這個世界，我情非得已，我萬分不願意，我搪塞著我模仿著過活，我讀書我工作，只是我從沒填足那個空缺，比任何物質還要實質的空缺，帶著黑洞一樣的吸力，逼著我拚命投進任何觸手可及的東西，但沒有任何東西，可以填補如此大量的空氣饑渴症。

「我要死了，我就要死了。」用盡了最後的力氣，一縷呼吸微弱中，只剩下淚眼滂沱。

「妳不會死，妳不會氣喘，妳沒有氣喘。」龍仔用無聲的口型一再地說，我在他的臉上抓出了條條血痕，他始終沒有放手。

昏眩，思維迷茫，依稀見到了一波一波湧來的海浪。柔軟的淺藍色海水，在陽光下閃閃發光，薄薄一層水面無盡溫暖，水面以下十分冰涼，我的裸背已經曬傷了，一個動靜，都要扯裂開脆弱的皮膚，浸在海水中的下半身，又凍得僵硬，我的手心裡，緊緊握著一個撿拾而來的白色貝殼。

只是隨著退潮漂流而去，七歲的我趴在浮板上遙望海岸線，海岸線上成千上萬個人蹤錯疊，爸爸帶著我到訪快樂的夏末的淺海灘，從沒經歷過那樣擁擠的海灘，漂浮中我漸漸被擠了離去，慢慢漂出了安全臨界線，開始驚慌時已經沒有人能夠望見我的蹤跡。

海潮聲聽起來那麼熟悉，原來大海遠在我的水生原始動物年代就已打下了印記，將臉沉進透明海水中，一群泛著孔雀綠和寶石藍光的天使魚盈盈穿過我的長髮，壯麗動魄的海底，嘈雜同時寧靜，那是一個冰冷的葬身之處，混亂中我不能明白死亡，離開一個我所不情願的地方，回去一個我所不屬於的地方，只是換一個地方隱藏，但我只是個勢單力孤的孩子，該怎麼藏？當救生艇來臨時，我正因為第一次氣喘，掙扎中扳住了浮板，卻遺失了貝殼。

萬分遺憾望著貝殼緩緩降落，現在我又見到了它的垂直航行，沉沒，沉沒，直達到最黑的地方，無聲的深海魚輕柔地滑過，一絲穿過海水的陽光緩緩下降，變成了無彩世界中的七彩粉塵，融化了，釋放出七彩的泡沫，純淨成安詳的黑色海水，混和著淚的鹹味，滴落在貝殼的身旁，地殼震動，傳導成手腕上的刺痛，我才發現龍仔還緊扭住我，氣喘已經平息，對望龍仔的清澈雙眸，我知道我再也不需要小藥瓶。

龍仔放鬆了他的挾持，天又開始飄起了小雨，絲絲如冰，龍仔轉身準備啟動機車，我輕輕扯了他的衣袖，「我願意。」我響亮地說，龍仔於是笑了，以雨水為鑑，我們第一次真正共舞，在紅磚人行道上，龍仔先施展開了他的奔躍步，我踢開了靴子跟上，午夜的台北最南端，沒有人看得見我們的雙人舞。

人行道容納不了舞幅，我們占據八線道馬路，沒有音樂，燈光稀微，但從沒擁有過這樣清晰的知覺，只感到所有的模糊都撕扯而去，空氣清冽，視覺逼真，風聲豐富，我浪費了半生的聰明，我看得見千百種表情無數鐘點的電視和書汙染的天空擁擠的大地，我看不見人情世故情慾交雜汙穢中那一丁點以了解和溫暖照明的光亮，我懂得偽裝，懂得對抗，懂得藏匿，懂得拋棄、欺瞞、迂迴、揶揄、婉轉、哀傷，但不懂得原來愛是讓別人幸福的力量，不懂得美就是去愛一些什麼，去堅持一些什麼，去滿足昂揚伸展的渴望。

隨興所至，我們合演〈阿依達〉的經典片段，龍仔跳得盡情，後翻在他的懷抱中我突然心猿意馬，銳利的知覺極度催情，我的背脊感受著他的筋骨血肉，瞬間激發了澎湃的慾望，唇乾舌燥，正要擁抱住他，一輛無客的公車轟隆而過身旁，呼嘯灑出一道道黑白瞬間交錯的強光，所以我的胳臂又轉向成舞，並且臉紅於我的放蕩。龍仔那麼專注，舞蹈之中他比我潔白千倍，真實千倍，他每一舞就又是初生的童男。

珍寶埋藏在深土裡，用盡一生的挖掘還是驚奇，是偶然也是幸運，我們生長在這個沉悶的，笑淚交織悲歡莫名的時代，快樂並且痛苦，快樂使人滿足，但是痛苦使人覺悟，隨著龍仔的寧靜而舞，不為視線只為揮灑而舞，這靠山的台北接近全暗，黎明遠在一萬哩以外的東方，全暗與全靜中想像無限起飛，我發現了一個被我的聽力阻絕在外的，全新的，驚奇的，無聲的世界。

太多的感覺遮蔽了更多的感覺，太滿溢的生活壓抑了真正的生活，驚聲喧譁，叨絮埋怨，只是因為不滿足，不滿足於只是存活著，追求生命之中至美的渴望始終莽撞，左衝右突，百轉千迴，這麼想著，我舞得更起勁了，如果有另一個世界，另一個世界，我正要接觸那個絢爛幻境，嘹亮的無聲之聲來自遠方也來自心裡，心裡面那一隻燕子，從沒停止過它的細語呢喃。

龍仔揭開了我的心房，在心房的最深處，我們都只有一雙翅膀。

所以我養成了在日記裡和龍仔對談的新習慣。

龍仔，多麼想要告訴你，和你對話多麼有趣，我與他人溝通以精準的語言，瀰天蓋地的語言，精準同時失真，原來模糊更能容許大量的想像。

還是只能用精準的方式告訴你，龍仔，關於登台首演那一夜的情景。

你也許不知道，那一夜的後台，有多麼嘈雜，並且有多麼死寂。

化妝師忙碌地奔來奔去，我的瘀血眼圈引來了全部化妝師的挫敗惆悵，加量的粉液塗在臉上，我從體內感到難以呼吸。後台憑空出現了那麼多的陌生人，製造出混亂的聲浪，尖銳的對講機吵鬧不休，每隔半小時的倒數計時聲聲催促，陌生的記者擠進了化妝室，即刻被另一群陌生人趕了出去，有人的舞衣臨時出現了破綻，有人彷彿爭執了起來，有人突然嘔吐，喧譁中榮恩又開始了她的吐納發聲練習，半個世界的音波都灌進了後台，我非常地懷念起卓教授的高聲咒罵。

唯獨不見卓教授，那一夜我們都感到前所未有的孤獨和徬徨，我們都緊緊跟隨著二哥，她走到哪裡，我們就湧向哪裡，二哥不勝其擾，掏錢遣你出去買東西。卓教授要是知道那天後台發生的事，很可能會活活掐死二哥，如果她的雙手還有力氣的話，我想她有，她是那種滅頂前也要捏碎最後一根稻草來解恨的人。

※

當你抱著滿懷的紅酒擠進後台時，雖然不能置信，但是我們全體歡呼，沒有酒杯，二哥讓我們傳遞酒瓶啜飲，我知道她留意著每個人的酒量，也許她要的不只是微醺，最後我們都開始笑了，像是吸了大麻一樣的爆笑，笑聲中才發現所有的陌生人消失無蹤，離上台倒數十分鐘，我們又一起安靜了，靜得聽得見汗水流過背胛的聲音，龍仔，那是真正的寧靜，要先經過喧譁才能體會的寧靜。

卓教授並沒有留下來，我知道她的意思，路途，重要的是那一條路途，我們上台之後的一切，已經在她的意料之中，所以在興趣之外。

她已經給我們上了最後的一課，不需要分心，只要跳出美。

強光烤裂了我臉上的粉妝，光裡面我始終沒見到一個觀眾，雖然知道他們坐滿了廳堂，我只看得見煙，煙絲繚繞中流水年華洩洪一般地沖過腦海，我回想起歷歷在目的那些轉瞬陰晴，那些圓缺無常，又發現大廳最遠端那盞聚光燈多麼像月光。

和二哥的雙人舞中，每一照面她就給我一個微笑，她是要我敞開懷抱，我們有三十三次撞擊式擁抱。

你看得見榮恩跳得那麼好，她是一個維度守護者，她飄忽但是精靈，一次又一次支離我和藍衣天使的過度接近，真的接近了，是結束的時候，我開始喜歡榮恩的舞姿，她的舞淘氣而且豐富，是她在災難性的如影隨形中，隱約逼迫著我，認識不去冷漠的方法。

但是我不能再注目於她，我甚至不能展現任何表情，我要跳出寂滅與虛無，賣力地跳，一邊想到了，我們的演出不是舞蹈，不是劇情，是舞者成為的那個媒介，媒介到達那個朦朧相識的彼岸，用創造力觸及那冥冥極限。

有限的生存，夢想著經典與永恆，我的肉身不夠堅強，精神不夠豐滿，告訴你一個祕密，一直想寫作，但從來沒動筆，是因為我知道，那還是逃脫，藉著彷彿遠離塵俗的方式逃脫我自己，這麼說非常含糊吧？我找不出更精準的語言，模糊來說，都是因為寂寞，只是需要一點點物質就足以生活，但為什麼總是覺得缺了大量的愛，大量的愛？所以開始非常希望多了解別人一些，多被別人了解一些，期望著一個用了解和希望照亮的世界，那是真正的美。

為了美，我要重新進入這個世界，再來一次有血色的人生。

舞劇的後段，當我扮演諸神的同伴們前仆後繼垂死於天堂之路上時，不動聲色是我的舞蹈的最大挑戰，卓教授給了我一個非常困難的角色，天堂路上充滿了荊棘，注定要流些血液，掉些淚水，回憶起教授們以前常常調侃我們是溫室中的花朵，我心裡想著，是花朵沒錯，但卻是荊棘生的花呀。

我跳出來了，你看出來了。

你是一個非常好奇的人。因為同樣好奇，我也想要揭開你的世界。

我的視覺是在舞竟時還原，掌聲如潮水，大廳燈火齊亮，瞬間我才看見了那麼多張激動的臉孔，掌聲中，我見到坐在第一排的你，你的無限喜悅的臉容，還有你身旁同樣快樂的克里夫，俯身謝幕前，我又見到了西卡達，上台前我就已默記了他的座次，他的身邊，是我的爸爸，我的瀕近臨盆的姊姊，還有小韋。

抱了滿懷的獻花，俯身答禮時，我在心裡輕聲說，我為你而跳，龍仔。

你可曾聽見，我的聲音？

汗。

※

「再說吧。」二哥新點了一根菸，大寒流的天氣裡，她只穿著卓教授的黑舞衣，並且還冒著汗。

二哥舉臂一撥她削薄的短髮，我注意到那件黑舞衣的脅下部位已舊得綻裂成縷，又仔細地縫綴以黑色的絲線。

登台演出三天，我們回到教室之後，還是持續日常的排練，接下來是各地巡迴演出，因為加演邀約不斷，再加上出國演出行程，現在舞團必須和我們延長合約，新的契約中，我們的薪資福利大幅提升。

「怎麼能夠再說？二哥，這種事不能開玩笑。」我說。

「誰跟妳開玩笑了？是妳自己不用大腦。」

「二哥，我非常認真地再說一次，新的約我不能簽。」我望著煙霧繚繞中的二哥。「我真的和公司約好了，只能跳到夏天。」

「告訴我，現在妳喜不喜歡跳舞？」

「喜歡。」

「這不就結了，那還三心二意做什麼？這種演出機會別人求都求不來，妳怎麼這麼笨？」

「二哥，我真的已經決定了，巡迴期那麼長，夠訓練替代舞者了，要不妳找龍仔，他也可以跳啊。」

二哥手指猛地一拗，折彎菸蒂凌空拋出，劃過一道漂亮弧線落進小碟中。現在她瞧著我，我想我認識這個神情，那是排山倒海的不耐煩。

「這是妳的還是我的舞團？」她說。

坐在車上，望著濱海的風光，繞過了北台灣，東方的海際是上升的暖陽，我們分了幾車列隊前行，除了二哥留在台北忙碌公務，所有的團員結伴上路，前往宜蘭探望卓教授。

克里夫從他父親的公司借來了一輛九人座廂型車，雖然腿上還帶著傷，但他堅持開車，我們依了他，這一車的團員一路上享受了優美的音樂選播，同座的榮恩告訴大家，卓教授靜養之地，是她的獨生女的住處。

意外極了，從來就以為太過度愛自己的人，不願意製造下一代，但原來我猜錯了，卓教授有個女兒，不是記得她從沒成婚嗎？

午前就抵達了宜蘭，因為住處偏僻，卓教授的女兒相約在市區等我們，幾輛車陸續趕到，大家先下了車見面，這個身材雄壯的女兒大約四十來歲，也姓卓，非常明顯是個混血兒，但她說得一口宜蘭腔的國語，言談之間很有著男兒豪爽之色。跟著她的車，我們渡過了蘭陽大溪，轉下省道，再轉入鄉間小道，望海而行，沒想到路還有這麼遠，只見路旁房舍越來越矮，景色越來越荒瘠，直到了一個遍地稀疏分布著野生蘇鐵的矮丘地，我們就見到了那棟單獨聳立的白色小樓房，許祕書正在門口等候我們。

進門前，我們先詢問卓教授的女兒，見卓教授時可有任何需要戒慎之處，她爽朗地仰天笑了，說：「有什麼好顧慮的？她呀，死硬得很，百無禁忌。」

我端詳著這棟荒地上的屋子，看不出這是日常住家還是工作用地，猜不出這女兒做什麼生計。

卓教授就在樓下的臥房裡等著我們，一見面就展露了實在讓我們不習慣的笑容，我想她的女兒所言不實，卓教授的氣色非常灰敗，她半躺在床上，插著針劑，縛著氧氣管，她穿著一套純白的睡衣，滿室插了至少上百朵香水百合，向海的窗沿上，燃著一爐水沉香。

濃得像霧的強烈芬芳擊敗了我們，而且上著氣管的卓教授並不方便說話，一一向她請安，獻上特意為她準備的錄影帶之後，她的女兒就催促大家進餐廳一起用午餐，卓教授招手要我們向前，輪番摸了摸大家的額頭，在她的撫摸之下，龍仔顯出了靦腆的神情，他快速低下頭，從書包裡掏出了一包菸，正是卓教授慣常的那個牌子，大家都揚起了眉睫，又都笑了。

被她觸及了眉心，我的淚水就滾落下來。

所以卓教授單獨要我留下，大家都出去以後，卓教授皺起眉頭揮揮手，指示我扶她坐正。

「整個舞團，就妳最愛哭了，小阿芳。」她扯開氧氣管，萬分煩悶說：「憋死人了，點上，給我點上菸。」

顯然卓教授又被禁菸了，臥房中並無打火機，我去餐廳找到阿新借火，回臥房給卓教授點上香菸，有人輕叩房門，許祕書在門口以手勢要我噤聲，她偷偷塞給我一只菸灰缸。

「上台的事情……不用說，」卓教授打斷了我的話頭，「不用說了，讓我想像……」

她執菸的手揮至臉側，像是下意識地想要阻擋聽覺，只是力盡於半途，一道火光在我面前墜落至她的胸脯，我扶住了卓教授的手，看著她抽進第一口菸。

「大家都很想念您，教授。」我說。

「我想念台北。」她說。緩緩吐出煙霧以後，卓教授無盡欷歔地望著煙束，進入了屬於她自己的往事，直到整根菸抽完，不待她開口，我再點上一根。

第二根菸燃起了她的談興，卓教授開始了她的凌亂敘述：「也喜歡巴黎，但是那時候我只想去莫斯科，去成了沒？去了，半個歐洲都去遍了，最遠還渡過地中海，到了摩洛哥，連沒想過的地方都去了呀……」

「不是說您最喜歡紐約的嗎？」

「唔？紐約？誰說我喜歡紐約？那麼像台北，連走路都要小跑步的地方……妳去過紐約沒？沒去過？告訴妳吧，就像台北，我剛去的時候可不覺得，一句英文也不會說，到處被人騙，遇見法國人，高興得好像見到了鄉親……唉，我的起步很早，加速太晚，你們只見得到我後來的風光，那時候的苦，沒人知道哇……二十八歲，就跟妳一樣大，才沒多大的年輕人，沒前途，從零開始，四處被拒絕，偏偏嘗過了票房紅星的滋味，連要訴苦也沒個對象，妳說能找誰？連語言也不通，躲在租來的長期旅店裡，悶得慌了，只有拚命讀Saint John Perse的詩集，大冬天，雪下成那樣，妳說像話嗎？真不像話，一杯黑咖啡，擺在窗戶前面，沒多久就結了冰，用叉子鑿一鑿，再喝，每一滴都是你的墳，冰冷的黑咖啡，黑得像死亡，苦得像人生……」

那是Saint John Perse的詩，我覺得她的談興雖好，但言辭飄忽了些。

卓教授的上唇被氧氣管壓出了一道深深紅跡，不忍再看，我側眼望去，她床畔的小几上，擺置著一幅陌生的雙人舞影，這時看仔細了，是二哥和她的舞伴。卓教授並沒有停止憶往：「……然後就拜了一個老師，我告訴過妳沒有？沒有嗎？是妳忘了吧？再告訴妳一次，不要再忘了，真是個老師，本來是舞蹈基本教義派的健將，那時候退休了，老傢伙一個，孤僻得要命，一個人住在Utica，半山腰上面跟鬼屋沒兩樣的地方，妳知道Utica在哪裡嗎？很遠，離紐約那麼遠，但是他不讓我搬過去，說什麼也不給搬，他逼我在紐約城念大學，四年，跳念完大學和人文研究所，他要我在兩個城中間來回開車，整整四年拚命開車，第一年更糟，什麼都不教，就叫我劈柴，劈上一年的柴給他過冬，我每天趕著開兩百哩的車就是給他劈柴，最糟的是他的莊園車子還開不上去，把車停在山下，咬著牙爬上去，該死的上坡路，永遠的汗流浹背，一路爬，一路用我會的四種語言拚命咒罵，天地都罵遍了，拿起斧頭，再罵，我的一雙手，就是那一年練出來的，妳摸摸，我的手，摸摸看……你喜歡我的手，但是又討厭我，不要我跟著你，我沒猜錯吧？……」

我到此確定她的神智並不清楚，現在她已經轉而使用英語了：「……你是在和我捉迷藏，我還不知道嗎？知道，見到你第一天，我就知道了，要花上一輩子不停地想念你，在堪薩斯那一年，你說，龍捲風是天和地的交歡，為什麼你心目中的美總是充滿了毀滅感？在毀滅當中創作，你就愛這樣吧？在創作當中作君王，這就是你要的吧？把我弄得那麼遠，現在你開心了嗎？你說這叫作獨立，但是沒有人在身邊愛著你，人要怎麼去獨立？搞成了這樣，說我們聰明麼，蠢得來不及去愛，我看見黎明的東方，卻是你的西方……」

卓教授是在作詩了，我沒敢打斷她。

「……從紐約到Utica那一路，你老是開得那麼快，快得叫我追不上，你還記得嗎？那條路傍著的那條河？沿岸滿山都是楓樹和橡樹，隨著季節的變化，樹叢從綠色轉到深紅……樹蔭真濃密，河水在陽光下閃閃發亮，河上常有人駕著旅行用的風帆，那條河真長，穿出紐約就是海了，往北要到五大湖去，我們邊開車邊看著那些風帆……一趟車要開兩個多鐘頭，一路上趕命一樣，只急著快點走完……阿芳，」她突然換回中文喊了我的名字，原來又是要菸，再給她點上第三根菸，這次她不抽了，將燃著的菸擱在菸灰缸上，只是看著煙，她又說：「我來問妳，妳這一輩子最美的風景，在哪裡？」

「……我想一想。」

「不對，不對！」卓教授生氣了，鼓起餘力使勁一推我的額頭，「還要想，就表示妳不知道。」

沒能進入責罵，卓教授開始了劇烈的咳嗽，我扶著她的背脊，直等到她的嗽聲轉成微弱的斷喘，才答道：「看過很多美麗的風景，很多，一下子我說不出來。」

「妳又忘記了，不是早就教過妳了嗎？看進去，要用上妳的感覺看進去，就不會糊塗了。」

卓教授氣喘吁吁這麼說：「好好的風景，都是在糊塗裡面浪費光了，不要等到後來再去懊惱，當下看得見妳生命中最美的風景，不用在回憶中去追悔，那就是幸福，妳懂不懂？」

「教授，您的最美的風景在哪裡？」我問。

「四十年，」卓教授闔上了雙眼，長長吐出一口氣，不再喘了，她輕聲說：「花了四十年才想起來，趕著開車劈柴，趕命一樣那一趟路，還有那一段該死的上坡路，就是我這一輩子最美的風景啊……」

一邊咒罵一邊眷戀的往昔，吐訴在這恍惚的彌留裡，她捻凹香菸，彈出一道頹敗的弧線，我匆忙端起菸灰缸，在貼近地面的時候接中了菸蒂。

「阿芳啊，」卓教授再閉上眼簾，我這時又感到她的神智其實非常清楚。「妳知道整個舞團裡面，我最羨慕哪一個人嗎？」

「龍仔吧？」

「錯了，我最羨慕的人是妳，」她睜眼，射來一道凌厲的責備光芒，卓教授的問題我從沒押中過一次答案，想來見我挫敗也是她的人生樂趣之一，她的呼吸又急促了起來。「阿芳，妳不知道妳有多稀奇，你們這一代不一樣，得天獨厚，從來不用吃苦，只是又可憐，什麼路都給人打好了，什麼見識都有了，就是沒力氣，養得太好，闖不出去，好好的資材，忙著去跟上潮流，忙著去劃下地盤，都是隨波逐流，但是阿芳，妳靠近一點，近一點……」

越來越喘的卓教授試著挺起身，我深深俯下去，她緊貼著我的耳垂，只聽見微弱的呵息傳來，那一刻我真擔心她就要在我的耳畔斷氣。「……但是阿芳，妳能抗拒，那是上天特別給妳的力量，不要浪費了它。」

原本以為她就要吻我了。如果她真這麼做了我不會拒絕。

很久之後我才回想起來，那是卓教授給我的最後一句話。

※

往北疾駛的一路上，我們就見到了前方快速暴漲的烏雲，像一艘幽冥母艦降臨，召喚她的子民。

驟雨阻絕了我們的歸程。

這是北海岸接近龍洞的路段，克里夫放棄前行，他將車子開下了一條蜿蜒的坡道，才剛來到海邊斷崖，狂風暴雨就遮掩了最後一道天光。這是一場不尋常的大雨。

從車窗的水幕中望出去，濃黑色的海洋起伏暴躁，閃電絲絲接觸海平面，雷聲震撼了我們的座車，克里夫於是熄了引擎，他艱難地攀爬進後座，換上一片重搖滾為天地助興，我們都尖叫了起來。

只有龍仔是安靜的，雖然他永遠安靜，但是這一路上龍仔顯得心緒迷離，此時的雷震與閃電令他開懷，他不顧大雨鑽出了車外，砰一聲又關上車門，將我們囚牢在猛烈的樂聲雨聲海濤聲中，雨水潤溼了他的一身薄衣，我見得到龍仔滿身虯結的肌肉，在水漬中華美得像是要泛出了霜花。

龍仔來到懸崖的最邊緣，他望見了浪花中那艘白色小艇，於是轉身以手勢呼喚我們。面面相覷，克里夫第一個推開了車門，我們爭先恐後奔跑而出，但是大雨又在這時候突然停了，我從沒見過來去得這樣乾脆的雨。

瞬間放晴，眼前的海天純藍得清朗，我們都爬上了車頂，克里夫樂隨境轉，他扛出音響，換上一片輕柔的陶笛音樂，在悠揚的笛音中大家都遠眺著小艇，小艇上依稀見得到兩個人，正迎風潑灑出一把細塵。只有我看出來了，那是一個海葬。

幾個團員驚聲喊叫，龍仔正攀著斷崖爬落下去，我們來到崖邊跪看著他墜落式下滑，抵達崖下海邊的一小片石礫灘，然後朝著我們快樂地揮手。

這是冬末的海邊，最寧靜的一天，接近全盈的月亮正隱約浮出了海面。

「就是這裡了。」龍仔在崖下以手語說。

「他說什麼？」大家都問我。

「他說，他要在那裡跳舞。」

大風灌滿了龍仔的衣襬，從懸崖頂端望下去，龍仔佇立的姿勢是藍色流光中的一道猛弓，疾射而出，戳穿我們所有的舞蹈經驗，動靜韻律招式全無，只剩下像海風一樣無拘束的體能揮灑，以為他要擺開滑步，但是趾尖一個虛點又昂揚成勁挺向天，以為他要滾翻了，一個側旋他以極不可能的角度再度聳立，隨風後仰，風隨即撕扯而去他的外衣，龍仔是在自娛，他不取悅，他是一個天生的舞蹈魔鬼。

在龍仔的原創舞步中，我們卻都一起想到了卓教授，心靈因此都回歸到了溫柔的角落，海風吹拂，我回憶起進入舞團之後種種，到了這一天，我認識卓教授正好滿半年。

不再模仿的龍仔跳得那麼離奇，美與醜俱現中我們深深感動，為掌聲所追求的經典與永恆有多麼單薄，在光陰的洪流中，真正的損失，和真正的收穫一樣稀少，龍仔的世界與我們永遠不同，總是掛念著他不能上台的遺憾，不過是我的庸人自擾，龍仔自有他的一雙翅膀，因為空氣稀薄，他將揮舞得更強壯，那是自由飛行。海風中我彷彿再一次見到了卓教授所扮演的燕子，穿越千山萬水，有時找到了同類，有時又單飛，但飛行從沒停歇，終於成就了一條路途，專屬於自己的風景，那是自尊，因為自尊，所以美。

我們都靠著崖邊坐了下來，靜看龍仔全心全意的自由舞蹈，我明白了龍仔與卓教授的神祕承諾，他是她的最後一個作品。

在創作中，她就是一個無上的君王，狂妄得荒廢了一座城市，造成了一片森林。

所以我知道，從此要花上一輩子，不停地想念著今天的大海。

笛音繚繞，那是專屬我們的聽覺，龍仔心中自有韻律，他的舞姿我們無人能及萬一，因為他跳出那種我所可念不可及的美，所以我非常快樂，快樂得足夠用一朵笑靨為他伴舞，我的舞蹈歲月就在這笑裡結束了。冬末的寒風中，從我的內在深處，漸漸釋放而出了暖流，原本就屬於我但卻等待了一生的東西。我依稀見到了我的輝煌的、輝煌的天堂之路。

我想卓教授是對的，這是一個值得咒罵也值得眷戀的世界。

不用後悔，不用來日再去回味，我已經看見了生命中最美的一段風景，就在此地，此時此刻，龍仔的童男之舞。

這一剎那，我感覺到了巨大的幸福。

（全文完）

我要把這本小說獻給元隆大哥，

謝謝你，

是你多年來的溫柔和寬大，

幫著我從一個無所事事的女孩，

長成了一個寫作的人。

你的吉兒妹妹．少麟

飛翔的高度

——朱少麟燕語呢喃

Q1：少麟姊有學過舞嗎？

Q2：少麟姊喜歡的作者有哪些呢？

Q3：慕芳的原形是少麟姊嗎？（2051）

To 2051

Q1：我沒學過跳舞。ω

Q2：我喜歡的作者有哪些？這問題不管回答再多次，總感覺相當艱難，因為我是個很少閱讀文學作品的人啊。且慢，這樣說也不太正確，因為我算是個金庸迷。我曾經在以前的訪談中說過，大陸作家汪曾祺對我的影響不小，馬森算是我在小說技巧上的啟蒙師，中學時最喜歡的作家是傑克倫敦（我是從他的《海狼》入門，之後才讀他的所謂動物文學作品），與史坦貝克，大學時喜歡的是索忍尼辛，之後愛上亨利米勒，與歐亨利的短篇作品，近幾年讀的文學作品更少了，因為有個小習慣，只要在寫作中，就儘量避免閱讀小說，不過我倒是偶爾觀賞網路文學哩，感覺在網域中，頗有不少才高之人，只是國內的出版環境，未必能容納太多新秀，很想說，衷心祝福努力的創作者們啊。

Q3：慕芳的原型是我嗎？我得說，慕芳比馬蒂更貼近我，所以妳這說法應該算是事實。雖然不少人知道，我的小名是吉兒，是的，即傷心裡面的吉兒，但那吉兒是一個理想化之後的我，當我不那麼理想時，幾乎就是慕芳了。

少麟

有位朋友告訴我，創作之於她就像是當門鈴響了便去開門，你不會去思考門外來的客人能為你帶來什麼，或是開門後能因而獲得什麼；開門就只是為了有人敲門。

創作就只是為了那零星的感動或甚至是些情緒波動，單純為了渴望創作而創作。

我很贊同這段話，可在寫作之餘，又常常會希望獲得他人肯定。這種面對創作的態度是否便是一種變樣？我熱愛寫作，但又常因太多事而讓本應該單純的這件事參雜了過多混沌……

所以，我想請問少麟姊，當初動手寫《傷心咖啡店之歌》抱持的又是怎樣一種態度和想法？或是，促使少麟姊動手寫作十餘年甚至更久的堅持是什麼呢？（實雨）

To實雨

你的問題都不太容易回答哩。你的朋友的「敲門」與「應門」一說，聽起來似乎是指靈感，但我想她的意思不只這些，那其中還有一些只有真的創作過的人才能意會的，探觸著自己的極限的藐汜感，與謙卑。

我的經驗是，零星的感動或某些情緒波動足以讓人提筆書寫，但還不足以讓人寫出小說，寫小說的竅門人人各異，共通的部份是，在題意上，是否有貫通整體的掌控能力，與操縱閱讀者感受的魅力（我通常較喜歡稱它是感染力），更普遍的條件是，堅忍，或說內在的能量夠不夠巨大，足以支持你耐受一切的低潮和勞累，琢磨出一部完整的作品，這方面，你所說的單純的創作渴望夠不夠用？我個人會說夠——在那渴望強大到你不寫出好作品絕不罷休的情況下。

希望獲得他人的肯定，這心理我也有呀，我認為這並不妨礙創作慾望之單純性，問題出在，你定義中的他人指的是誰？以我的經驗而言，我盡力不預設「書市裡期待什麼樣的作品」，我真誠地認為這是我對閱讀者最大的尊重，那麼我的「他人」指的又是誰？這不容易簡述，勉強簡述之，就是指「對於文學的期待較接近我所追求者的那些人們」。

你問道，我當初「動手寫《傷心咖啡店之歌》抱持的又是怎樣一種態度和想法」，嗯，算是魯莽，甚至是蠻橫，也就是說，我幾乎不管「別人是怎麼寫小說」，只憑一股渾然天真的爆發力，只知道我很想透過說故事的形式，表白出我在這都市生活中所遭受的疑惑和空虛，只顧慮我這樣論理是否傳達出心中的意念？只關心這樣敘事夠不夠動人？結果是，若干人同意，傷心咖啡店是一本「不太一樣的小說」，雖然它還是有不少缺點。希望這些經驗對你有些價值：）

少麟

我想請問少麟姊姊

我現在的年紀大約和馬楠差不多（聯考、對未來徬徨的年紀）

我喜歡看書～但最不喜歡看的是愛情小說……請問可以建議我看哪些書嗎？

還有……請問你對一些奇幻小說的看法是如何呢？現在似乎很流行一些奇幻小說……

最後一個問題*^_^*就是……如果要投稿……請問最初該如何做呢？（海嵐）

To 海嵐

和馬楠差不多大呀？那麼大約是十八歲了，我在你這年紀時，也不讀愛情小說哩。這麼說也許武斷了點，但我真想說，一個十八歲的孩子不愛讀愛情小說，挺可貴的。

建議你讀哪些書？不知道你的興趣範圍為何，我只能稍微籠統地建議，若是你願意，請試以「培養自己」的心情作挑選，培養自己的什麼？我的經驗是，先累積初步的知識基礎，舉例說，當你聽見人們說「你這樣太布爾喬亞了」，「某某事又在濫用民粹了」時，你能大約或相當瞭解其意所指，我在說的是，漸漸擴大自己的知識範圍，審世視野較容易漸漸深刻，我不是在強調知識即一切，不過基礎是相當重要的，學校裡已經提供不少的知識來源，但對我來說，還不太夠，在我決定要開始為自己而讀書時，我選擇的書單較偏向歷史方面，從近代文明發展史開始，只要你認真啟讀一本言之有物的知識書籍之後，請相信我，自然會衍生出你想要閱讀的新方向，比方說我依照著自己的興趣，接著讀歐洲中世紀史，讀一些經濟學發展史，然後漸漸進入哲學發展史，這方向對於十八歲來說，可能不足為示範，因為有點艱難，只是想說，這樣看起來相當枯燥的閱讀歷程，將我改造成一個比較習慣深思的人。但我又想說，不必太勉強自己挑戰太艱難的書，畢竟太違背自己性情的事，是不容易長久為之的啊。

奇幻小說，很好啊，我就很喜歡《魔戒》，也一向喜歡科幻小說。

你問的投稿，如果是指在媒體上發表作品，呵，這事我沒做過，所以無法建議。若你指的是想為寫好的作品尋找出版機會，我的經驗是，先看自己的書寫路線、性質，再從坊間找出較適合自己作品的出版社，接著就進行投稿，也就是寄去稿件，接著你會發現，結果是石沉大海，然後你不信邪，開始設法讓出版社「至少翻開你的作品看上一眼」，這法子怎麼說，真是各顯神通了，也有賴個人造化了……咦？好像說了等於沒說，海嵐，這確實是我和太多創作者共同走過的路，若要問我實話，我非常想說，先把作品寫好，真正優異的作品，也不是那麼容易被全面埋沒的……

少麟

我在讀《燕子》的時候發現一個有趣的現象喔！我在學校圖書館借的，《燕子》的書頁中寫了許多人的感想，有一個我印象很深刻……當慕芳望著天空自問：台北的天空為什麼那麼潮溼？那個人寫道：因為台北有太多不同的淚了。真的很詩意，對不對？（藍色海洋）

To藍色海洋

謝謝妳轉述的讀者留語，真可愛，因為台北有太多不同的淚了……有些時候，我也會帶著點憂傷感觸看這世界，但現在畢竟強硬多啦，是的，台北真潮溼，有時想想，就是因為這島嶼太潮溼，所以四季都適宜發芽……

少麟

燕子

國家圖書館出版品預行編目 (CIP) 資料

燕子 / 朱少麟著 . – 暢銷 20 年紀念版 . --
臺北市 : 九歌 , 2019.08
　面 ;　公分 . -- (朱少麟作品集 ; 5)
ISBN 978-986-450-253-0(平裝)
863.57　　108010877

著　　者——朱少麟
創 辦 人——蔡文甫
發 行 人——蔡澤玉
出　　版——九歌出版社有限公司
台北市 105 八德路 3 段 12 巷 57 弄 40 號
電話 / 02-25776564・傳真 / 02-25789205
郵政劃撥 / 0112295-1

九歌文學網　www.chiuko.com.tw

印　　刷——晨捷印製股份有限公司
法律顧問——龍躍天律師 ・ 蕭雄淋律師 ・ 董安丹律師
初　　版——1999 年 3 月 10 日
暢銷 20 年紀念版—— 2019 年 8 月
定　　價——400 元
書　　號——0110605
I S B N——978-986-450-253-0